现当代经典散文品读 ·

QIE GUAN QIE ZHENXI

且观且珍惜

徐宏杰◎主编

安徽师范大学出版社
ANHUI NORMAL UNIVERSITY PRESS

丛书策划:汪鹏生
责任编辑:吴 琼
装帧设计:丁奕奕

图书在版编目(CIP)数据

且观且珍惜 / 徐宏杰主编. — 芜湖:安徽师范大学出版社,2018.7(2020.6重印)
(现当代经典散文品读)
ISBN 978 - 7 - 5676 - 2845 - 8

Ⅰ.①且… Ⅱ.①徐… Ⅲ.①散文集-中国-当代 Ⅳ.①I267

中国版本图书馆CIP数据核字(2017)第102694号

且观且珍惜
QIE GUAN QIE ZHENXI　　　　徐宏杰　主编

出版发行:安徽师范大学出版社
　　　　芜湖市九华南路189号安徽师范大学花津校区　　邮政编码:241002
网　　　址:http://www.ahnupress.com/
发 行 部:0553-3883578 5910327 5910310(传真)
印　　刷:香河利华文化发展有限公司
版　　次:2018年7月第1版
印　　次:2020年6月第2次印刷
规　　格:700 mm×1000 mm　1/16
印　　张:17
字　　数:250千字
书　　号:ISBN 978 - 7 - 5676 - 2845 - 8
定　　价:50.00元

如发现印装质量问题,影响阅读,请与发行部联系调换

写在《现当代经典散文品读》出版之际

　　《现当代经典散文品读》丛书，按照内容分为 10 册，选入的近三百篇散文，是现当代中外优秀散文名篇，几乎可视为百年散文史的缩影。编选者视野开阔，粹取拣择中，可见出其独特的眼光。选入的文章，篇篇可读，文字优美，有发人深省的内涵。既有文学大家的名篇佳什，又有一些年轻作家的感人至深的新作，甚至包括当代一些网络作者的好文章。作者中有学养丰厚的著名人文学者，也有研究自然科学的科学家、发明家。编选者立意在知识的丰富、美好人生的发掘、伟大智慧的分享。在知识性、思想性和欣赏性等多方面，丛书都有较高的价值。读起来使人时而低徊欲泣，时而激扬蹈励，时而心入浩茫辽阔中，时而意落清澈碧溪前。这套书可以作为在校学生课外阅读的材料，也可以作为一般读者经典阅读的进阶。

　　每篇散文后所附"品读"文字，也是值得"品味"的，对帮助欣赏、理解所选文章极有帮助。篇幅一般都不短，内容丰富，不是泛泛的作者介绍，也不是说一些写作背景和特点的话，而是意在"品读"所选文章背后的价值世界。不少品读文字，更像是一篇研究作品。如《诗意的栖居》一册中所选建筑学家梁思成的《千篇一律与千变万化——音乐、绘画、建筑之间的通感》，是建筑学中的名作。它涉及艺术哲学中的一个重要原理。艺术要追求变化，这个道理很多人讲过，但这篇文字则谈重复在艺术创造中不可忽缺的价值。人们常常将重复当作一种缺点,但梁先生认为,没有重复就没有艺术。重复是音乐的灵魂。《诗经》在一定程度上也是重复的艺术,那回环往复的杳唱是《诗经》的命脉。重复也是建筑的基本语言,颐和园七百多米的长廊,人民大会堂的廊柱,因重复而体现出特别的魅力。编选者在细腻的分析中,发掘此文深长的意味,给读者以重要启发。由趣味学习,到专业学习,这套书有不可忽视的价值。

散文的重要特点之一,是用优美的语言,自由而较少拘束的形式,表达当下直接的生命感受,散文也可以说是当下生命体验的记录。因此,好的散文家,一定是对人生、自然、生命、宇宙、理想等有感觉的人,一定是对世界有"温情"的人。那种整天沉浸在琐屑利益竞逐中、对生活持漠然态度的人,不会有通灵清澈的觉悟,不会有朗然明快的理想,也写不出有感染力的文字。好的散文不是"写"出的,而是从清澈、真实的心灵中"泻"出的。我通读这套书所选的文章,仔细品味编选者的点评,丛书中无处不在的清新气息,给我极深的印象。就像本丛书所选美学家宗白华先生的《美从何处寻?》中所说的,世界充满了美,我们要有一双发现美的眼睛。美不光在外在的形式,更在那生命的潜流中。正因此,散文,不是美的文字,而在传递一种美丽的精神。人,不在于有光鲜的外表,而在于有一种光明的情怀。外在的"容"可以"整",内在精神世界是无法通过技术性的劳作"整"好的。这套书在知识获取的同时,对提升人的精神境界、护持人的生命真性、分享生命的美好等方面,都具有独特的价值。

这套宏大的散文名篇选读丛书,是由徐宏杰先生花近十年时间独立完成的。他是当代闻名的语文特级教师,是语文教学和研究方面的权威学者,他在教学之余,投入如此心力,来完成这样的作品,为他深爱的学生,更为全国广大读者。这样的精神尤令人感佩。这套书中凝结着他三十余年教学经验和研究所得。他曾经跟我说,他是以充满敬意的心来做这项工作的。从我阅读的感受,他的确是这样做的:从选文到解说,他以敬心体会所选文章背后的温情和智慧;又以敬心斟酌自己的品读文字,力求给读者,尤其是青少年读者留下真正有价值的信息。

朱良志

2018 年 4 月 10 日于北京大学

读，既是读书，也是读生活。读多了，思是一件顺理成章的事情。合起来，便是对生活的用心观察。读历史，读人生，读文学，读情趣：读得多了，生命便容纳了比自己亲历的时光丰富得多的内容。思历史，思人生，思文学，思情趣：思得多了，头脑便拥有了比自己亲力亲为的行动厚重得多的深度。且读且思，通达透彻，便是一朵花，一片叶，一只昆虫，一滴细雨，看在眼中也是饶有情趣。且观且珍惜，人生不满百年，却重逾千钧。心有猛虎，细嗅蔷薇。观大千世界，惜似水年华。

目 录

001   今/李大钊

020   黄昏/季羡林

029   匆匆/朱自清

034   笑/冰心

039   鹰之歌/丽尼

046   阴/杨绛

051   黄昏/何其芳

055   错误让我如此美丽/林鸣

061   虫豸小品/刘征

069   善良/王蒙

075 上升为理论/徐斌

080 可贵的是真诚/王学泰

087 论年龄/[德]黑塞

095 水至清则无鱼/冯士彦

101 论快乐/钱钟书

109 漫语慢蜗牛/梁锡华

118 与书本的交往/[法]蒙田

126 撼树记/孙立先

133 人:一种无常的存在/[印度]阿罗宾诺

140 年华永驻/[美]阿西摩夫

154 花园底一角/许钦文

163 名牌的话题/叶芝余

170 缤纷络绎　锦绣有章
　　　——余光中文体论/伍立杨

177 圆的魅力/邓高如

183 西北汉子/畅岸

190 摩登新秀/刘心武

196 学问之趣味/梁启超

204 异国秋思/庐隐

212 一片阳光/林徽因

221 昆明的雨/汪曾祺

229 一颗明星的陨落
　　　——哭徐迟/冯亦代

256 后记

今

◇李大钊

　　我以为世间最可宝贵的就是"今"，最易丧失的也是"今"。因为他最容易丧失，所以更觉得他可以宝贵。

　　为什么"今"最可宝贵呢？最好借哲人耶曼孙所说的话答这个疑问："尔若爱千古，尔当爱现在。昨日不能唤回来，明天还不确实，尔能确有把握的就是今日。今日一天，当明日两天。"

　　为什么"今"最易丧失呢？因为宇宙大化，刻刻流转，绝不停留。时间这个东西，也不因为吾人贵他爱他稍稍在人间留恋。试问吾人说"今"说"现在"，茫茫百千万劫，究竟那一刹那是吾人的"今"，是吾人的"现在"呢？刚刚说他是"今"是"现在"，他早已风驰

　　本文发表于《新青年》杂志第4卷第4号（1918年4月）。选自《李大钊选集》（人民出版社1959年版）。李大钊，字守常，河北乐亭人，生于1889年10月29日。1907年考入天津北洋法政专门学校，1913年毕业后东渡日本，入东京早稻田大学政治本科学习。1916年回国后，领导和推动五四爱国运动的发展，成为中国共产主义思

想的先驱、最早真正从政治意义上传播马克思主义的人。1981 年，人民文学出版社又出版了经过增订的《李大钊诗文选集》。1984 年，人民出版社出版了 110 多万字的《李大钊文集》。

电掣的一般，已成"过去"了。吾人若要糊糊涂涂把他丢掉，岂不可惜？

有的哲学家说，时间但有"过去"与"未来"，并无"现在"。有的又说，"过去"、"未来"皆是"现在"。我以为"过去未来皆是现在"的话倒有些道理。因为"现在"就是所有"过去"流入的世界，换句话说，所有"过去"都埋没于"现在"的里边。故一时代的思潮，不是单纯在这个时代所能凭空成立的。不晓得有几多"过去"时代的思潮，差不多可以说是由所有"过去"时代的思潮，一凑合而成的。吾人投一石子于时代潮流里面，所激起的波澜声响，都向永远流动传播，不能消灭。屈原的"离骚"，永远使人人感泣。打击林肯头颅的枪声，呼应于永远的时间与空间。一时代的变动，绝不消失，仍遗留于次一时代，这样传演，至于无穷，在世界中有一贯相联的永远性。昨日的事件与今日的事件，合构成数个复杂事件。此数个复杂事件与明日的数个复杂事件，更合构成数个复杂事件。势力结合势力，问题牵起问题。无限的"过去"都以"现在"为归宿。无限的"未来"都以"现在"为渊源。

"过去"、"未来"的中间全仗有"现在"以成其连续，以成其永远，以成其无始无终的大实在。一掣现在的铃，无限的过去未来皆遥相呼应。这就是过去未来皆是现在的道理。这就是"今"最可宝贵的道理。

现时有两种不知爱"今"的人：一种是厌"今"的

人,一种是乐"今"的人。

厌"今"的人也有两派:一派是对于"现在"一切现象都不满足,因起一种回顾"过去"的感想。他们觉得"今"的总是不好,古的都是好。政治、法律、道德、风俗全是"今"不如古。此派人唯一的希望在复古。他们的心力全施于复古的运动。一派是对于"现在"一切现象都不满足,与复古的厌"今"派全同。但是他们不想"过去",但盼"将来"。盼"将来"的结果,往往流于梦想,把许多"现在"可以努力的事业都放弃不做,单是耽溺于虚无飘缈的空玄境界。这两派人都是不能助益进化,并且很足阻滞进化的。

乐"今"的人大概是些无志趣无意识的人,是些对于"现在"一切满足的人。觉得所处境遇可以安乐优游,不必再商进取,再为创造。这种人丧失"今"的好处,阻滞进化的潮流,同厌"今"派毫无区别。

原来厌"今"为人类的通性。大凡一境尚未实现以前,觉得此境有无限的佳趣,有无疆的福利。一旦身陷其境,却觉不过尔尔,随即起一种失望的念,厌"今"的心。又如吾人方处一境,觉得无甚可乐,而一旦其境变易,却又觉得其境可恋,其情可思。前者为企望"将来"的动机,后者为反顾"过去"的动机。但是回想"过去",毫无效用,且空耗努力的时间。若以企望"将来"的动机,而尽"现在"的努力,则厌"今"思想却大足为进化的原动。乐"今"是一种惰性(inertia),须再进一步,了解"今"所以可爱的道理,全在凭他可以为创造"将来"的努力,决不在得他可以安乐无为。

热心复古的人，开口闭口都是说"现在"的境象若何黑暗，若何卑污，罪恶若何深重，祸患若何剧烈。要晓得"现在"的境象倘若真是这样黑暗，这样卑污，罪恶这样深重，祸患这样剧烈，也都是"过去"所遗留的宿孽，断断不是"现在"造的。全归咎于"现在"是断断不能受的。要想改变他，但当努力以创造未来，不当努力以回复"过去"。

照这个道理讲起来，大实在的瀑流永远由无始的实在向无终的实在奔流。吾人的"我"，吾人的生命，也永远合所有生活上的潮流，随着大实在的奔流，以为扩大，以为继续，以为进转，以为发展。故实在即动力，生命即流转。

忆独秀先生曾于"一九一六年"文中说过，青年欲达民族更新的希望，"必自杀其一九一五年之青年，而自重其一九一六年之青年。"我尝推广其意，也说过人生唯一的蕲向，青年唯一的责任，在"从现在青春之我，扑杀过去青春之我，促今日青春之我，禅让明日青春之我。""不仅以今日青春之我，追杀今日白首之我，并宜以今日青春之我，豫杀来日白首之我。"实则历史的现象，时时流转，时时变易，同时还遗留永远不灭的现象和生命于宇宙之间，如何能杀得？所谓杀者，不过使今日的"我"不仍旧沉滞于昨天的"我"。而在今日之"我"中固明明有昨天的"我"存在。不止有昨天的"我"，昨天以前的"我"，乃至十年二十年百千万亿年的"我"都俨然存在于"今我"的

且观且珍惜

004

身上。然则"今"之"我","我"之"今",岂可不珍重,自将为世间造些功德?稍一失脚,必致遗留层层罪恶种子于"未来"无量的人,即未来无量的"我",永不能消除,永不能忏悔。

我请以最简明的一句话写出这篇的意思来:

吾人在世,不可厌"今"而徒回思"过去",梦想"将来",以耗误"现在"的努力;又不可以"今"境自足,毫不拿出"现在"的努力,谋"将来"的发展。宜善用"今",以努力为"将来"之创造。由"今"所造的功德罪孽,永久不灭。故人生本务,在随实在之进行,为后人造大功德,供永远的"我"享受,扩张,传袭,至无穷极,以达"宇宙即我,我即宇宙"之究竟。

简评

战乱动荡的年代、艰辛备尝的生活,使李大钊先生从小养成了忧国忧民的情怀和沉稳坚强的性格。1916年李大钊先生从日本留学回国后,到北京大学任图书馆主任兼经济学教授,工作中团结一大批知识分子,投身于新文化运动,成为新文化运动的一员主将。他以《新青年》和《每周评论》等杂志为阵地,相继发表了《法俄革命之比较观》《庶民的胜利》《布尔什维主义的胜利》《我的马克思主义观》《再论问题与主义》等宣传十月革命和马克思列宁主义的著名文章和演说,阐述十月革命的意义,讴歌十月革命的胜利,旗帜鲜明地批判改良主义,领导和推动"五四"爱国运动的发展,为马克思主义在中国的传播做出了巨大贡献。李大钊同志是中国共产主义的先驱、伟大的马克思主义者、杰出的无产阶级革命家、中国共产党的主要创始人之一。他不仅是我党早期卓越的领导人,而且是学识渊博、勇于开拓的著名学者,在中国共产主义运动和民族解放事业中,占有崇高的历史地位。在新中国成立前,李大钊同志的一部分著作虽曾由他的亲属编辑完成，由鲁迅先生作序，但在独裁统治下的旧中国，一直没有能出版发行。直到 1959 年，人民出版社才出版了重新编辑的《李大钊选集》。

《"今"》这篇短文在《李大钊选集》中颇具特色。

古今中外，谈论时间的名篇佳作不胜枚举，李大钊先生的这篇文章的特色在于，把"今"放在整个时间的或者说是历史的链条中去思索，传达出时间上的纵深感和空间上的宏大感具有对社会发展、运动、变化的辩证思考。作者先论证了"今"之最可宝贵，随后，批驳了厌"今"者中的"复古"派和空想派，也批驳了乐"今"者的满足现状和不思进取；接着，作者把批驳演进为激发与推进，由小"我"推及大"我"，由现实推及到历史。他提醒每一个生活在现实中的人，都要"然则'今'之'我'，'我'之'今'，岂可不珍重自将为世间造些功德"。全文充分体现了一位伟大的共产主义战士深邃的思想和广阔的胸襟。

1918 年的李大钊先生，把青年人中出现的三种不尽人意的情况——或思念过去，或沉迷现在，或空想未来，展现得淋漓尽致。李大钊深知青年肩负的历史使命与责任，因此有感而发，透辟地论述了过去、现在、未来三者的辩证关系，以此勉励青年人要立足现实、珍惜现在。"我以为世间最可宝贵的就是'今'，最易丧失的也是'今'，因为他最易丧失，所以更觉得他可以宝贵"。更深一层，为什么说"今"是最可宝贵呢？因为，昨天不能唤回，明天还不能确定，你能把握的只有今天。为什么说"今"是最易丧失？因为，宇宙如此之大，时光如流水，孔子曰："逝者如斯夫，不舍昼夜"。时间这个东西，不会因为我们爱它，它就会稍稍留在人间以示流连。茫茫大千世界，究竟哪"一刹那"是我的"今"？是我的"现在"？刚刚说他是"今"是"现在"，转瞬间他早已风驰电掣般，成为"过去"了，我们若糊里糊涂地把他丢掉，岂不可惜？人们常说："失去了才知道珍惜"，这句话恰如其分地道出了平凡的真理。

有哲学家认为,时间有"过去"与"未来",但没有"现在"。还有哲学家又换一个角度说,"过去""未来"皆是"现在"。如果我们认为,过去、未来都是现在。那么,要说"冰冻三尺非一日之寒",没有"过去""非一日"的冻结,哪里来的"今"之寒?"不积跬步,无以至千里。不积小流,无以成江河。",没有"过去"的蹒跚学步,脚踏实地,哪里来的"今"之鹏程万里?没有"过去"的细大不捐、积水成渊,哪里来的"今"之江河湖海?如此,将"过去"换为"现在",将"现在"换为"未来","过去""未来"之间,全都有"现在"居其中成其为连接"过去"和"未来"的桥梁,才能成其永远,才能成其无始无终的"现在"。其实,这就是过去未来皆是现在的道理,也就是李大钊先生强调"今"最可宝贵的道理。

"子在川上曰:逝者如斯夫!不舍昼夜。"(《论语·子罕》)这句话是说孔子站在河边说:"奔流的河水是这样匆忙啊!白天黑夜地不停流。"对于"逝者如斯夫,不舍昼夜",传统的解释出自南宋朱熹《四书章句集注》,朱熹从理学家的立场出发,将这句话的意思概括为四个字"进学不已",也就是说要不断地学习,才能不断进步。这个解释对于我们现在的读书学习仍然具有很深刻的启发意义。孔夫子的本意也包涵了这一层意思,这与孔子一生"学而不厌"的治学态度是吻合的。然而,这是孔子在考察世界、体察万物时生发出的精粹思想,有更为普遍的哲学内涵,那就是要我们珍惜时光。诚然,时光如流水,在我们身边静静地流过,只要我们一不留神,最美好的时光便弃我而去。这就是所谓青春易逝、韶华难再。这句话时刻提醒着我们,在现代快节奏的生活中珍视时光、爱惜时间,显得尤为重要。

回首昨天,古今中外一切著名的学者、诗人,一切有大成就者,无一不觉得"今"之可贵,无一不惜时如金——

《淮南子》有云:"圣人不贵尺之璧,而重寸之阴。"汉乐府《长歌行》有这样的诗句:"百川东到海,何时复西归?少壮不努力,老大徒伤悲。"

晋朝大诗人陶渊明也有惜时诗:"盛年不重来,一日难再晨;及时当勉励,岁月不待人。"唐末王贞白《白鹿洞》诗中更有"一寸光阴一寸金"的妙喻。法国作家巴尔扎克把时间比作资本。德国诗人歌德把时间看成是自己的财产。法拉第中年以后,为了节省时间,把整个身心都用在科学创造上,严格控制自己,拒绝参加一切与科学无关的活动,甚至辞去皇家学院主席的职务。居里夫人为了不使来访者拖延拜访的时间,会客室里从来不放坐椅。76岁的爱因斯坦病倒了,有位老朋友问他想要什么东西,他说,我只希望还有若干小时的时间,让我把一些稿子整理好……

显而易见,他们都惜时如金,他们都紧紧地抓住了"今"。

读李大钊先生的《"今"》,有一种生命的紧迫感;冰心老人的散文《谈生命》中对生命和时间的敬畏,说的也是生命苦短,扼住生命咽喉,珍惜生命。这两篇文章有很多共同的地方。将两篇文章放在一起阅读:一面是生命的普遍规律和表现形式,另一面是"宜善用今以努力为将来之创造",两位伟人在文章中均以自己深刻的思想和独特的睿智告诉我们,无限的过去,都以现在为归宿,无限的未来,都以现在为渊源。尤其是本文的作者,中国共产党创始人之一、经济学教授李大钊先生,从时间的流逝、从历史的发展、从现实和人生诸方面为我们作出了分析和指点。

在人生的旅途上,过去、现在、未来,是个永恒的话题。过去的已经过去了,现在的正在成为过去,未来马上就会变成现在。对于过去,我们只能回忆;对于现在,我们应该珍惜;未来是无穷无尽的,对未来的遐想最好是立足于现在,我们方能脚踏实地。

女吊

◇鲁迅

大概是明末的王思任说的罢:"会稽乃报仇雪耻之乡,非藏垢纳污之地!"这对于我们绍兴人很有光彩,我也很喜欢听到,或引用这两句话。但其实,是并不的确的;这地方,无论为那一样都可以用。

不过一般的绍兴人,并不像上海的"前进作家"那样憎恶报复,却也是事实。单就文艺而言,他们就在戏剧上创造了一个带复仇性的,比别的一切鬼魂更美,更强的鬼魂。这就是"女吊"。我以为绍兴有两种特色的鬼,一种是表现对于死的无可奈何,而且随随便便的"无常",我已经在《朝华夕拾》里得了绍介给全国读者的光荣了,这回就轮到别一种。

"女吊"也许是方言,翻成普通的白话,只好说是

本文选自《鲁迅全集》(2005 年版第 6 卷《且介亭杂文末编》)。鲁迅(1881—1936),浙江绍兴人。原名周樟寿,后改周树人。"鲁迅"是他 1918 年发表《狂人日记》时所用的笔名,也是他影响最为广泛的笔名。他对"五四"运动以后的中国社会思想文化发展产生了一定的影响,蜚声世界文坛,被誉为"二十世纪东亚文化地图上

占最大领土的作家"。一生著译甚丰,有多种版本《鲁迅全集》问世,并译成50多种文字,传播世界。鲁迅的主要成就包括杂文、短、中篇小说、文学、思想和社会评论、古代典籍校勘与研究、散文、现代散文诗、旧体诗、外国文学与学术翻译作品等。

"女性的吊死鬼"。其实,在平时,说起"吊死鬼",就已经含有"女性的"的意思的,因为投缳而死者,向来以妇人女子为最多。有一种蜘蛛,用一枝丝挂下自己的身体,悬在空中,《尔雅》上已谓之"蠗,缢女",可见在周朝或汉朝,自经的已经大抵是女性了,所以那时不称它为男性的"缢夫"或中性的"缢者"。不过一到做"大戏"或"目连戏"的时候,我们便能在看客的嘴里听到"女吊"的称呼。也叫作"吊神"。横死的鬼魂而得到"神"的尊号的,我还没有发见过第二位,则其受民众之爱戴也可想。但为什么这时独要称她"女吊"呢? 很容易解:因为在戏台上,也要有"男吊"出现了。

我所知道的是四十年前的绍兴,那时没有达官显宦,所以未闻有专门为人(堂会?)的演剧。凡做戏,总带着一点社戏性,供着神位,是看戏的主体,人们去看,不过叨光。但"大戏"或"目连戏"所邀请的看客,范围可较广了,自然请神,而又请鬼,尤其是横死的怨鬼。所以仪式就更紧张,更严肃。一请怨鬼,仪式就格外紧张严肃,我觉得这道理是很有趣的。

也许我在别处已经写过。"大戏"和"目连",虽然同是演给神,人,鬼看的戏文,但两者又很不同。不同之点:一在演员,前者是专门的戏子,后者则是临时集合的 Amateur——农民和工人;一在剧本,前者有许多种,后者却好歹总只演一本《目连救母记》。然而开场的"起殇",中间的鬼魂时时出现,收场的好人升天,恶人落地狱,是两者都一样的。

当没有开场之前，就可看出这并非普通的社戏，为的是台两旁早已挂满了纸帽，就是高长虹之所谓"纸糊的假冠"，是给神道和鬼魂戴的。所以凡内行人，缓缓的吃过夜饭，喝过茶，闲闲而去，只要看挂着的帽子，就能知道什么鬼神已经出现。因为这戏开场较早，"起殇"在太阳落尽时候，所以饭后去看，一定是做了好一会了，但都不是精彩的部分。"起殇"者，绍兴人现已大抵误解为"起丧"，以为就是召鬼，其实是专限于横死者的。《九歌》中的《国殇》云："身既死兮神以灵，魂魄毅兮为鬼雄"，当然连战死者在内。明社垂绝，越人起义而死者不少，至清被称为叛贼，我们就这样的一同招待他们的英灵。在薄暮中，十几匹马，站在台下了；戏子扮好一个鬼王，蓝面鳞纹，手执钢叉，还得有十几名鬼卒，则普通的孩子都可以应募。我在十余岁时候，就曾经充过这样的义勇鬼，爬上台去，说明志愿，他们就给在脸上涂上几笔彩色，交付一柄钢叉。待到有十多人了，即一拥上马，疾驰到野外的许多无主孤坟之处，环绕三匝，下马大叫，将钢叉用力的连连掷刺在坟墓上，然后拔叉驰回，上了前台，一同大叫一声，将钢叉一掷，钉在台板上。我们的责任，这就算完结，洗脸下台，可以回家了，但倘被父母所知，往往不免挨一顿竹箆（这是绍兴打孩子的最普通的东西），一以罚其带着鬼气，二以贺其没有跌死，但我却幸而从来没有被觉察，也许是因为得了恶鬼保佑的缘故罢。

这一种仪式，就是说，种种孤魂厉鬼，已经跟着

女吊

鬼王和鬼卒,前来和我们一同看戏了,但人们用不着担心,他们深知道理,这一夜决不丝毫作怪。于是戏文也接着开场,徐徐进行,人事之中,夹以出鬼:火烧鬼,淹死鬼,科场鬼(死在考场里的),虎伤鬼……孩子们也可以自由去扮,但这种没出息鬼,愿意去扮的并不多,看客也不将它当作一回事。一到"跳吊"时分——"跳"是动词,意义和"跳加官"之"跳"同——情形的松紧可就大不相同了。台上吹起悲凉的喇叭来,中央的横梁上,原有一团布,也在这时放下,长约戏台高度的五分之二。看客们都屏着气,台上就闯出一个不穿衣裤,只有一条犊鼻裤,面施几笔粉墨的男人,他就是"男吊"。一登台,径奔悬布,像蜘蛛的死守着蛛丝,也如结网,在这上面钻,挂。他用布吊着各处:腰,胁,胯下,肘弯,腿弯,后项窝……一共七七四十九处。最后才是脖子,但是并不真套进去的,两手扳着布,将颈子一伸,就跳下,走掉了。这"男吊"最不易跳,演目连戏时,独有这一个脚色须特请专门的戏子。那时的老年人告诉我,这也是最危险的时候,因为也许会招出真的"男吊"来。所以后台上一定要扮一个王灵官,一手捏诀,一手执鞭,目不转睛的看着一面照见前台的镜子。倘镜中见有两个,那么,一个就是真鬼了,他得立刻跳出去,用鞭将假鬼打落台下。假鬼一落台,就该跑到河边,洗去粉墨,挤在人丛中看戏,然后慢慢的回家。倘打得慢,他就会在戏台上吊死;洗得慢,真鬼也还会认识,跟住他。这挤在人丛中看自己们所做的戏,就如要人下野而念佛，或出洋游历一样，也正是一种缺少不得的过渡仪式。

这之后，就是"跳女吊"。自然先有悲凉的喇叭；少顷，门幕一掀，她出场了。大红衫子，黑色长背心，长发蓬松，颈挂两条纸锭，垂头，垂手，弯弯曲曲的走一个全台，内行人说：这是走了一个"心"字。为什么要走"心"字呢？我不明白。我只知道她何以要穿红衫。

看王充的《论衡》，知道汉朝的鬼的颜色是红的，但再看后来的文字和图画，却又并无一定颜色，而在戏文里，穿红的则只有这"吊神"。意思是很容易了然的；因为她投缳之际，准备作厉鬼以复仇，红色较有阳气，易于和生人相接近，……绍兴的妇女，至今还偶有搽粉穿红之后，这才上吊的。自然，自杀是卑怯的行为，鬼魂报仇更不合于科学，但那些都是愚妇人，连字也不认识，敢请"前进"的文学家和"战斗"的男士们不要十分生气罢。我真怕你们要变呆鸟。

她将披着的头发向后一抖，人这才看清了脸孔：石灰一样白的圆脸，漆黑的浓眉，乌黑的眼眶，猩红的嘴唇。听说浙东的有几府的戏文里，吊神又拖着几寸长的假舌头，但在绍兴没有。不是我袒护故乡，我以为还是没有好；那么，比起现在将眼眶染成淡灰色的时式打扮来，可以说是更彻底，更可爱。不过下嘴角应该略略向上，使嘴巴成为三角形：这也不是丑模样。假使半夜之后，在薄暗中，远处隐约着一位这样的粉面朱唇，就是现在的我，也许会跑过去看看的，但自然，却未必就被诱惑得上吊。她两肩微耸，四顾，倾听，似惊，似喜，似怒，终于发出悲哀的声音，慢慢地唱道：

"奴奴本是杨家女，

呵呀，苦呀，天哪！……"

下文我不知道了。就是这一句，也还是刚从克士那里听来的。但那大略，是说后来去做童养媳，备受虐待，终于弄到投缳。唱完就听到远处的哭声，这也是一个女人，在衔冤悲泣，准备自杀。她万分惊喜，要去"讨替代"了，却不料突然跳出"男吊"来，主张应该他去讨。他们由争论而至动武，女的当然不敌，幸而王灵官虽然脸相并不漂亮，却是热烈的女权拥护家，就在危急之际出现，一鞭把男吊打死，放女的独去活动了。老年人告诉我说：古时候，是男女一样的要上吊的，自从王灵官打死了男吊神，才少有男人上吊；而且古时候，是身上有七七四十九处，都可以吊死的，自从王灵官打死了男吊神，致命处才只在脖子上。中国的鬼有些奇怪，好像是做鬼之后，也还是要死的，那时的名称，绍兴叫作"鬼里鬼"。但男吊既然早被王灵官打死，为什么现在"跳吊"，还会引出真的来呢？我不懂这道理，问问老年人，他们也讲说不明白。

而且中国的鬼还有一种坏脾气，就是"讨替代"，这才完全是利己主义；倘不然，是可以十分坦然的和他们相处的。习俗相沿，虽女吊不免，她有时也单是"讨替代"，忘记了复仇。绍兴煮饭，多用铁锅，烧的是柴或草,烟煤一厚,火力就不灵了,因此我们就常在地上看见刮下的锅煤。但一定是散乱的,凡村姑乡妇,谁也决不肯省些力,把锅子伏在地面上,团团一刮,使烟煤落成一个黑圈子。这是因为吊神诱人的圈套,就用煤圈炼成的缘故。散掉烟煤,正是消极的抵制,不过为的是反对"讨替代",并非因为怕她去报仇。被压迫者即使没有报复的毒心,也决无被报复的恐惧,只有明明暗暗,吸血吃肉的凶手或其帮闲们,这才赠人以"犯而勿校"或"勿念旧恶"的格言,——我到今年,也愈加看透了这些人面东西的秘密。

简 评

　　鲁迅先生在文学创作、文学批评、思想研究、文学史研究、翻译、美术理论引进、基础科学介绍和古籍校勘与研究等多个领域具有重大贡献。尤其是他后期创作的数百篇"投枪、匕首"般的杂文,在揭露形形色色的丑恶嘴脸、粉碎国民党反动派反革命的文化围剿中建立了特殊功勋,从而成为中国新文学的奠基人。早在"五四"时期,鲁迅先生就提倡新思想、新文化、新道德,创作了中国现代文学史上第一篇白话小说《狂人日记》,成为新文化运动的旗手。1927年后定居上海,1930年3月,中国左翼作家联盟成立,他积极参与筹备,并成为主要领导者之一。毛泽东主席曾评价:"鲁迅的方向,就是中华民族新文化的方向。"鲁迅以笔为戈,奋笔疾书,战斗一生。在"风雨如磐"的旧中国,鲁迅先生的思想旗帜上书写着"民族魂"。"横眉冷对千夫指,俯首甘为孺子牛"是鲁迅一生伟大人格的真实写照。

　　1935年,鲁迅先生居住在上海闸北四川路帝国主义越界筑路区域,即"半租界"。他收集1934年所作杂文,命名为《且介亭杂文》,"且介"即取"租界"二字各一半而成,后又有《且介亭杂文二集》《且介亭杂文末编》。鲁迅先生有很强烈的民族情结和民族正义感，对帝国主义十分地痛恨，"且介亭"表明这些杂文是在上海半租界的亭子间写的，书的命名也含有深意："且介"即取"租界"二字各一半而成，意在比喻中国的主权只剩下一半；将"租"与"界"的"禾"与"田"去掉，表示作者鲁迅先生不愿将自己国家的"禾"与"田"让给帝国主义。"租界"二字的拆开与分析，形象地揭露了当时半殖民地半封建的黑暗社会现实。

《女吊》就是写于上海"亭子间"的一篇战斗檄文。

美籍华裔作家李欧梵先生在《杂文：对生活和现实的种种观感》一文中对晚年鲁迅先生的杂文作了精辟的说明："或许最能说明问题的是他最后的两篇杂文：《女吊》和《关于太炎先生二三事》，前者似乎是《朝花夕拾》关于民间鬼魂描写的继续，后者试图概括他当年的老师章太炎的贡献。此前不久还有一篇似乎是要总结一生的拟遗嘱《死》。这些篇章不仅情绪比较温和，似乎还有另一种写作的倾向，使人感到亲切，在新的思想广度中把人引向了他早期杂文的抒情的、隐喻的意味。"鲁迅的杂文知识面广，思想性强，但核心是运用各种现代知识和理论来讨论活生生的现实问题，而不作抽象悬空的纯理论辨析或毫无现实针对性的所谓纯粹的学术研究。具体的智慧使得鲁迅得以推开种种障碍耳目的悬浮性观念、学说、名字、主义和标语口号，深深扎根于生活大地，成为现代中国忠实卓越、名正言顺的发言人。

《女吊》是鲁迅先生晚年十分自得的一篇杰作，在艺术上可以说是匠心独运，主要有如下特色：一是在叙述中逐步展开议论的表现手法。《女吊》主要叙述的是鲁迅故乡绍兴的一种戏曲形式，作者借"女吊"展开议论，既有关于"女吊"的相关考证，又有对社会上各种现象的分析，议论和叙述交叉进行，一松一紧，使文章呈现出一起一伏的节奏；二是文章征引繁富，有"史才"之笔。围绕着"女吊"旁征博引，既有知识的考证，又有风俗习惯的引证；三是对"女吊"的描绘浓墨重彩，把故乡的风俗习惯写得颇有诗意。这种浓墨重彩的描绘与简约的议论相得益彰，增加了文章的可读性；四是讽刺手法的运用。在议论之中，夹杂着尖利的社会讽刺，如"女吊"戏台挂满了纸帽，"就是高长虹之所谓'纸糊的假冠'"；"自然，自杀是卑怯的行为，鬼魂报仇更不合于科学，但那些都是愚妇人，连字也不认识，敢请'前进'的文学家和'战斗'的勇士们不要十分生气罢。我真怕你们要变呆鸟。""被压迫者即使没有报复的毒心，也决无被报复的恐惧，只有明明暗暗，吸血吃肉的凶手或其帮闲们，这才赠人以'犯而勿校'或'勿念旧恶'的格言，——我到今年，也愈加看透了这些人面东西的秘密。"

从时间上看，《女吊》写于鲁迅先生逝世前的一个月，是他生前最后的文字之一。那么"女吊"的真正内涵究竟是什么呢？简单说来，就是女性的吊死鬼。但是我们不能只简单作"吊死鬼"视之。《女吊》中有许多鲁迅童年生活的回忆，且笔调轻松、幽默。我们可以从文中感受到鲁迅对绍兴度过的童年生活的眷恋，那是他在最后的时光里，对这个世界保留的美好画面。和小伙伴们在戏台上充当义勇鬼，是多么地有趣，多么地让人难忘啊！如果被父母察觉很有可能会被打，这些记忆是一辈子也挥之不去的，更何况是在生命快走到尽头的时候。

鲁迅先生对绍兴戏的眷恋，实质上是对于民间文化的一种眷恋。这有别于对封建文化和封建道德的单纯推崇，也不同于人们对于牛鬼蛇神的一般态度。故乡绍兴的一切，在鲁迅先生晚年看来也不免觉得有趣。他是乐于保持一颗童心的。但就是这么轻松的文章，鲁迅也不忘战斗，鲁迅就是一个战士，就算是生命即将走到尽头的时候也不忘向敌人发起猛烈的进攻。

我们知道，旧时代女人上吊一般是含冤而死的，既然是有冤屈，那么，这些女人必然会幻化成女鬼来找害死她们的人复仇，而且这种复仇又一定会把那些"坏人"置之于死地。在民间文化中，冤死的女鬼是极具力量和极具报仇欲望的,鲁迅先生用"女吊"告诉我们要有向那些剥削者和压迫者报仇的决心,决不能恐惧报仇,更不能饶恕那些压迫者和剥削者。那些压迫者和剥削者是善于伪装来博得你们同情的,在你复仇的时候他们会祈求你宽恕,要有"女吊"的执着! 鲁迅先生正是看清了他们"这些人面东西的"秘密,临终前才说出"一个都不宽恕"的话来。

翻开《鲁迅全集》,我们读鲁迅的杂文,涉及女性的篇章很不少,写女人意在批判男性和整个社会,这是鲁迅女性杂文的一个不变的中心。虽然因《且介亭杂文·阿金》宣告他要彻底修改关于女人的30年不变的看法,但是,对复仇的"女吊"大加赞赏是坚定的。鲁迅先生用《女吊》告诉我们,即使现在我们没有力量向那些剥削者和压迫者报仇,也不能失去向他们报仇的决心,只有我们真的有了报仇的意志和精神,等到机会来临时,我们才会真正地做出行动。

鲁迅先生从绍兴"乃报仇雪耻之乡"的历史起笔。浙东人的复仇精神是有传统的,天下闻名。人说绍兴多师爷,老谋深算,老于世故。其实绍兴还有另一面,古有卧薪尝胆的越王勾践,今有鉴湖女侠秋瑾,鲁迅引以为豪。鲁迅做事待人也极认真,不会迂腐地讲宽容,在本文中当他回忆童年时代家乡的习俗时,终于发现这种性情不但有传统上先贤的感召,而且有坚实的民众基础。那就是绍兴人创造的,有复仇精神,比别的一切鬼魂更美、更强的鬼魂:女吊。在此基础上,鲁迅刻画了一个复仇女性的形象,以精确、简明的笔触,从形貌、动作、表现和声音诸方面,把一种反迫害、抗邪恶的复仇精神鲜明地表现出来。这个女鬼狞厉的美,像一尊复仇女神,闪耀出夺目的光泽,读者仿佛从"女吊"身上,看到中国国民情感意识上的一阵闪光亮点,也能体会出作者不妥协、不屈服的个性,同时向他的敌人再度强调:随你们怨恨去,我一个都不宽恕! 这是"荷戟独彷徨"的鲁迅战斗精神的宣泄。

鲁迅先生所颂扬的这种复仇精神,女吊是具有神秘感的一种。写作这篇文章时，鲁迅即将走到生命的尽头。他临死也要歌颂复仇精神，因为这是追求公正合理的有效办法。他不愿意无原则地讲宽容。然而，美中不足的是，我们在这篇文章中找不到女吊复仇的行动。她在"讨替代"之外，究竟怎样对付她的冤家对头呢？鬼神之事，实在难言之矣。我们也无须苛求于作者了。

黄

昏

◇季羡林

本文选自《季羡林散文选集》(百花文艺出版社2009年版)。季羡林(1911—2009),山东聊城市临清人,字希逋,又字齐奘。代表作有:《〈大事〉偈颂中限定动词的变位》《中世印度语言中语尾-am向-o和-u的转化》《原始佛教的语言问题》《〈福力太子因缘经〉的吐火罗语本的诸异本》《印度古代语言论集》《吐火罗文A中的三十

黄昏是神秘的,只要人们能多活下去一天,在这一天的末尾,他们便有个黄昏。但是,年滚着年,月滚着月,他们活下去。有数不清的天,也就有数不清的黄昏。我要问:有几个人觉到过黄昏的存在呢?——

早晨,当残梦从枕边飞去的时候,他们醒转来,开始去走一天的路。他们走着,走着,走到正午,路陡然转了下去。仿佛只一溜,就溜到一天的末尾,当他们看到远处弥漫着白茫茫的烟,树梢上淡淡涂上了一层金黄色,一群群的暮鸦驮着日色飞回来的时候,仿佛有什么东西轻轻地压在他们心头。他们知道:夜来了。他们渴望着静息,渴望着梦的来临。不

久,薄冥的夜色糊了他们的眼,也糊了他们的心。他们在低隘的小屋里忙乱着;把黄昏关在门外,倘若有人问:你看到黄昏了没有? 黄昏真美呵。他们却茫然了。

他们怎能不茫然呢? 当他们再从屋里探出头来寻找黄昏的时候,黄昏早随了白茫茫的烟的消失,树梢上金黄色的消失,鸦背上白色的消失而消失了。只剩下朦胧的夜,这黄昏,像一个春宵的轻梦,不知在什么时候漫了来,在他们心上一掠,又不知在什么时候走了。

黄昏走了。走到哪里去了呢?——不,我先问:黄昏从哪里来的呢? 这我说不清。又有谁说得清呢? 我不能够抓住一把黄昏,问它到底。从东方么? 东方是太阳出来的地方。从西方么? 西方不正亮着红霞么? 从南方么? 南方只充满了光和热。看来只有说从北方来的最适宜了。倘若我们想了开去,想到北方的极北端,是北冰洋和北极,我们可以在想象里描画出:白茫茫的天地,白茫茫的雪原,和白茫茫的冰山。再往北,在白茫茫的天边上,分不清哪是天,是地,是冰,是雪,只是朦胧的一片灰白。朦胧灰白的黄昏不正应当从这里蜕化出来么?

然而,蜕化出来了,却又扩散开去。漫过了大平原,大草原,留下了一层阴影;漫过了大森林,留下了一片阴郁的黑暗;漫过了小溪,把深灰的暮色溶入玎琤的水声里,水面在阒静里透着微明;漫过了山顶,留给它们星的光和月的光;漫过了小村,留下了苍茫

二相》《东方文学史》《东方文化研究》《禅与东方文化》《东西文化议论集》《世界文化史知识》等。散文有:《清塘荷韵》《赋得永久的悔》《留德十年》《万泉集》《清华园日记》《牛棚杂忆》《朗润园随笔》等。其著作汇编成《季羡林文集》,共24卷。

的暮烟……给每个墙角扯下了一片,给每个蜘蛛网网住了一把。以后,又漫过了寂寞的沙漠,来到我们的国土里。我能想像:倘若我迎着黄昏站在沙漠里,我一定能看着黄昏从辽远的天边跑了来,像——像什么呢?是不是应当像一阵灰濛的白雾?或者像一片扩散的云影?跑了来,仍然只是留下一片阴影,又跑了去,来到我们的国土里,随了弥漫在远处的白茫茫的烟,随了树梢上的淡淡的金黄色,也随了暮鸦背上的日色,轻轻地落在人们的心头上,又被人们关在门外了。

但是,在门外,它却不管人们关心不关心,寂寞地,冷落地,替他们安排好了一个幻变的又充满了诗意的童话般的世界,朦胧,微明,正像反射在镜子里的影子,它给一切东西涂上银灰的梦的色彩。牛乳色的空气仿佛真牛乳似的凝结起来。但似乎又在软软地粘粘地浓浓地流动里。它带来了阒静,你听:一切静静的,像下着大雪的中夜。但是死寂么?却并不,再比现在沉默一点,也会变成坟墓般的死寂。仿佛一点也不多,一点也不少,优美的轻适的阒静软软地粘粘地浓浓地压在人们的心头,灰的天空像一张薄幕;树木,房屋,烟纹,云缕,都像一张张的剪影,静静地贴在这幕上。这里,那里,点缀着晚霞的紫曛和小星的冷光。黄昏真像一首诗,一支歌,一篇童话;像一片月明楼上传来的悠扬的笛声,一声缭绕在长空里亮唳的鹤鸣;像陈了几十年的绍酒;像一切美到说不出来的东西。说不出来,只能去看;看之不足,只能意会;意会之不足,只能赞叹。——然而却终于给人们关在门外了。

给人们关在门外,是我这样说么?我要小心,因为所谓人们,不是一切人们,也决不会是一切人们的。我在童年的时候,就常常呆在天井里等候黄昏的来临。我这样说,并不是想表明我比别人强。意思很简单,就是:别人不去,也或者是不愿意去这样作。我(自然也还有别人)适逢其会地常常这样作而已。常常在夏天里,我坐很矮的小凳上,看墙角里渐渐暗了起来,四周的白墙上也布上了一层淡淡的黑影。在幽暗里,夜来香的花香一阵阵地沁入我的心里。天空里飞着蝙蝠。檐角上的蜘蛛网,映着灰白的天空,在朦胧里,还可以数出网上的线条和粘在上面的蚊子和苍蝇的尸体。在不经意的时候蓦地再一抬头,暗灰的天空里已经嵌上闪着眼的小星了。在冬天,天井里满铺着白雪。我蜷伏在屋里。当我看到白的窗纸渐渐灰了起来,炉子里在白天里看不出颜色来的火焰渐渐红起来,亮起来的时候,我也会知道:这是黄昏了。我从风门的缝里望出去:灰白的天空,灰白的盖着雪的屋顶。半弯惨淡的凉月印在天上,虽然有点凄凉;但仍然掩不了黄昏的美丽。这时,连常常坐在天井里等着它来临的人也不得不蜷伏在屋里。只剩了灰濛的雪色伴了它在冷清的门外,这幻变的朦胧的世界造给谁看呢?黄昏不觉得寂寞么?

但是寂寞也延长不多久。黄昏仍然要走的。李商隐的诗说:"夕阳无限好,只是近黄昏。"诗人不正慨叹黄昏的不能久留吗?它也真地不能久留,一瞬眼,这黄昏,像一个轻梦,只在人们心上一掠,留下黑暗的夜,带着它的寂寞走了。

走了,真地走了。现在再让我问:黄昏走到哪里去了呢? 这我不比知道它从哪里来的更清楚。我也不能抓住黄昏的尾巴,问它到底。但是,推想起来,从北方来的应该到南方去的吧。谁说不是到南方去的呢?我看到它怎样的走了。——漫过了南墙,漫过了南边那座小山,那片树林;漫过了美丽的南国。一直到辽阔的非洲。非洲有耸峭的峻岭;岭上有深邃的永古苍暗的大森林。再想下去,森林里有老虎——老虎? 黄昏来了,在白天里只呈露着淡绿的暗光的眼睛该亮起来了吧。像不像两盏灯呢? 森林里还该有莽苍葳蕤的野草,比人高。草里有狮子,有大蚊子,有大蜘蛛,也该有蝙蝠,比平常的蝙蝠大。夕阳的余晖从树叶的稀薄处,透过了架在树枝上的蜘蛛网,漏了进来,一条条灿烂的金光,照耀得全林子里都发着棕红色。合了草底下毒蛇吐出来的毒气,幻成五色绚烂的彩雾。也该有萤火虫罢,现在一闪一闪地亮起来了。也该有花;但似乎不应该是夜来香或晚香玉。是什么呢? 是一切毒艳的恶之花。在毒气里,不正应该产生恶之花吗?这花的香慢慢溶入棕红色的空气里,溶入绚烂的彩雾里。搅乱成一团;滚成一团暖烘烘的热气。然而,不久这热气就给微明的夜色消溶了。只剩一闪一闪的萤火虫,现在渐渐地更亮了。老虎的眼睛更像两盏灯了。在静默里瞅着暗灰的天空里才露面的星星。

然而,在这里,黄昏仍然要走的。再走到哪里去呢?这却真地没人知道了。——随了淡白的疏稀的冷月的清光爬上暗沉沉的天空里去么?随了瞅着眼的小星爬上了天河么?压在蝙蝠的翅膀上钻进了屋檐么?随了西天的晕红消溶在远山的后面么?这又有谁能明白地知道呢?我们知道的,只是:它走了,带了它的寂寞和美丽走了,像一丝微飓,像一个春宵的轻梦。

是了。——现在,现在我再有什么可问呢?等候明天么?明天来了,又明天,又明天,当人们看到远处弥漫着白茫茫的烟,树梢上淡淡涂上了一层金黄色,一群群的暮鸦驮着日色飞回来的时候,又仿佛有什么东西压在他们的心头,他们又渴望着梦的来临。把门关上了。关在门外的仍然是黄昏,当他们再伸出头出找的时候,黄昏早已走了。从北冰洋跑了来,一过路,到非洲森林里去了。再到,再到哪里,谁知道呢?然而夜来了,漫长的漆黑的夜,闪着星光和月光的夜,浮动着暗香的夜……只是夜,长长的夜,夜永远也不完,黄昏呢?——黄昏永远不存在在人们的心里的。只一掠,走了,像一个春宵的轻梦。

简评

1930年,季羡林先生考入清华大学西洋文学系,专业方向为德文。师从吴宓、叶公超先生,学东西诗比较、英文、梵文,并选修陈寅恪教授的佛经翻译文学、朱光潜先生的文艺心理学、俞平伯先生的唐宋诗词以及朱自清先生的陶渊明诗。与同学吴组缃、林庚、李长之结为好友,称为"四剑客"。清华大学的学习经历,为他一生的学术研究打下了坚实的基础。1935年他留学德国,9月入哥廷根(Goettingen)大学,主修印度学。先后师从瓦尔德史米特(Waldschmitt)教授、西克(Sieg)教授,学习梵文、巴利文、吐火罗文、俄文、南斯拉夫文、阿拉伯文等。学成归来，通英、德、梵、巴利文，能阅俄、法文，尤精于吐火罗文（当代世界上分布区域最广的语系——印欧语系中的一种独立语言），是世界上仅有的精于此语言的几位学者之一。这为他辉煌的学术生涯——"梵学、佛学、吐火罗文研究并举，中国文学、比较文学、文艺理论研究齐飞"奠定了厚实的基础。

　　季羡林先生为人所敬仰，不仅因为他的学识，还因为他的品格。钟敬文先生说："文学的最高境界是朴素，季先生的作品就达到了这个境界。他朴素，是因为他真诚。"即使在最困难的时候，季羡林也没有丢掉自己的良知。他和他的书，不仅是老先生个人一生的写照，也是近百年来中国知识分子心路历程的反映，跟随季老感受生命、体悟人生，收获内心安宁平静的力量，是人生的一大快事。季羡林先生对于人生价值说得十分透彻："能为国家、为人民、为他人着想而遏制自己的本性的，就是有道德的人。能够百分之六十为他人着想，百分之四十为自己着想，就是一个及格的好人。"在学术研究和现实生活中，有人将他主要秉承的中华传统文化中的哲学思想归纳为："天人合一，内外兼修""道德文章，为国楷模""勤于耕耘，不问收获""畅意抒怀，天高地阔""情满胸怀，重义人生"等信条，应该说，这也是古往今来中国人的最高境界。

　　《黄昏》是季羡林先生早期的作品，写于他大学毕业前夕的1934年1月14日，是作者早期作品中比较有特色的一篇，在季羡林先生大量的散文中多有独到之处。《黄昏》是作者以独特的眼光来审视观察生活中黄昏的匆匆流逝，以及对黄昏的来和去提出了问题，表明了自己心中独特的感受。窗外红彤彤的落日染红了天际，燃烧得激烈，却又带上几分美艳。此情此景，恍若画卷，却又更胜一筹。只是，这绯红撩人的黄昏，又有谁真的有所在意？众人都只是在对的时间干错误的事情，然后又在错误的时间，在艳红转而黯淡之后，才会无比叹惋，摇头伤心地说：

"夕阳无限好,只是近黄昏。"字里行间蕴含的是青年季羡林关于世界的观念,已经能看出他有所作为的积极精神。

难能可贵的是,季羡林先生的《黄昏》描写的是绝美中带着窒人的叹息。在温馨美丽惬意的黄昏面前,芸芸众生显得那么的渺小,却也是那么的可悲。我们不曾有过欣赏黄昏的经历,也不曾珍视过这些机会。所有这一切,排山倒海般向我们袭来,让我们措手不及、应接不暇。比方说有人拖拉疲杳,总会满不在乎地说:"这事等明天⋯⋯"。明明复明日,明日何其多?殊不知听起来很轻松的"明日",就足以将他们无情地推入地狱! 曾经有过这么一道益智题:"什么一直在到来却从来也未曾到达?"很多人为想出答案而绞尽脑汁。然而,答案出来却让我啼笑皆非——明天。是啊,我们是否对黄昏就如同对待明天一样,知道它会到来,却从没重视过它的到达。有人说,不要只看重结果,重在过程,这原本并不错。可是,没有希望、没有目的的等待,明天从何而至?

文学作品中不乏描写黄昏的诗文:茅盾笔下那气势雄浑的黄昏;何其芳笔下那寂寞惆怅的黄昏;诗人勃洛克那缠绵悱恻的黄昏;唐代诗人李商隐那"夕阳无限好,只是近黄昏"的略带伤感的咏叹,等等。但是终比不上季羡林先生在本文中关于"黄昏"轻梦般的瑰丽想象,使人折服。因为季羡林先生用自己的行动诠释着这样一个道理:黄昏真美丽,可它不能久留。当日子悠悠流走,你是否留够时间体会人生的美好?别被太多的梦牵绊,别被关在门外。

"莫道桑榆晚,为霞尚满天。"(刘禹锡《酬乐天咏志见示》)季羡林先生的《黄昏》,是一篇轻盈幽婉的乐章。黄昏,"只一掠,走了,像一个春宵的轻梦"则是反复咏唱的主旋律,澄清幽婉的心灵追寻着美丽而寂寞的黄昏踪迹,又将发现的多彩多姿的画卷付诸柔丽轻妙的文笔,"远处弥漫着白茫茫的烟,树梢上淡淡涂上了一层金黄色,一群群的暮鸦驮着日色飞回来"则是反复出现的意象,作者感慨人们对美丽黄昏的漠然,"半弯惨淡的凉月印在天上,虽然有点儿凄凉,但仍然掩不了黄昏的美丽"。在这样一串美丽的意象后面,闪动着一双明亮的眼睛,流溢出好奇、欣赏而又略带忧郁的目光。

《黄昏》真像一首诗、一支歌、一篇童话,读后真使人感到意兴遄飞,很是难得。

匆

匆

◇ 朱自清

燕子去了,有再来的时候;杨柳枯了,有再青的时候;桃花谢了,有再开的时候。但是,聪明的,你告诉我,我们的日子为什么一去不复返呢? ——是有人偷了他们罢:那是谁? 又藏在何处呢? 是他们自己逃走了罢:现在又到了哪里呢?

我不知道他们给了我多少日子;但我的手确乎是渐渐空虚了。在默默里算着,八千多日子已经从我手中溜去;像针尖上一滴水滴在大海里,我的日子滴在时间的流里,没有声音,也没有影子。我不禁头涔涔而泪潸潸了。

去的尽管去了,来的尽管来着;去来的中间,又怎样地匆匆呢? 早上我起来的时候,小屋里射进两

本文选自《朱自清散文:你我·匆匆》(浙江文艺出版社2006年版)。朱自清(1898—1948),1934年出版《欧游杂记》和《伦敦杂记》。1935年,出版散文集《你我》。主要作品有《寻朝》《踪迹》《背影》《欧游杂记》《你我》《精读指导举隅》《略读指导举隅》《国文教学》(与叶圣陶合著)《诗言志辨》等。

三方斜斜的太阳。太阳他有脚啊,轻轻悄悄地挪移了;我也茫茫然跟着旋转。于是——洗手的时候,日子从水盆里过去;吃饭的时候,日子从饭碗里过去;默默时,便从凝然的双眼前过去。我觉察他去的匆匆了,伸出手遮挽时,他又从遮挽着的手边过去,天黑时,我躺在床上,他便伶伶俐俐地从我身上跨过,从我脚边飞去了。等我睁开眼和太阳再见,这算又溜走了一日。我掩着面叹息。但是新来的日子的影儿又开始在叹息里闪过了。

在逃去如飞的日子里,在千门万户的世界里的我能做些什么呢?只有徘徊罢了,只有匆匆罢了;在八千多日的匆匆里,除徘徊外,又剩些什么呢?过去的日子如轻烟,被微风吹散了,如薄雾,被初阳蒸融了;我留着些什么痕迹呢?我何曾留着像游丝样的痕迹呢?我赤裸裸来到这世界,转眼也将赤裸裸的回去罢?但不能平的,为什么偏要白白走这一遭啊?

你聪明的,告诉我,我们的日子为什么一去不复返呢?

简 评

读朱自清先生的《匆匆》,很容易使人想起高尔基咏物言志的名篇《时钟》。尽管格调各异,但两位文学大家不谋而合,抓住人们日常习见而又易于忽略的物象,或寄情述怀,或生发议论,意在感叹韶华易逝,人生短促,亟需珍惜时间,爱惜生命,有所作为。

《匆匆》写于1922年3月,时在"五四"运动落潮不久之际。朱自清先生面对令人失望的现实,心情苦闷,怀旧、低徊、惋惜和惆怅之情不能自已。但朱自清先生毕竟是一个狷介自守、认真处世、勤奋踏实的人,虽感伤而并不颓唐,虽彷徨而并不消沉。他在1922年11月7日致俞平伯的信中曾披露了自己矛盾的思绪:"极感到诱惑的力量,颓废的滋味,与现代的懊恼""深感时日匆匆到底可惜",决心"丢去玄言,专崇实际",实行"刹那主义"。俞平伯先生曾评论朱自清先生的一些思考:"这种意想,是把颓废主义与实际主义合拢来,形成一种有积极意味的刹那主义",这种刹那观"在行为上却始终是积极的,肯定的,呐喊着的,挣扎着的。"(《读〈毁灭〉》)了解朱自清先生写作《匆匆》时的心态,有益于我们把握作者对光阴流逝而触发的独特审美感受——"聪明的,你告诉我,我们的日子为什么一去不复返呢?"

《匆匆》是极具诗人气质的朱自清先生有感而发之作。由眼前的春景,引动自己情绪的迸发,并且借助想象把它表现出来。想象"使未知的事物成形而现,诗人的笔使它们形象完整,使空灵的乌有,得着它的居处,并有名儿可唤。"(莎士比亚《仲夏夜之梦》)诗人把空灵的时间、抽象的观念,通过现象来表示,而随着诗人情绪的线索,去选择、捕捉那鲜明的形象。

值得注意的是,在仅仅只有六百余字的短小篇幅内,朱自清先生运用多种修辞方式,委婉曲折地展示自己的内心世界,让读者清晰地把握住他的意念流动的脉络。文章开头,作者以三个排比句来描写春景,把燕子再来,杨柳再青,桃花再开,跟与之相反的"日子一去不复返"相映衬,使人想起时光的流逝,引动思绪,点出题眼,在修辞上以抒情性的设问句式,提出时间是被人"偷了",还是"自己逃走了"的问题,无问之间,引人深感时不我待。然后,在第二、三段,紧接着前面的设问,引出另外的问题,作者把自己过去的生命时间比作一滴水,把大自然"时间的流"比作大海,以渺小和浩瀚两相对比,抒发了伤时而又惜时的感叹。在时光来去匆匆之间,以拟人化手法,赋予时光的象征太阳以生命,说太阳在自己身旁悄声地挪移,伶俐地跨过,轻盈地飞去,作者为此感到茫然和惶恐。他借饶有情味的太阳之匆匆出没,寄托奔涌的情思,深化题旨。最后在第四段内,作者全用设问句来追寻自己过去生命"游丝样的痕迹",显示了对生命价值的严肃思考和对生活执著的追求,并以"我们的日子为什么一去不复返呢"作结,在全文的结构上与开头形成反复和呼应,有力表现了作者此刻难以平静的心情。

　　陈敬之先生的《早期新散文的重要作家》对朱自清先生的散文写作风格是这样评价的:"他的散文写来清新、素朴、平实及简练,一如其人。既不流于空虚也不涉诸玄想。无论作为抒情也好,写景也好,记事也好,以致说理也好,不但对于文中所描述的人物或事理都有实际的体验,亲切的观察,深透的了解,而且还蕴藏着善良的理性,纯正的感情,清逸的才思。使读之者如喝绿茶,嚼谏果,入口虽平淡,但一加回味,却分外感到甘美。"朱自清先生凭借对客观事物的精微观察和体验,以流动的、传神的笔触,通过融情入景的写法,显示了绘画的美和诗意的美。譬如,他笔下的太阳,已非通常的自然景物,而是作者创造的一种艺术形象,是作者将主观感情和客观外物融合而成的主客观统一体,形神兼备,情韵独特。文章语言具有节奏感和旋律感,在朴素平淡中散发出浓郁的抒情气息,达到富于诗情画意的美学境界。全文以格调、辞藻、情意和韵味的美,深深吸引着不同时代的读者。

　　"匆匆"的背后还隐藏着作者的另一种情绪。诗人随着情绪的飞动,缘情造境,把空灵的时间形象化,又加之一连串抒情的疑问句,自然而然流露出他心灵的自我斗争、自我剖白的痛苦,从中可以看出作者徘徊中的执着追求,在朴素平淡中透出浓烈的抒情气氛。时间,它既看不见,又摸不着,但却又实实在在地在人们身边无情而匆匆地流逝。朱自清先生以他丰富的想象力,形象地捕捉住时光逝去的踪迹。文章起始,作者描绘了燕子去了来,杨柳枯了青,桃花谢了开的画面,以人们熟悉的几件东西的荣枯现象、时序变迁作渲染,暗示时光流逝的痕迹。作者由此想起自己二十四年共八千多个日子像"一滴水滴在大海里"无影无踪,"不禁头涔涔而泪潸潸"。作者再进一步具体而细微地刻绘了在日常生活中吃饭、洗手,上床乃至叹息的瞬间,时间就此"逃去如飞",自己过去的日子犹如"被微风吹散了"的"轻烟","被初阳蒸融了"的"薄雾"

那样消逝。作者深感既然"来到这世界",就不能"白白走这一遭",层次井然地揭示了题旨。朱自清先生珍惜寸阴的思想无疑与古人"少壮不努力,老大徒伤悲"的诗句,和"一寸光阴一寸金,寸金难买寸光阴"的箴言高度契合,但因朱自清先生"于人们忽略的地方,加倍地描写,使你于平常身历之境,也会有惊异之感"(《山野掇拾》),这一写法给人以真切的质感和强烈的流动感,仿佛成为人们朝夕与共的伴侣,鲜活灵动地呈现于读者面前。

　　《匆匆》是朱自清先生一首著名的散文诗。人生苦短,时光不再,是历代文学作品咏叹的主题。总体上看,《匆匆》自有自己的独特之处,主要表现在:先以古诗起兴引发时光不再的感慨,然后以诗化的语言化抽象为具体,把内心的感喟化为可感的形象,对过去、现在和未来进行反思、深省,抒写内心的感奋与不甘。文章看似一挥而就,实际上仍体现出朱自清先生散文构思巧妙的特点,连珠炮似的问句不仅造成时日匆匆的紧迫感,也牵引着全文的发展。

匆
匆

笑

◇冰心

本文选自《冰心作品集》（敦煌文艺出版社，1997年版）。冰心（1900—1999），原名谢婉莹，福建长乐人，现代诗人，作家，翻译家，儿童文学作家，社会活动家，散文家。1921年参加茅盾、郑振铎等人发起的文学研究会，出版了小说集《超人》《繁星》等。1923年出国留学前后，开始陆续发表总名为《寄小读者》的通讯散文，成为中国儿

雨声渐渐的住了，窗帘后隐隐的透进清光来。推开窗户一看，呀！凉云散了，树叶上的残滴，映着月儿，好似萤光千点，闪闪烁烁的动着。——真没想到苦雨孤灯之后，会有这么一幅清美的图画！

凭窗站了一会儿，微微的觉得凉意侵人。转过身来，忽然眼花缭乱，屋子里的别的东西，都隐在光云里；一片幽辉，只浸着墙上画中的安琪儿。——这白衣的安琪儿，抱着花儿，扬着翅儿，向着我微微的笑。

"这笑容仿佛在哪儿看见过似的，什么时候，我曾……"我不知不觉的便坐在窗口下想，——默默

的想。

严闭的心幕,慢慢的拉开了,涌出五年前的一个印象。——一条很长的古道。驴脚下的泥,兀自滑滑的。田沟里的水,潺潺的流着。近村的绿树,都笼在湿烟里。弓儿似的新月,挂在树梢。一边走着,似乎道旁有一个孩子,抱着一堆灿白的东西。驴儿过去了,无意中回头一看。——他抱着花儿,赤着脚儿,向着我微微的笑。

"这笑容又仿佛是哪儿看见过似的!"我仍是想——默默的想。

又现出一重心幕来,也慢慢的拉开了,涌出十年前的一个印象。——茅檐下的雨水,一滴一滴的落到衣上来。土阶边的水泡儿,泛来泛去的乱转。门前的麦垄和葡萄架子,都濯得新黄嫩绿的非常鲜丽。——一会儿好容易雨晴了,连忙走下坡儿去。迎着看见月儿从海面上来了,猛然记得有件东西忘下了,站住了,回过头来。这茅屋里的老妇人——她倚着门儿,抱着花儿,向着我微微的笑。

这同样微妙的神情,好似游丝一般,飘飘漾漾的合了拢来,绾在一起。

这时心下光明澄静,如登仙界,如归故乡。眼前浮现的三个笑容,一时融化在爱的调和里看不分明了。

童文学的奠基之作。1971年,她与吴文藻、费孝通等合作翻译《世界史纲》《世界史》等著作。1980年。冰心发表的短篇小说《空巢》,获"全国优秀短篇小说奖",接着又创作了《万般皆上品……》《远来的和尚》等佳作。散文方面,除《三寄小读者》外,连续创作了四组系列文章,即《想到就写》《我的自传》《关于男人》《伏枥杂记》。年近九旬时还发表了《我请求》《我感谢》《给一个读者的信》等作品。

1980年6月，冰心先生先患脑血栓，后又骨折，但病魔并没有征服冰心老人，她仍坚持创作，在此期间发表的短篇小说《空巢》获"全国优秀短篇小说奖"。接着又创作了《万般皆上品……》《远来的和尚》等佳作。散文方面，除《三寄小读者》外，她又连续创作了四组系列文章，即《想到就写》《我的自传》《关于男人》《伏枥杂记》。作品数量之多、内容之丰富、创作风格之独特，使得耄耋之年的冰心的文学成就达到了一个新的境界，创造出了一个瑰丽的晚年文学景观。

"世纪老人"冰心走过了一条漫长的文学之路。在1919年8月的《晨报》上，冰心发表了第一篇散文《二十一日听审的感想》和第一篇小说《两个家庭》。冰心先生的文学之路开启了。1921年冰心参加茅盾、郑振铎等人发起的文学研究会，努力实践"为人生"的艺术宗旨，出版了小说集《超人》《繁星》等，这奠定了冰心先生的文坛地位。冰心先生这篇发表于1921年的散文《笑》，委婉地抒写了作者心中对生活的爱，是新文学运动初期一篇具有典范意义的美文。如同郁达夫先生说过的那样："冰心女士散文的清丽，文字的典雅，思想的纯洁，在中国好算是独一无二的作家了……"（《〈中国新文学大系·散文二集〉导言》）。从郁达夫先生的高度评价中，可见冰心散文内容与形式的完美统一是素有定评的，她的早期散文《笑》就是这样一篇典范作品。

冰心先生的散文以文字优美而著称。她将当时还处在发展阶段的白话文，与古雅的文言文、洋派的西方文字完美地糅合在一起，并且注意到了文字的锤炼，节奏的推敲，从而使得她的文字既有大西洋彼岸的清新之风，更有含蓄幽婉的中华古典之美。冰心先生说过，散文要"写到有了风格，必须是作者自己对于他所描写的人、物、情、景，有着浓厚真挚的情感"（《关于散文》），"必须从真挚的情感出发，抒真情，写实境,才能得到读者的同感与共鸣"(《创作谈》)。这两点是她积数十年散文创作的经验之谈。冰心早年对新散文的语言有过自觉的追求,曾主张"白话文言化""中文西文化"。本文刚一发表,便被竞相选入各类学校语文课本,连语法学家也对此作了通篇的句式解读。散文《笑》显示了作者很强的驾驭语言文字的功力。美好的景物、美妙的情怀,正是通过优美的语言来表现的,辞意双美是本文一个重要的写作特点。苏轼在评他人画作时说:"诗画本一律,天工与清新。"自然天成,无意而工,清新俊逸,历来被认为是诗文创作的最高境界。用"天工与清新"来评价《笑》的语言艺术诚不为过。

　　《笑》下笔伊始,在经历过"苦雨孤灯"的心灵历程之后,呈现在读者面前的是一幅幅现实的和"心幕"中的"清美"的图画:安琪儿——这给人类带来幸福安详的白衣天使,在月光的幽辉中"抱着花儿,扬着翅儿,向着我微微的笑";雨中踏古道,新月挂树梢的时节,充满童稚的孩子在"兀自滑滑的"道旁"抱着花儿,赤着脚儿,向着我微微的笑";土阶上,茅檐下躲雨之后,迎面是海上生明月,回头呢? 茅屋里的老妇人"倚着门儿,抱着花儿,向着我微微的笑"。这给人带来心灵慰藉的温暖的"笑",有来自物的,有来自人的,随时可见,随处都有,只要你用心去发现、去感受,就会发现这是多么美好的生活。也许在不经意间,在平平常常的生活中,你会发现那温馨的不需要任何回报的爱。最后作者领悟到三个微笑具有相同的含义,便感到心灵澄净,仿佛"飘飘乎如遗世独立,羽化而登仙"(苏轼《赤壁赋》),这同样是一种美好的情怀。于此再细味"笑"的含义,除了"爱"之外,又可读出"美好""美妙"等意义。

　　这就是冰心先生的《笑》所要阐释的哲理,也是她把对人生的体验奉献给读者的一片真情。读这样的美文,你才会体验到"心下光明澄静,如登仙界,如归故乡",真正感受到生活的美好和温暖。雨后的月夜,清新、恬静、幽暗,构成"一幅清美的图画",充满美妙的诗意。"清美"

是冰心作品的总体性的审美风格,也是散文《笑》写景状物的特定风格。这幅清美的图画,是安琪儿的形象得以浮现的背景,使爱与美无间地融合在一起。

在领悟《笑》所包蕴的深刻哲理的同时,我们还可以真切地体会出作家文笔的深厚功力。通篇文字清新隽永、自然凝炼。写雨和月亮,新鲜靓丽会使你过目不忘:雨是刚刚停住,月是刚刚现出,雨霁月下的景物,自然有一种明媚、温润、新鲜之美。云轻雨落,水滴如萤;古道悠悠,绿树笼烟;茅檐土阶,万物鲜丽:也必得用"清丽"一词才能形容得出。再看对三个场面中人物的描写,为了渲染文章的主题,作者运用了反复的修辞方法,他们全是"抱着花儿""微微的笑",让读者透过这描写,去想象那一幅幅优美的画面,去感受这通篇蕴涵着的"爱"的美好。最后两段是对全文的收束,三个画面成为一体,"缩在一起","融化"在了"爱的调和里",作品的感情基调也上升到了高峰。结构上文章到此戛然而止,但却有种余音袅袅、百折千回的魅力,让读者长久地怀想,情不自禁地引发绵绵的情思。

巴金先生在《冰心传·序》中说:"当时年轻的读者容易熟悉青年作者的感情。我们喜欢冰心,跟着她爱星星,爱大海,我这个孤寂的孩子在她的作品里找到温暖,找到失去的母爱。我还记得离家前的那个夏天,满园蝉声中我和一个堂弟,一边读着《繁星》,一边学写小诗。"冰心"爱的哲学"以童心、母爱和自然为文学创作的基石,这是世所共识的。本文可以说就是"爱的哲学"的文学表达。为了追求一个理想的天国般的境界,字里行间充盈了女性的温柔,只有像冰心这样一个才情横溢、沉没在爱的世界里的才女才创造得出。文章以三个"微微的笑"为主线,塑造了一个圣洁美好的世界。这一年冰心21岁。

鹰之歌

◇ 丽尼

黄昏是美丽的。我忆念着那南方底黄昏。

晚霞如同一片赤红的落叶坠到铺着黄尘的地上，斜阳之下的山岗变成了暗紫，好象是云海之中的礁石。

南方是遥远的；南方底黄昏是美丽的。

有一轮红日沐浴着在大海之彼岸；有欢笑着的海水送着夕归的渔船。

南方，遥远而美丽的！

南方是有着榕树的地方，榕树永远是垂着长须，如同一个老人安静地站立，在夕暮之中作着冗长的低语，而将千百年的过去都埋在幻想里了。

晚天是赤红的。公园如同一个废墟。鹰在赤红

本文选自丽尼《鹰之歌》（珠海出版社1997年版）。丽尼（1909—1968），原名郭安仁，1909年生于湖北孝感，是上世纪三四十年代一位有影响的散文家，有巴金为其编选的《白夜》和《鹰之歌》两本散文集存世。1955年加入中国作家协会，著有散文集《白夜》《鹰之歌》《黄昏之献》，译著长篇小说《田园交响乐》《贵族之家》

《前夜》《天蓝的生活》,专著《俄国文学史》,文学剧本《伊凡诺夫》《海鸥》《万尼亚舅舅》《苏瓦洛夫元帅》等。

的天空之中盘旋,作出短促而悠远的歌唱,嘹唳地,清脆地。

鹰是我所爱的。它有着两个强健的翅膀。

鹰底歌声是嘹唳而清脆的,如同一个巨人底口在远天吹出了口哨。而当这口哨一响着的时候,我就忘却我底忧愁而感觉兴奋了。

我有过一个忧愁的故事。每一个年轻的人都会有一个忧愁的故事。

南方是有着太阳和热和火焰的地方。而且,那时,我比现在年轻。

那些年头!啊,那是热情的年头!我们之中,象我们这样大的年纪的人,在那样的年代,谁不曾有过热情的如同火焰一般的生活?谁不曾愿意把生命当作一把柴薪,来加强这正在燃烧的火焰!有一团火焰给人们点燃了,那么美丽地发着光辉,吸引着我们,使我们抛弃了一切其他的希望与幻想,而专一地投身到这火焰中来。

然而,希望,它有时比火星还容易熄灭。对于一个年轻人,只须一个刹那,一整个世界就会从光明变成了黑暗。

我们曾经说过:"在火焰之中锻炼着自己";我们曾经感觉过一切旧的渣滓都会被铲除,而由废墟之中会生长出新的生命,而且相信这一切都是不久就会成就的。

然而,当火焰苦闷地窒息于潮湿的柴草,只有浓烟可以见到的时候,一刹那间,一整个世界就变成黑暗了。

　　我坐在已经成了废墟的公园看着赤红的晚霞，听着嘹唳而清脆的鹰歌，然而我却如同一个没有路走的孩子，凄然地流下眼泪来了。

　　"一整个世界变成了黑暗：新的希望是一个艰难的生产。"

　　鹰在天空之中飞翔着了，伸展着两个翅膀，倾侧着，回旋着，作出了短促而悠远的歌声，如同一个信号。我凝望着鹰，想从它底歌声里听出一个珍贵的消息。

　　"你凝望着鹰么？"她问。

　　"是的，我望着鹰。"我回答。

　　她是我底同伴，是我三年来的一个伴侣。

　　"鹰真好，"她沉思地说了，"你可爱鹰？"

　　"我爱鹰的。"

　　"鹰是可爱的。鹰有两个强健的翅膀，会飞，飞得高，飞得远，能在黎明里飞，也能在黑夜里飞。你知道鹰是怎样在黑夜里飞的么？是象这样飞的，你瞧。"说着，她展开了两只修长的手臂，旋舞一般地飞着了，是飞得那么天真，飞得那么热情，使她底脸面也现出了夕阳一般的霞彩。

　　我欢乐地笑了，而感觉了奋兴。

　　然而，有一次夜晚，这年轻的鹰飞了出去，就没有再看见她飞了回来。一个月以后，在一个黎明，我在那已经成了废墟的公园之中发现了她底被六个枪弹贯穿了的身体，如同一只被猎人从赤红的天空击落了下来的鹰雏,披散了毛发在那里躺着了。那正是她为我展开了手臂而热情地飞过的一块地方。

我忘却了忧愁,而变得在黑暗里感觉兴奋了。

南方是遥远的,但我忆念着那南方底黄昏。

南方是有着鹰歌唱的地方,那嘹唳而清脆的歌声是会使我忘却忧愁而感觉奋兴的。

简评

本文作者丽尼先生是 20 世纪三四十年代一位有影响的散文作家。从 20 世纪 30 年代开始,巴金先生为其编选了《白夜》和《鹰之歌》两本散文集。年轻的丽尼用低徊忧郁的笔调,抒写了个人的忧愁和凄伤,倾吐了在那个希望变为失望、光明变为黑暗的年代里,进步知识青年的痛苦心声。他逐渐发现了黑暗中也在燃烧着越来越旺的斗争火焰,于是面向现实和人生,抒写出了自己的振奋,也描述了自己眼中、自己经历的一些凄惨的、激动人心的故事,表达出他对旧世界的控诉,对光明和斗争的礼赞。《鹰之歌》就是这样的一篇抒情散文,是对旧世界的叛逆者的赞歌,是对敢于向黑暗进击的革命者的赞歌,是在黑暗的逆境中也仍然展翅奋飞的革命战斗精神的体现。

《鹰之歌》是丽尼先生写于 1934 年 12 月的著名抒情散文,最初发表于《文学季刊》1935 年第 2 卷第 1 期,也是丽尼先生一扫前期散文哀婉忧伤格调,走向豪迈壮志的转型之作。这篇散文托物言志,借歌颂雄鹰,赞美了像雄鹰一样有着强健翅膀的女友。作者通过对鹰的赞颂,抒发了对被反动派残酷杀害的女友的怀念和崇敬之情。对于作为全文中心的那个忧愁故事,作者并不重在对事件过程的具体描述,而是以抒情的笔调、含蓄的手法,抒写了"我"在"那个希望变为失望,光明变为黑暗的动荡年代里的忧愁、凄伤,以及因女友而忘却忧伤、感觉兴奋的心理"。对女友,文中也并不交代她的身世事迹,只着重写了她对鹰的赞美。"鹰有两个强健的翅膀,会飞,飞得高,飞得远,能在黎明里飞,也能在黑暗里飞",女友对鹰的特征的概括、评价,也正是文章对女友性格、精神间接的认可与赞颂,从而以鹰的品格象征了革命战士渴求战斗的大无畏精神。作品写鹰的歌声是"短促而悠远的",是暗喻女友的生命虽短,但浩气长存。女友虽然永远离开了作者,但她却唤醒了作者在动荡年代中的忧伤、失落的心灵,激励了作者与困难搏斗、追求光明的勇气。

陈荒煤先生在《一颗企望黎明的心》的文学评论中对丽尼先生的散文作了一个比较全面的评价:"如果说安仁(丽尼原名郭安仁——笔者)前期的散文是给我们展示了一些似乎朦胧的阴暗的水墨画,固然也偶尔点缀过一点春天的鲜明的色彩,反而感觉到旧世界的阴影的更加令人压抑;那么,他后期的散文却是一些浓郁的油画,固然也还是阴影重叠,但从那些受难者善良的心灵里,看到人间的希望。就是说,安仁终于把他那哀伤、伤感而朦胧的独唱,投入了多灾多难的祖国和人民的合唱中去了!"在《鹰之歌》的"独唱"中,作者采用象征和隐喻的手法,叙述了一个美丽而哀伤的故事:女友因为要做旧世界的叛逆者而被残酷地杀害,作者以鹰喻人,抒发了对牺牲者的怀念和对搏击黑暗者的崇敬,表达对残暴的反动势力的无比仇恨,歌唱了对旧世界的反抗。贯穿全文的是对鹰的赞美,赞美"鹰有两个强健的翅膀,会飞,飞得高,飞得远,能在黎明里飞,能在黑夜里飞"。丽尼是俄罗斯文学翻译家,他的《鹰之歌》不能不使我们想起高尔基的同题散文诗。在高尔基的这一名作里,鹰的形象是追求自由、追求光明、勇敢而坚强的革命者骄傲的象征。丽尼借用这个形象,赞颂了中国30年代的革命者。文章大体上可分为五部分:第一部分,作者先描绘了南方美丽的黄昏,展现了一幅色

鹰之歌

彩浓重、情调悲壮的动人画面。南方,是革命火焰燃烧的地方,鹰在那赤红的天空盘旋,作出短促而悠远的歌唱,文章抒发了对鹰的礼赞;第二、三部分,作者讲述南方有着"火焰的地方",有过许多年轻人的"一个忧愁的故事",这个故事的实际内容就是许多青年投奔南方参加第一次国内大革命,但蒋介石背叛了革命,一夜之间光明变成黑暗、希望变成失望。作者的描写是含蓄的、隐晦的;第四部分,描写现实中的斗争仍在继续,一个陪伴我三年的、具有鹰的性格和风采的伴侣、女友,因为要做旧世界的叛逆者而被残酷地杀害;第五部分,抒写作者所受到的鼓舞,以及对南方革命根据地和革命队伍的向往。

丽尼先生在《鹰之歌·后记》中说:"我确曾看过鹰飞,也曾听过鹰的歌唱;那声音嘹唳,清脆,那姿态也雄健,矫健;我确曾希望我能学习那样的歌唱和飞翔,然而我不能肯定我自己。一个不能肯定自己的人,结果往往会嘲笑自己。……因此,我疑惑我变成了一只乌鸦。在黑色的翼上,我飞翔着;在昏暗的林薮里,我休息着。然而,一样地,我怀着一颗企望黎明的心。"作者重点描写了盘旋于南方高空的鹰的形象,反复出现的鹰实际上是作者女友的精神象征,也是整个南方黄昏中最突出、也是最令作者震撼的一个意象,它象征着作者为革命献身的女友,象征着一切敢于同旧世界顽强抗争的英勇战士。作者形象地概括了鹰的特征,突出了鹰的行为与精神,使这一形象与女友的性格相契合。作者由于洗练、生动地展现了鹰的形象,并融入自己对鹰的一腔深情,从而使得这一短文的主题形象成为了不朽。

《鹰之歌》语言含蓄,富有音韵的和谐美。本文格调优美、情绪悲壮,韵味浓烈、意境悠远,对黑暗的憎恨和对光明的向往这一情感主线,在鹰那短促、悠远、清脆的歌声中得以充分显现,文章成为一曲旧社会叛逆者的颂歌。鹰,作为一种象征、一种意象,屡屡以英姿勃发、搏击风雨的大无畏形象出现在古今中外的文章诗句中;但在本文中,未见鹰的踪迹,我们已先被作者笔下的南方黄昏景象迷住了:晚霞如赤红的落叶;红日沐浴在海中,欢笑的海水,夕阳的渔船;仿佛站立了千年的老榕树——在大肆的渲染之后,鹰出现了,这是何其壮美的一幅图画!这幅图画一定在作者的脑海里铭刻得很深很深,因为它与"我"曾经有过的"一个忧愁的故事"紧紧连在一起。文中反复出现的南方的黄昏,鹰的歌声,废墟的公园等意象极富象征意义,它们既是现实的存在物,又是作者感情的契合物,它们不再是孤立的景观,而是折射着作者思想、情感、心态的"移情"对象。全文的语言韵律犹如一曲高亢咏叹调,舒展流畅,风格清丽雅致,表达的感情细腻又真挚。

阴

◇ 杨绛

本文选自《杨绛散文》（浙江文艺出版社1994年版）。杨绛（1911—2016），钱钟书夫人，著名作家、评论家、翻译家、学者。由她翻译的《唐·吉诃德》被公认为最优秀的翻译佳作。她早年创作的剧本《称心如意》，被搬上舞台长达六十多年。2004年杨绛出版散文随笔《我们仨》，风靡海内外，再版达一百多万册。

一棵浓密的树，站在太阳里，像一个深沉的人：面上耀着光，像一脸的高兴，风一吹，叶子一浮动，真像个轻快的笑脸；可是叶子下面，一层暗一层，绿沉沉地郁成了宁静，像在沉思，带些忧郁，带些恬适。松柏的阴最深最密，不过没有梧桐树胡桃树的阴广大。疏疏的杨柳，筛下个疏疏的影子，阴很浅。几茎小草，映着太阳，草上的光和漏下地的光闪耀着，地下是错杂的影子，光和影之间，那一点绿意，是似有若无的阴。

一根木头，一块石头，在太阳里也撒下个影子。影子和石头木头之间，也有一片阴，可是太小，只见影子，觉不到有阴。墙阴大些，屋阴深些，不像树阴清幽灵活,却也有它的沉静,像一口废井,一潭死水般的静。

山的阴又不同,阳光照向树木石头和起伏的地面,现出浓浓淡淡多少层次的光和影,挟带着阴,随着阳光转动变换形态。山的阴是散漫而繁复的。

烟也有影子可是太稀薄,没有阴。大晴天,云会投下几块黑影,但不及有阴,云又过去了。整片的浓云,蒙住了太阳,够点染一天半天的阴,够笼罩整片的地,整片的海,造成漫漫无际的晦霾。不过浓阴不会持久;持久的是漠漠轻阴。好像谁往空撒了一匹轻纱,荡飏在风里,撩拨不开,又捉摸不住,恰似初识愁滋味的少年心情。愁在哪里?并不能找出个影儿。

夜,掩没了太阳而造成个大黑影。不见阳光,也就没有阴。黑影渗透了光,化成朦朦胧胧的黎明和黄昏。这是大地的阴,诱发遐想幻想的阴。大白天,每件东西遮着阳光就有个影子,挨着影子都悄悄地怀着一团阴。在日夜交接的微光里,一切阴都笼罩在大地的阴里,蒙上一重神秘。渐渐黑夜来临,树阴、草阴、墙阴、屋阴、山的阴、云的阴,都无从分辨了,夜吞没地所有的阴。

简评

杨绛先生的散文淡雅、睿智。有论者说:"杨绛的文字,如一方玉。外表朴素,不炫示,叫人望去油然生宁静心情;她还能准确,节制,不枝不蔓,叫人体会一种清洁之美;玉当然又绝不冷硬,她显出温和,淡淡却持久地散发;还有润泽,透露着内在丰富的生命律动。"杨绛文学作品的成功是有目共睹的。风靡海内外的散文随笔《我们仨》,是杨绛女士在93岁时所著,该书以简洁而沉重的语言,回忆了先后离她而去的女儿钱瑗、丈夫钱钟书,回忆了一家三口那些艰难而快乐的日子。1998年,钱钟书先生的逝世使文化界深感悲痛。但罕为人知的是他们

阴

唯一的女儿钱瑗已于此前（1997年）先他们而去。一生的伴侣、唯一的女儿相继离去，杨绛女士晚年之情景非常人所能体味。在人生的伴侣离去四年后，杨绛女士用心记述了他们这个不平常的家庭63年的风风雨雨、点点滴滴，结成回忆录《我们仨》。杨绛的长篇散文《我们仨》含有浓郁的古典意味，一是淡泊功利的人格精神，表现了"我们仨"对家的相聚相守以及酷爱读书勤奋治学的精神；二是平和朴素的语言风格，杨绛最善于把各种对立的因素和谐地统一起来，达到恰到好处的理想状态；三是平和、哀而不伤的抒情笔调，通过情景交融的古典手法，把丰富复杂的情感寓于景中，通过比喻、象征、暗示，尽显古典文化的韵味。这三个方面的精神与品格，不仅是《我们仨》的古典意味，也是他们的精神支柱，推动"他们仨"走向高远超凡的境界。

杨绛先生"是1949年以后大陆最优秀的白话文作家之一。""她的语言在沉静中显出灵动，在精妙中透出睿智，有一种洗净铅华后的优雅与超然，却又充盈着活力。"（叶匡政语）从早年的《阴》就可以看出这一点。杨绛1932年毕业于苏州东吴大学，成为清华大学研究院外国语文研究生，并认识了钱钟书，由于特殊的家庭关系，加之才子邂逅才女，二人很快结为伉俪。1935年至1938年她与丈夫钱钟书一同前往英国牛津大学求学，后转往法国巴黎大学进修。

杨绛初到牛津时写了散文《阴》，发表在美学家朱光潜主编的《文学杂志》创刊号上，后收进散文集《杂忆与杂写》。"阴"虽然是一种常见的自然现象，却难以表现出来，而作者却能够赋予"阴"以灵动的形象，表达出与众不同的体会。作者在文中细腻地描写她平日注意观察到的这种常见现象，其实是在用艺术形象悄悄地告诉人们一个古老却常常被人遗忘的哲理：大地万物阴阳相互依存，相反相成，有阳就有阴，无阳就无阴，两者对立统一，运转不息。《易经》说："一阴一阳谓之道。"这正是自然界中无可抗拒的规律，是宇宙间一切事物的运动规律。杨绛以她敏锐的目光、深邃的思索,启发读者树立辩证唯物主义的宇宙观,引发读者对人性的思考。世间万物"在阳光里"都有阴,但这阴是各种各样的,有的深有的浅,有的疏有的密,有的大有的小,有的浓有的淡,作者细致入微的刻画使读者读起来意味深长,从任何角度解读,都能品尝出深刻的人生况味以及与众不同的体会。

杨绛先生在《杂忆与杂写•听话的艺术》中曾就散文写作说道:"辞令的巧妙,只使我们钦慕'作者'的艺术,而拙劣的言辞,却使我们喜爱'作者'自己。说话的艺术越高,愈增强我们的'宁可不信',使我们怀疑,甚至恐惧。"作者所说的"说话的艺术"应该包涵文章的取材。散文中写花鸟虫鱼的很多,描写"阴"的真是凤毛麟角。"阴"是一种常见的自然现象,表现在具体的事物上,各不相同。作者犹如一个悠闲的品茶人,慢悠悠地只说些阴和影子的闲话,便写下这一段神思飞动、雅韵轻灵的文字。作者写下的是这些自然界的现象,但似乎所要表达的又不仅限于此,而是更深层次地引发读者对人性和人生的思考、对朦胧而又神秘的宇宙力量的思考。几十年后的今天我们读这样的文章依然有新鲜感。

人们喜欢称本文作者杨绛为"钱钟书夫人",钱钟书写《围城》时,杨绛也曾以"灶下婢"自居。杨绛却绝对不是依仗丈夫"大树底下好乘凉"。《唐•吉诃德》的翻译为她赢得了西班牙国王的奖励,为杨绛赢得文坛最大声誉的却是她的散文,当然也包括翻译的散文。据著名学者董衡巽先生回忆,20世纪50年代初期在北京大学求学,一次,学生们在和老师朱光潜先生谈到外国散文的翻译时,朱先生很肯定地说:全国外国散文的翻译杨绛最好。散文家笔下最有神采的形象,似乎不经意间绘出的人物,却恰恰是散文家本人。

杨绛先生在《一百岁感言》中展现了一个期颐老人乐天知命的崇高境界:"我今年一百岁,已经走到了人生的边缘,我无法确知自己还能

阴

走多远，寿命是不由自主的，但我很清楚我快'回家'了。我得洗净这一百年沾染的污秽回家。我没有'登泰山而小天下'之感，只在自己的小天地里过平静的生活。细想至此，我心静如水，我该平和地迎接每一天，准备回家。在这物欲横流的人世间，人生一世实在是够苦。你存心做一个与世无争的老实人吧，人家就利用你欺侮你。你稍有才德品貌，人家就嫉妒你排挤你。你大度退让，人家就侵犯你损害你。你要不与人争，就得与世无求，同时还要维持实力准备斗争。你要和别人和平共处，就先得和他们周旋，还得准备随时吃亏。……保持知足常乐的心态才是淬炼心智，净化心灵的最佳途径。一切快乐的享受都属于精神，这种快乐把忍受变为享受，是精神对于物质的胜利，这便是人生哲学。"百岁老人的心路历程分明是一部非常耐读的人生大书。在读者的心中她是一座大山，仰之弥高。哲学家、散文家周国平先生说出了千千万万读者的心里话："这位可敬可爱的老人，我分明看见她在细心地为她的灵魂清点行囊，为了让这颗灵魂带着全部最宝贵的收获平静地上路"。

黄

昏

◇ 何其芳

马蹄声,孤独又忧郁地自远至近,洒落在沉默的街上如白色的小花朵。我立住。一乘古旧的黑色马车,空无乘人,纡徐地从我身侧走过。疑惑是载着黄昏,沿途散下它阴暗的影子,遂又自近至远地消失了。

街上愈荒凉。暮色下垂而合闭,柔和地,如从银灰的归翅间坠落一些慵倦于我心上。我傲然,耸耸肩,脚下发出凄异的长叹。

一列整饬的宫墙漫长地立着。不少次,我以目光叩问它,它以叩问回答我:

——黄昏的猎人,你寻找着什么?

狂奔的猛兽寻找着壮士的刀,美丽的飞鸟寻找

本文选自何其芳《画梦录》(广东人民出版社,1981年版)。何其芳(1912—1977),现代诗人、散文家、文学评论家。1936年他与卞之琳、李广田的诗歌合集《汉园集》出版,他的散文集《画梦录》于1937年出版,并获得《大公报》"文艺金奖"。1938年,发表作品《生活是多么广阔》《我为少男少女们歌唱》。

着牢笼,青春不羁之心寻找着毒色的眼睛。我呢?

我曾有一些带伤感之黄色的欢乐,如同三月的夜晚的微风飘进我梦里,又飘去了。我醒来,看见第一颗亮着纯洁的爱情的朝露无声地坠地。我又曾有一些寂寞的光阴,在幽暗的窗子下,在长夜的炉火边,我紧闭着门而它们仍然遁逸了。我能忘掉忧郁如忘掉欢乐一样容易吗?

小山巅的亭子因暝色天空的低垂而更圆,而更高高地耸出林木的葱茏间,从它我得到仰望的惆怅。在渺远的昔日,当我身侧尚有一个亲切的幽静的伴步者,徘徊在这山麓下,曾不经意地约言:选一个有阳光的清晨登上那山巅去。但随后又不经意地废弃了。这沉默的街,自从再没有那温柔的脚步,遂日更荒凉,而我,竟惆怅又怨抑地,让那亭子永远秘藏着未曾发掘的快乐,不敢独自去攀登我甜蜜的想像所萦系的道路了。

简 评

一年之际最萧瑟、最悲凉之时莫过于深秋的黄昏,而本文虽写于初夏,但作者的那股愁思哀绪却清晰可感。何其芳先生在《谈〈画梦〉和我的道路》中说:"在《黄昏》这篇文章以前,我是一个充满了幼稚的伤感、寂寞的欢欣和辽远的幻想的人。在那以后,我却更感到了一种深沉的寂寞,一种大的苦闷,更感到了现实与幻想的矛盾,人的生活的可怜,然而找不到一个肯定的结论。"由此我们可看出,《黄昏》是处于作者思想上的幻想期和苦闷期交替分界的标志,其基调是既有美丽的幻想,又有寂寞、孤独的苦闷。关于这一点,还是作家洪烛先生说得更富于诗意:"……这册(指何其芳著《画梦录》)20世纪30年代刊行的朴素淡雅的小书,如同一弯未曾遭岁月的墨云剥蚀的新月,温情脉脉地记载着大半个世纪前一位理想主义者灵魂中的乍暖还寒、草长莺飞。甚至连画山绣水的屏风背后若隐若现的一阕咏叹都丝丝入扣地契合了梅妻鹤子的江南黄昏暗香浮动的脉搏。"

所以,何其芳先生在《黄昏》中所表现出来的忧愁,是一个时代的忧愁,是一段历史范畴的忧愁,具有不容置疑的典型意义。

黄昏,是作者对中国传统文化与传统美学境界认同的一个方式,也内化成了他自身生命的一种颜色、一种境界。"夕阳西下,断肠人在天涯。"是黄昏唤醒了人的孤独体验、还是孤独的人对黄昏别有钟情?可能二者是互依互存的。总之,何其芳跨进了这么一个孤独的黄昏。有资料说明,这孤独的渊源,是他的初恋。

爱情,曾在作者心中留下多么甜蜜而美好的回忆,那可爱的、亲切的人曾多少次徜徉在梦中。"在渺远的昔日,当我身侧尚有一个亲切的幽静的伴步者,徘徊在这山麓下,曾不经意地约言:选一个有阳光的清晨登上那山巅去。"这是多么让人留恋的往事。"但随后又不经意地废弃了。这沉默的街,自从再没有那温柔的脚步,遂日更荒凉。"是的,甜美的爱情结束了,作者并没说出爱情结束的原因,但我们知道,不管怎样,他是深深地珍惜这段感情的,更珍爱那曾经爱过的人。那不经意的约言,被作者记在心里,他渴望着能与所爱的人儿一同登上那山巅,一起去寻找那山巅亭子里的快乐。可伊人已去,"而我,竟惆怅又怨抑地,让那亭子永远秘密藏着未曾发扬的欢乐,不敢独自去攀登我甜蜜的想象所萦系的道路了。""我"不敢独自去,怕勾起往日的回忆,沉入对往日人心的思念,陷入深深的忧愁中去。欲爱而不能,一种不经意的悲剧意识在文中流露出来了。

何其芳先生散文的文化与美学价值,是人们比较感兴趣的话题。从文化与美学的角度,陶德宗先生对何其芳先生的散文有比较全面而又深刻的评说:"在传统与现代、中国与西方、文学与政治、时代与个人的不同框架内,他都进行了自觉而认真的选择。于是,他坚持着'文艺什么都不为,只是为了抒写自己的幻想、感觉和情感'的创作宗旨,疏离于社会公众主题，聚焦于自我内心世界，用浪漫主义艺术笔触，将晚唐五代的、西方现代的和中国现代的多种艺术调和成一种冷艳的色彩，精心描绘着自己的青春伤感和白日梦幻，刻意追求着'纯粹的柔和，纯粹的美丽'，显现着鲜明的唯美主义倾向。"(《在文化视角中的何其芳——何其芳的文化选择与创作倾向》)在何其芳先生的散文中，尤其是早期以《画梦录》为代表的篇章中，如《雨前》《黄昏》《独语》《梦后》等，均体现了这种"唯美主义的倾向"。我们读《黄昏》，一定会感觉到不经意的悲剧意识的流露。这是典型的何其芳"独语"调式，感伤的黄昏，沉默的街道，孤独的文人，飘飞的思绪。一切都是那么美，那么纯，仿佛一个梦。尽管作者是一个孤高自许的文人，面对暮色"如银灰的归翅间坠落一些慵倦—于我心上"，"我傲然，耸耸肩"，可是，心中的忧愁却如春水一般，慢慢地溢了出来。那是失落的爱情的感伤。"我醒来，看见第一颗纯洁的爱情的朝霞无声地坠地。"

散文《黄昏》显示了何其芳先生《画梦录》中典型的"独语"调式，是因为何其芳不满当时的散文状况，认为当时的散文除了说理和告白，多是个人琐事的叙述或个人遭遇的告白。他要创造一种崭新的散文。《画梦录》是其代表作，体现了何其芳的风格。何其芳的"独语"调式，爱在黄昏的灯光下，吟哦内心的孤独与寂寞，探索内心的感伤与矛盾。《黄昏》完整地体现了这一特点。"我常有一些带伤感之黄昏的欢乐，如同三月的夜晚的微风飘进我梦里，又飘去了。""我又曾有一些寂寞的光阴，在幽暗的窗子下，在长夜的炉火边，我紧闭着门而它们仍然遁逸了。"作者是那样地孤芳自赏，他不屑于向人倾诉自己的孤独和忧郁，只愿与黄昏共享，只愿自己默默地咀嚼。

文中透出的黄昏的氛围、孤独的神韵，这是最能勾住读者心魄的东西。独坐黄昏里，让心灵静谧，灵魂沉寂，这或许是何其芳先生在时代的洪流里行进之后留给我们的背影。

错

误让我如此美丽

◇林鸣

我有两位性格迥异的挚友。

一个没完没了地惹祸，被众人讥为"三分钟一个主意"。少年时骑自行车去内蒙古探险，险些叫狼叼了去；曾上过战场，枪炮一响，吓尿了裤子。面对不断的打击和挫折，他每回都能踉跄着爬起来。一连串磕头绊腿的生活经历倒像勋章，挂在他相当自信的胸前。奇怪，这盏并不省油的灯，不仅事业小成，在人群中还是个受欢迎的人物。

另一位则乖得很。从幼儿园、上学到工作单位一直担任领导职务，每天洗脸，不讲脏话，从不擅自去运河游泳，上课不说话，开会不打盹，家中收藏最多的就是他历年所得的镜框奖状，现为公认的副局

本文选自《读者》2008 年第 6 期，后收入刘青文主编《哲理小品》(无障碍阅读：学生版)(北京教育出版社2013 年版)。(作者林鸣简历不详)

级好人。然而副局级好人也有其苦恼,一次听他吐了句真言:一生像一张白纸,没感觉,没劲。由于他的婚姻是遵父母之命而来,现在儿子都上街打酱油了,可他连一次"我爱你"也没对老婆说过。上回两口子吵架,这位仁兄按捺不住,平生头回口中带出个脏字儿。事后,他怪新鲜地悄悄介绍体会:"嘿,别说,骂人真的挺痛快!"

第一只猿猴"错误"地下树直立行走,所以今天的人类才不用趴着敲电脑;尼克松总统"错误"地偏离当时美国的既定政策,于是叩开中美关系的大门。自古以来,无论科技政治,柴米油盐,因意外或错误而发现并促进社会前进的例子多多。错误也分上中下三等,笨蛋级的错误,每日里人人在犯。唯独悟性极高的高手,才有资格犯下高层次的错误。这类错误的发生,则意味着创新的又一抹曙光。

错过了犯错误的年龄,也是错误。读过港报一篇感人至深的文章,一位得知自己不久于人世的老者写道:"如果我可以从头活一次,我要尝试更多的错误,我不会再事事追求完美。"

然而,我们仍在一厢情愿地制造着完美。为了少出错儿,智者热衷在人间设置条条框框,然后再将大家的鞋带系在上面,那叫一颗健康的心如何奔跑?日前欣赏到一奇文,四言诗体裁,好像叫什么新时代儿童道德准则。整整齐齐一大张,一条条地将做人的高风亮节啰唆个遍,满篇旧时《女儿经》的滥腔调。最后,谆谆教导孩子应该条条做到。暂且不论新时代有无培养呆头圣人的必要,只斗胆问一句作者:小的时候,您没惹妈生气? 现在您老恁大岁数,究竟落实几条几款? 正如北京的一位大妈早起遛弯儿,正逢附近的小学举行升旗仪式,学生们阵容整齐,齐刷刷向国旗敬礼。她扭头瞥见队尾的老师们,或蹲着或叉腰,正荣咸醋酸地侃得欢实呢。老人感动之余,添了些气不顺。

　　活着是美丽的,工作着是美丽的,必要时,犯错误亦不失为一种美丽。正如一辈子不离开地面,自然能避开溺水的危险。但只有经历呛水和疲惫,才能领略另类生活的风采和快乐。

简 评

　　很多人从小受到的教育就是"小朋友要乖""女孩子要尽善尽美,要淑女""向人生最完美处追求"……老师和家长对我们的教育固然是为了我们更好地成长,可是,成长是需要历经磨难的。错误会推动人生波澜,增加人生色彩。墨守成规可能不犯或少犯错误,但永远没有超越,没有激动和兴奋。当然,不是所有的错误都有益成长,唯有悟性极高的人才能在犯过错误之后再创超越既往的一抹曙光。我们在学习、成长过程中不可能是一蹴而就的,坎坷、挫折和错误在所难免,敢想敢干,勇于开拓,我们才会赢得更多的成功。文章通过两个朋友的事例对比论证了一个深刻的道理:既然错误是难免的,人生应该尝试正视一些错误,不要事事追求完美;否则,人生反而会不够完美。

　　《错误让我如此美丽》启发我们:一要善待错误,不要把错误都看成是消极的;二是避免犯一些"笨蛋级"的错误,力求犯一些"高层次"的错误。作者认为,我们是否也争取犯一点"高层次"的错误呢? 我们每个人在成长过程中难免都会犯各式各样的错误,也许是做错了一道数学题,也许是打碎了一个花瓶隐瞒了真相,也许是由于冲动和同学打了一架……犯下错误时我们要敢于承担,这样就能在犯错后受到心灵的洗礼,让自己在挫折中学会成长、进步、不断提升,下次不再犯同样的错误,以免走弯路,只有这样,在错误中总结反思,我们才会变得更加美丽。生命因进取而辉煌,生活因反思而美好。用睿智的头脑在犯错后耐心地总结过失,不断净化自己的心灵,让自己获得一次真正的心灵飞跃。

我们每个人成长的路不可能是笔直的。意大利的朗根尼西说过:"不要给我忠告,让我自己去犯错误。"这句话蕴含着极深刻的意义。它告诉我们的道理是:一个人怕犯错误,就是畏惧现实,一个人想逃避犯错,就是逃避现实,他永远不会在生活中自立、自强。不要简单地、形而上学地对待错误,想一想,试一试,你就会理解朗根尼西的话。

尤其是年轻人,在成长和学习的过程中,难免会犯这样或那样的错误,那么,我们应该如何认识和对待年轻人在成长和学习过程中出现的错误呢?同样,年轻人自己也有一个同样的问题。布鲁纳曾经说过:"学生的错误都是有价值的。"这话值得我们认真思考。就年轻人的学习和成长的过程而言,错误本身就具有弥足珍贵的价值。因为学习和成长就是一个不断尝试错误的过程,错误往往折射出人的认识的片面和不足,许多生动鲜活的人和事无不有力地说明,年轻人正是在不断地发生错误、纠正错误的过程获得了丰富的知识,找到了科学的方法,提高了学习的能力,增进了情感的体验,才得以健康成长。对人成长而言,经历过程比获得结果更富积极的人生意义。我们都知道"不经历风雨,怎能见彩虹。"这是简单而富有深意的人生哲学。

上升到理性的高度,德国伟大诗人歌德曾说过:"人们若要有所追求,就不可能不犯错误。"不要害怕犯错。可以这样说,在向未知世界前进的路上,我们都不是万无一失的探索者。如果害怕碰壁而不敢前进半步,那你就永远不会迈出步子;如果拉着别人的手,叫别人一直带着,这是匀速运动，从本质上说是相对静止的。只有勇敢迈开步子前进，碰一碰壁，前面的路才会在你眼里袒露；前进的步伐也会在你脚下产生。还是鲁迅说得好，这世上本没有路，走的人多了，也便成了路。当然，我们也不是提倡盲目地去犯错误。没有一个人会为自己的错误而高兴的（在正常情况下）。只是有的人在犯错之后，会十分消沉，不敢再越"雷池"半步；有的人又按照原来的路走而再次碰壁；而有的人则是分析错误的原因，朝着另一个更有希望的方向前进，尽管这条路也可能会碰壁，但可以肯定，这样的人终究是强者，可以肯定，这样的人将会把握自己的前进方向。

我们应该懂得：错误也有它的价值。文化老人张中行先生在《负暄三话·错错错》一文中就表明了自己对所谓"错"的认识："自然，空中楼阁是不能住的，于是原以为浓的淡了，原以为近的远了，原以为至死不渝的竟成为昙花一现，总之，就成为错错错。如何对待？悔加愧，然后是殷鉴不远，就一了百了吗？我不这样想。原因是深远的。深远还有程度之差。一种程度浅些，是天机浅难于变为天机深，只好安于'率性之为道'。另一种程度深的是，正如杂乱也是一种秩序，错，尤其偏于情的，同样是人生旅程的一个段落，或说是一种水流花落的境，那就同样应该珍视，何况人生只此一次。这样，这种性质的错错错就有了新的意义，值得怀念的意义。"这一段话真乃金玉良言，尤其是当我们在所谓的错误中纠结的时候。

西方有一句谚语："一天的辛勤，换来一夜的酣睡；一生的辛劳，换来永远的安眠。"重温文中的例子，一位得知自己不久于人世的老人深有感触地说："如果我可以从头活一次，我要尝试更多的错误，我不会再事事追求完善。"作者无非是想告诉我们："活着是美丽的，工作着是美丽的，必要时，犯错误亦不失为一种美丽。"可是，我们常常为了完美，为了避免错误而过分循规蹈矩、谨小慎微，甚至不惜泯灭自己的个性，拒绝独立思考,丧失宽容和幽默感等极为重要的品质。这样的完美,这样的无过错有多大意义呢?错误,应该用辩证的眼光来看待它。人生的路,没有坦途。人生中的一些错误,往往是成功的先导,是探索过程中必须付出的代价。当然,这绝不是说不要努力去防止和减少错误,或者说可以对错误持满不在乎的态度,而是说不要因为惧怕错误而畏首畏尾,缩手缩脚。有了这样的立意,就要调动自己的生活积累,想一想自己的人生经历中,有哪些"错误"是你成长过程的趣事,为促进你成长起了作用;有哪些"错误"的认识,使你在人生道路上走了一段弯路,付出了代价。把这些切身的体验写成记叙文或议论文,既是对自己的人生道路、成长过程进行思考,也可以给别人一些启迪。

虫豸小品

◇刘征

戏虎

马戏台上出现五只白虎，雌的雄的，老的少的，无不狰狞威猛，令人望而色变。他们的天灵盖上都有一个黑毛聚成的"王"字，无异于奉天承运的丹书铁券。

驯虎士，一手电棍，一手肉块。但见他指手画脚，又是大声吆喝，又是柔声劝诱。那虎呢，居然善解人意，一会儿蹲坐，一会儿人立，一会儿打滚，一会儿跳舞，一会儿越障碍，一会儿钻火圈，一会儿两虎拥抱，一会儿众虎搭肩。五只虎都如同被抽去了魂

本文选自杜渐坤、陈寿英选编《中国年度最佳作品系列》（漓江出版社2002年版）。刘征，原名刘国正。北京人，1926年生。著有寓言诗及讽刺诗集《海燕戒》《春风燕语》《花神和雨神》等七部，诗词集《流外楼诗词》《画虎居诗词》《霁月集》等七部，杂文集《刘征杂文

选粹》《美先生和刺先生》《画虎居笑谈》等六部,论文集《剪侧文谈》《实和活》《春风燕语》获"全国中青年诗人优秀诗歌奖"、"全国优秀诗集奖",《刘征寓言诗》获"中国寓言文学研究会金骆驼奖",旧体诗《红豆曲》获"红豆相思节诗词大赛一等奖",杂文获《人民日报》等全国性报刊多次奖项。

魄,柔软如面团,顺从如婢女,娇媚如猫咪,匍匐如叭儿狗。山林之王,一啸而大风起,一跳而万木偃,身上的一点腥气足令百兽发抖,那种威风竟然扫地以尽。

我没感到一点开心,只感到悲哀。我仿佛看到古今英雄的失落和胜利,两者同样可悲可惨,崇高和壮烈竟如儿戏。我期待猛虎复归山林,腾跃怒吼。那是虎的真魂。

悼鸡

市场上摆着一笼活鸡,现卖现宰,是真正活的。

竹篾编的鸡笼里挤满二三十只鸡,毛色不同,老嫩肥瘦各异。鸡笼旁边放着明晃晃的屠刀和一锅沸水,还有盛鸡毛的筐和接血的盆子。但鸡们对笼外的事不加理睬,正忙着笼内的争斗。

你看,有的鸡在争夺方寸之地,终于挤走他鸡,多了一点站脚的地方;有的鸡在争风吃醋,打斗得血肉横飞。可是忽然笼门打开,伸进一只人类的大手,把鸡小姐抓去了。一边抓,一边有个声音说:"保证是今年的小母鸡,没下过蛋的。"砰地一声,笼门又紧闭。打斗者延颈而望,望了一阵子不见小姐回来,也就在莫名其妙中各干各的了。有的鸡在争啄盆里的小米,大家都在尽快尽多吞食。只有多食才能延年益寿,这是从老祖宗那里传下来的祖训。一笼鸡闹哄哄,笼子就是他们整个世界。

他们并非把生死置于度外的大彻大悟的有道之

士,其可怜的智慧不足以使他们弄懂鸡笼之外的事情,不足以使他们看到近在咫尺的杀身噩运。

想到这闹哄哄的人间世还有多少笼鸡似的愚昧,我要哭出来。

听蝉

"蝉噪林逾静"是诗人的耳朵对蝉鸣的理解。我们非诗的俗耳只感到厌倦烦躁,恨不得一竿子打下去,还夏日绿荫一片宁静。

蝉的唱歌艺术也许是昆虫界最拙劣的,没有和谐的韵律和动听的腔调,一味直着脖子喊,沙哑,粗鲁,刺耳,疯狂。只顾自己痛快,不管听者受怎样的折磨。像撒下一张大网,一切众生都笼罩在内,都要忍受钝刀子的切割,一条一条的,一块一块的。像用湿漉漉的棉絮填塞五官,填塞脏腑,填塞每个毛孔,填塞一切,吸不进也透不出一丝空气。天越热它越喊叫,越喊叫天越热。

然而它能够恒久地占据高枝,用压倒一切的声势占领山林的歌坛,能够恒久地沐清风,吸甘露,披绿荫,抚白云,洋洋得意,不可一世。这种鸣蝉现象不是偶然的。昆虫界,想必有大人物有听蝉癖,想必有大老板看准这笔交易为它包装,想必有媒体为它紧锣密鼓地炒作。它的奖状奖杯委任书聘请书想必已装满几箱,一百卷《鸣蝉评传》想必已一版再版。其中考证出鸣蝉祖先是西王母的侍从,常为王母的偷情传书递笺,而它的曲谱是从王母的乐队里偷来的。

但人们最感兴趣,也是最值得研究的是蝉的成功秘诀,它是动用怎样的谋略、施展怎么的手段获得如此显赫的成功的。蝉爬到我的耳边悄声说:没有什么秘诀,这不是秘密,我是从你们人那里学来的,学得很不到家,小巫见大巫,惭愧!

观蚁

远看,地面上有一片黑,在蠕动。近看,原来是一堆蚂蚁,成千上万,密密麻麻,熙熙攘攘,每一只都在动作。细看,没有规整的队形,没有划一的路线,却乱中有序,并不互相妨碍,互相挤压。

它们在干什么?

如此大规模的"群众行动",也许是一场大战前的誓师,也许是一代圣君的加冕大典。必定有一个神圣的宗旨,为着实现这宗旨必定有神圣的宣言,这宣言在蚂蚁心目中宏大如宇宙、昭明如日月。然而,它们的渺乎其微使它们无从得知,一个比它们巨大千百倍,聪明千百倍的智能生物体正站立在它们的近旁,它们的宏大和昭明抵不过一粒尘埃。

面对群蚁,我的脸上才露出一丝怜悯和讽笑,却又忽然感到毛骨悚然,不觉汗颜。如果我们人类的身旁也站立一位——

好在没有如果,或者如果虽在,我们尚一无所知,人类仍不妨傲然宣布:天上地下,唯我独尊。

赞鹦鹉

在海外的一家百鸟园里看过一场鹦鹉表演。那鹦鹉就是普通的鹦鹉，但善学人言，达到惊人的地步。

她能兼用华语(普通话)和英语数数儿，一到十。发音大体无误，只是英语音节转折处略嫌迟拙。不特此也，还能唱歌。用华语唱道："客人来到家，爸爸不在家。客人客人你坐下，请你喝杯茶。"唱得大体合乎歌谱，很像孩子的童声。真是神乎其神，博得热烈掌声。

鹦鹉学舌，是个贬义的比喻，但这同鹦鹉毫不相干。鹦鹉，不懂得巴结上司以求升官，不懂得巴结老板以求发财，不懂得巴结名流以求抬高身价，它的灵魂是干净和自由的，学舌又何妨？可以尽情模仿，模仿数数儿，模仿唱歌，模仿朗诵诗，也不妨模仿唱大戏，将模仿艺术发扬光大，成为超级模仿大师。弥正平《鹦鹉赋》赞道："嬉游高峻，栖于幽深，飞不妄集，翔必择林。绀趾丹觜，绿衣翠衿，采采丽容，咬咬好音。"鹦鹉何等美丽而高洁，是美人也是君子。

简评

本文作者刘征先生的社会兼职很多，比如，中华诗词学会名誉会长、《中华诗词》杂志名誉主编、中国毛泽东诗词研究会顾问等，其中，作者比较看重的是中国寓言文学研究会顾问一职，这和刘征先生的学术生活有密切的关系。刘征先生在寓言故事的写作和研究上，独树一帜，成就斐然。我国著名儿童文学作家严文井先生说："寓言是一个魔袋，袋子很小，却能从里面取出很多东西来，甚至能取出比袋子大得多的东西。寓言是一个怪物，当它朝你走过来的时候，分明是一个故事，生动

虫豸小品

065

活泼;而当它转身要走开的时候,却突然变成一个哲理,严肃认真。寓言是一座奇特的桥梁,通过它,可以从复杂走向简单,又可以从单纯走向丰富。在这座桥梁上来回走几遍,我们既看到五光十色的生活现象,又发现了生活的内在意义。寓言是一把钥匙,这把钥匙可打开心灵之门,启发智慧,让思想活跃。"寓言故事是一座文学的富矿。中国古代的寓言,留给我们许多美丽的想象和深刻的感悟。古希腊的伊索,17世纪法国的拉·封丹,18世纪德国的莱辛,19世纪俄国的克雷洛夫,被人们誉为"世界四大寓言家",他们的寓言佳作迭出,精彩纷呈,是世界人民的文化大餐。

在今天寓言的创作领域,杨金亭先生高度评价了刘征先生在寓言写作中诗的艺术表现,他认为:"从世界现代寓言诗写作的格局来说,刘征称得上是中国的克雷洛夫。"诗和寓言的结合创造了一个独特的文学世界。刘征先生钟情于寓言诗,以寓言诗作为他的反映社会、抒发性灵的载体,他的寓言诗创作不论在数量还是质量的积淀上都有了众望所归的成就。60年代,刘征先生的代表作有寓言诗《三戒》(《海燕戒》《天鸡戒》《山泉戒》)和《老虎贴告示》。粉碎"四人帮"后,他又创作了大量的寓言诗和讽刺诗,其中《春风燕语》获1986年"全国优秀诗集奖"。这是因为,《春风燕语》不是一般的抒情诗和叙事诗,是用寓言诗的形式写成的讽刺诗结集。以讽刺诗集获奖,在我们国家漫长的诗歌史上,具有开山之功,在改革开放的80年代诗坛上是一个创举。刘征先生是真正的"中国寓言诗大师",他的寓言和寓言诗,不仅是中国的,也是世界的。这里的"戏虎""悼鸡""听蝉""观蚁""赞鹦鹉"等篇章,站在人和动物平等的立场上,说生活中的现象,写自己的"悲哀"和"毛骨悚然",寓意深刻,发人深省!

在文学表现中,寓言有时候是当作杂文来写的,刘征先生写作中寓言和杂文结合的特色鲜明。中国当代杂文继承了鲁迅先生杂文的艺术风格,善用讽刺,涌现出很多即使在鲁迅杂文中也不多见的"歌颂"或"给人愉快和休息"的杂文美文,这样的杂文写作艺术的嬗变是社会发展的必然,也是当代杂文作家继往开来、不断追求杂文艺术新境界的创新。刘征先生尤其擅长创作荒诞、古怪、奇趣的故事新编体杂文,因此,在他笔下古人今事掺杂,鬼神禽兽登场,妙趣横生,令人倾倒。且看在获得《人民日报》"风华杂文征文"一等奖的《庄周买水》一文中,刘征先生活用典故,从"濠梁观鱼"和"涸辙之鲋"里生发新意,赋予其时代的内容:在商品经济大潮的冲击下,学者庄周弃文从商,想养鱼致富,他为了买水,不停地奔走于东海、河伯、濠梁之间,花上高于原价几十倍的现款才买到了一纸空头的提货单。作者熔荒诞、生活的真实于一炉,化历史、现实为一体,讽刺了商品流通领域以权谋私、哄抬物价、凭空暴富、空手套白狼的种种丑恶现象。寓言故事的结尾,作者写道:"猛听得一声雷响,油然云起,长养万物的甘霖就要下来了。庄周霍地跃起,敲着空桶唱道:'秋水时至,百川灌河,泾流之大,两涘渚崖之间,不辩牛马……'"甘霖欲降的风云突变和庄周敲空桶而歌,都别有深意,使杂文的主题不止于讽刺不正之风这个大家习见的较浅的层次,更深入表现了广大老百姓的艰难、忧虑和期望以及他们久旱盼甘霖的强烈不安和"山雨欲来风满楼"的坚定企盼。

尽管刘征先生的杂文在艺术上很有成就,但他始终认为"杂文的生命力在于思想的敏锐和深刻",他把没有深刻见解和炽热感情的杂文称作"没有脊柱的软体动物"。因此,刘征先生的杂文不仅在艺术上富于创新,而且思想上也奇绝独步。著名杂文作家严秀先生(曾彦修)在为"江苏杂文十家"丛书作序时就指出:"愤怒揭发'官倒'和买空卖空的投机发财行为的文章,何止千万篇,但刘征的一篇《庄周买水》何其优秀特出!"

进入新时期以来,知识重组,没有一个学科可以孤独求存,杂文要得到文学的认可,要在文学的殿堂里留有自己的位置,必须要有艺术性、形象性和杂文味,杂文的形式和手法不断出现多样化,于是诸如刘征先生这样推陈出新的杂文作者便应运而生。以本文为代表的一大批脍炙人口的名篇佳作,细读之下,我们就能够发现,"拟人手法"是他们杂文写作常用的手法。在他们的笔下,动物也是有悟性的,除了动物本性外,有时也有人性式的思维。动物和人是有共性的——虎、鸡、蝉、蚂蚁、鹦鹉,作者刘征先生妙笔生花,它们的种种行为和表现,读后实在使人忍俊不禁。可笑的是,高高在上的某些人在相处时,还不如一些动物之间那般和谐、那般安静,相互之间的争斗,较动物更为激烈,甚至思维方式也倒退到了动物界。从动物的身上可以折射出人的弱点,当然人是不可能回到动物群中,不过,讲究一点动物之"道",亦即讲一点人的情感,或许对人类本身也是有好处的。

善良

良

◇
王
蒙

善良似乎是一个早就过了时的字眼。在生存竞争中，在阶级斗争中，在各种各样的人际关系中，利益原则与实力原则似乎早已代替了道德原则。

我们当然也知道某些情况下一味善良的不足恃。我们听过不少关于善良即愚蠢的寓言故事。东郭先生，农夫与蛇，善良的农夫与东郭先生是多么可笑呀。故事告诉我们，如果你的对象是狼或者蛇，善良就是自取灭亡，善良就是死了活该，善良就是帮助恶狼或是毒蛇，善良就是白痴。

但我们也不妨想一想，那些需要帮助的人当中，那些等待着向他们伸出善良的援助之手的冻僵者或是重伤者当中，有多大比例是毒蛇或者恶狼？我们

本文选自张松林、刘锬选编的《经典美文集》（江苏文艺出版社2002年版）。王蒙，男，河北南皮人，祖籍河北沧州，1934年生于北京。中国当代作家、学者。1953年，创作第一部长篇小说《青春万岁》时年仅19岁。1956年，发表小说《组织部新来的青年人》。1979年，王蒙发表第一篇短篇小说《说客盈门》。同年，发表中篇小说

《布礼》；短篇小说《夜的眼》《表姐》等。著有《青春万岁》《恋爱的季节》《活动变人形》等近百部小说。长篇小说《这边风景》2015 年 8 月获第九届茅盾文学奖。

还要问，宇宙万物中，有多大比例是毒蛇和恶狼？为了有限的毒蛇和恶狼而不惜将一切视为毒蛇和恶狼，不惜以对付毒蛇与恶狼的法则为自己的圭臬，请问这是一种什么疾病？

我们还可以问一下，我们以对待毒蛇和恶狼的态度对待过的那些倒霉蛋当中，又有多少人是经得住时间考验的当真的毒蛇和恶狼。如果说，面对毒蛇和恶狼而一味善良便是糊涂的农夫或东郭先生；那么面对并非毒蛇或恶狼的人却坚决以对待毒蛇或恶狼的态度对待之，我们成了什么呢？是不是我们自己有点向蛇或狼靠拢呢？

善良与凶恶相对的时候，前者显得是多么稚弱而后者显得是多么强大呀。凶恶会毫不犹豫地向善良施出毒手，而善良却处于不设防乃至不抵抗的地位。凶恶是无所不为的，凶恶因而拥有各种各样的武器。而善良是有所不为的，善良的武器比凶恶少得多。善良常常败在凶恶手下。

然而人们还是喜欢善良，欢迎善良，向往善良。善良才有幸福，善良才能和平愉快地彼此相处，善良才能把精力集中在建设性的有意义的事情上，善良才能摆脱没完没了的恶斗与自我消耗，善良才能实现健康的起码是正常的局面，善良才能天下太平。

这就是善良的力量。善良的力量就在于她是人的。她属于人，她属于历史属于文明属于理性属于科学。她属于更文明更高尚更发展得良好的人。它属于更文明更民主更发展更富强的社会。

凶恶每"战胜"一次善良就把自己压缩了一次,因为它宣告了自己的丑恶。善良每败于凶恶一次,就把自己弘扬了一次,因为它宣扬了自己的光明。

善良也是一种智慧,是一种远见,是一种自信,是一种精神力量,是一种精神的平安,是一种以逸代劳的沉稳,是一种文化,是一种快乐,是一种乐观。

善良可以与天真也可以与成熟的超拔联系在一起。多数情况下善良之不为恶非不能也,是不为也。善良的人不是不会自卫和抗争,只是不滥用这种"正当防卫"的权力罢了。往往是这样,小孩子是善良的,真正渗透了人生与世界的强大的人也是善良的,而一瓶子不满半瓶子晃荡的人最不善良。

君子坦荡荡,小人常戚戚。恶人更是常常四面楚歌,如临大敌,其鸣也凄厉,其行也荒唐,其和也寡,其心也惶惶。而善良者微笑着面对现实,永远不丧失对于世界和人类、祖国、友人、理想的信心。

我喜欢善良。我不喜欢凶恶。我认为即使自以为是百分之百地代表着真理和正义也不应该滥恶,滥恶本身就不是正义了。我相信,国人终归会愈来愈善良而不是相反。在例如"文化大革命"当中,凶恶不是已经出尽风头了么?凶恶不是披尽了"迷彩服"了么?后来又怎么样了呢?

简 评

1956年,王蒙先生发表了小说《组织部新来的青年人》。小说讲的是一位新到某共青团团委工作的青年对官僚主义领导的不满。由于当时几乎没有任何作品可以表达党的干部也有阴暗面,该小说迅速引起轰动,并使王蒙在这一年被划为"右派"。22岁的王蒙创作这篇小说的动机可以说是完全秉以善良之心。今天,当王蒙走出"右派"的噩梦的

善良

时候，我们反观王蒙在小说创作中，不仅有对理想主义精神的追求，还有对民族历史和未来的冷静思考，即使面对文革带来的劫难，王蒙追求的仍然是将个人的苦难与民族的苦难联系起来，从而使个人的苦难具备超越个人的启蒙意义。他的小说反映了中国人民在前进道路上的坎坷历程。19岁创作的长篇小说《青春万岁》是王蒙早期现实主义小说的代表作。小说描写了1952年北京女二中一群高三学生的学习、生活，赞美了她们不断探索的精神、昂扬向上的斗志、如诗似歌的青春热情，同时也探讨了当时学生中普遍存在的矛盾和问题。噩梦醒来之后，王蒙自然而然地把历史和现在连接了起来。有学者说，王蒙的经历成就了他的小说。

对王蒙先生来说是"故国八千里，风云三十年，该哭的哭够了，该恨的恨过了，他懂得了存在就是合理的，懂得了要讲废厄泼赖、讲宽容"。对现实的透彻认识和理解是王蒙小说给我们的突出感受。他不是写过一篇有名的《论"费厄泼赖"应该实行》吗？

"如果我是一个从前的哲人，来到今天的世界，我会最怀念什么？一定是这六个字：善良，丰富，高贵。"（周国平语）"人之初，性本善。"可是在经历了太多的锤炼之后，我们在学会坚强的同时也逐渐变得冷漠起来。我们匆匆地在人潮汹涌中寻找适合自己的角色，漠然地与和自己不相关的人与事擦肩而过，我们似乎早已习惯了"各人自扫门前雪，不管他人瓦上霜"的处世哲学，而不愿再牵挂别人的任何困苦。于是，眼看着那颗曾经晶莹的善良之心在红尘之中慢慢被尘土侵蚀包裹，而后结成厚厚的茧，于是，我们又不得不负载着沉重的心孤独地在冷漠中艰难跋涉。善良，不需要太多的诠释，它是寒风中的一支火把、失意处的一句安慰、痛苦时的一丝爱抚、无助时的一点支援。把善良给别人，也给了自己，授人玫瑰手有余香；留一份善良给世界，只要人人献出一点爱，世界将变成美好的人间。珍爱善良，拥有善良，播撒善良，既使自己美丽，也使别人温暖。

可是现实往往不尽如人意。著名学者余秋雨先生有一段很著名的话："古希腊的亚里士多德和德谟克利特把善良看成人类原始伦理学的起点，而中国的孔子、孟子则把与人为善作为全部学说的核心。"几千年过去了，罗素在通览了全人类的生存实践后仍然以这样一句话作概括："善良的本性在世界上是最需要的。"但奇怪的是善良在我们的生活中并不响亮，甚至在文化话语中也越来越黯淡。放眼看去，大大小小的书架上成排成叠的书籍似乎都在躲避着"善良"，却洋洋洒洒地讲述着雄才大略、铁血狼烟、新旧更迭、升沉权谋、古典意境、理财门径、生存智慧。如果有幸到全国的机场、车站、码头的所谓"书店"走一走，充斥眼帘的无非是发财的成功学、秘籍、宝典……商场如战场，血雨腥风，澎湃激荡。历史的这种企求也渗透到了日常生活的各个领域。"弱肉强食，适者生存"。大家都希望成为强者，崇拜着力量和果敢，仰望着胆魄和铁腕，历来把温情主义、柔软心肠作为嘲笑的对象。善良是无用的别名，慈悲是弱者的呻吟，于是一个年轻人刚刚长大，就要在各种社会力量的指点下把善良和慈悲的天性一点点洗刷干净。男人求酷，女人求冷，面无表情地像江湖侠客行走在大街上，如入无人之境。哪一座城市都不相信眼泪，哪一扇门户都拒绝施舍和同情，慈眉善目比凶神恶煞更让人疑惑，陌生人平白无故的笑容必然换来警惕的眼神。步履蹒跚的老人倒在街头，扶还是不扶，"这是个问题。"整个社会追逐利益，实力也就成了人们的首选，善良、道德自然受到冷落，善良何在？善良不存！社会向何处去？人类向何处去？这一切能不催人警醒么？

善与恶是一对矛盾的组合，而善良比之凶恶，要弱小得多，但为何善良最终总能战胜凶恶？善良的力量属于文明、属于理性、属于科学，善良是一种智慧，是一种远见，是一种自信，是一种精神力量。善良可以与天真、也可以与成熟的超拔联系在一起，是因为善良者微笑着面对现实，永远不丧失对人类、祖国、良知的信念。善良任何时候也不会过时。善良的人，即使没有巍峨高山的冷峻与清峭，也可以有平川原野的踏实与稳健。即使没有牡丹玫瑰的雍容绚丽，也可以有芙蓉莲花的高洁与典雅。善良的人，即使不能居庙堂之高来兼济天下，也可以处江湖之远独善其身。拥有善良，就拥有了生命的方向，即使在物欲横流、灯红酒绿中穿梭，也会永远来去从容，两袖清风。善良的人一生平安。

王蒙先生在《王蒙自述：我的人生哲学》中提到生命健康的"三个标准"，一是善良，二是明朗，三是理性与自我控制。王蒙先生讲的是人生哲理，虽然看似枯燥，却并不是空谈，不似一般的哲学教科书，每一种观点，每一个看法，都从他自己的亲身感受出发，在"润物细无声"的谈心中引发读者对人生的思考。

上
升为理论

◇徐斌

在一份晚报上《京剧走向青年》的报道中，提到大学生发出了"我们要了解京剧，热爱国粹"的呼声，并说有的大学准备开设京剧选修课，"让学生不光从欣赏的角度，而且还要从京剧艺术的理论……等等做深入的探讨。"

我并不反对在大学里开设京剧选修课，只要不把它上升为理论，如果那样做了，上升为理论的课程的考试就会非常的可怕，所有的审美的要素都会被排除在考试内容以外，代之以理论，或曰：条条杠杠。每逢考期临近而要背诵大量的条条杠杠以应付各门业已"上升为理论"的课程的考试是我大学生活中最为黑暗的一面。

本文选自《孤独的狂欢》（《三联生活周刊》2009年版）。徐斌，首都经济贸易大学劳动经济学院人才系教授。

　　我的求学经历每每向我证明上升为理论的课程是无聊且无用的。比如二年级时上英文写作课,所用的课本在前几章里先就一些写作、修辞名词梳理了一个遍(赶巧使用此套课本的老师也是极按部就班的人),此番梳理的结果是使得我等学子认为英文写作须另有别才,不是晚生小辈可以学会的。幸好三年级时来了个活宝美国老太太,才让我们认识到写作不过是另一种形式的说话,解放了思想,不然的话,恐怕我们不仅英文写作做不来,汉语写作也做不来了。

　　再就是四年级时要学习教学法的课。很不幸,我们的老师是专攻此术的教学法硕士,可以想见,他教的东西,是上升到了理论的。于是我们的教学法课就成为老师口若悬河宣讲理论,学生笔走龙蛇记笔记的听写练习课。天可怜见那些辛辛苦苦背诵了这些理论在最后的考试中拿了好成绩的一些同学:直到他们哆哆嗦嗦站在讲台上,才发现这些理论既不能使他们讲的课更有趣,也不能使之更有条理。大学毕了业,在另一个城市求学的朋友送我一本书,英国朗文公司出版的,名为《Teaching English Through English》。真正教给我实用的教学法的正是这本书和其他讲课真正有趣的老师的言传身教。

　　前两天监考,发现当年我所学的一门不成系统的课现在也“上升为理论”了,名曰“教师口语”。其前身乃“普通话”课是也。当年的普通话课没有给我的普通话任何助益,我很想知道它上升为理论后是怎样的情形。于是在监考的同时翻看一下学生的课本,结果第一页就使我头发昏。再看一下学生的,发现自己的普通话知识根本不足以对付从头到尾充满理论的试题。有学生私下里告诉我这是垃圾,我一百个赞成。我粗略算了一下,我上大学有三分之一的时间是有人向我灌输这样的垃圾知识。随着上升为理论的东西的进一步增加,现在的孩子还有多少有效的学习时间,实在令人怀疑。

　　既然有人总是抱有把一切上升为理论的壮志,我认为我现在完全有理由对某些学校已开设和将开设的京剧选修课心存疑虑。我希望这样的选修课保持一种欣赏课的状态,万万不可上升为理论。虽然我说过了,我本人不喜欢京剧,可我也不愿意有人要把它上升为理论,倒掉那些还努力想去喜欢它的青年人的胃口。在我的学生时代,要是有人跟我讲京剧的理论,我敢肯定我是要逃课。但是若有人给我讲一讲某出戏的唱词,没准儿我还满有兴趣的呢。

简评

　　列宁在《论策略书》一文中写道:"现在必须弄清一个不容置辩的真理,就是马克思主义者必须考虑生动的实际生活,必须考虑现实的确切事实,而不应当抱住昨天的理论不放,因为这种理论和任何理论一样,至多只能指出基本的和一般的东西,只能大体上概括实际生活中的复杂情况。'我的朋友,理论是灰色的,而生活之树是常青的。'"关于理论,列宁的理解具有权威性,在经典格言中融进了新鲜的血液,尤其是最后一句的提醒,是流传极广的名言。语出德国诗人歌德的诗剧《浮士德》,是剧中魔鬼靡菲斯特斐勒司说的一句话。靡菲斯特斐勒司自信能把浮士德引入歧途,他同天帝打赌后,变作一条狗来到浮士德身边,订立契约:由魔鬼做浮士德的仆人,带浮士德到天地间追求各种需要,为其解除苦闷；一旦浮士德感到满足，魔鬼就算赢了，浮士德的灵魂便归魔鬼所有。一天，有个青年学生前来向浮士德求教，并欲拜浮士德为师。浮士德不想接待，魔鬼便装扮成浮士德，回答那学生提出的种种问题，最后说道："亲爱的朋友，一切理论都是灰色的，唯生命之树常青。"魔鬼所说的这句话，后人常常引用。但一些人常常只用其一半，或"理论是灰色的"、或"生命之树常青"，但是，只抓这一点不及其余，难免理解偏颇。

现实堆积成悠悠中华文明，也堆积出坚如磐石的昨天的历史。我们以史为鉴，有时总有些步履蹒跚，今天的现实或许只是接近于曾经的梦，而明天的改革有时似乎成为可笑的追求。追求的是那些总是得不到的、也不现实的规矩。这样，最终梦被摇醒了，思想被搅浑了，而规矩依然，现实亦然。因为理论是灰色的，因为生命之树常青。《上升为理论》是由在大学的青年学生中间开设京剧选修课的事件引出的话题，作者的担心很明显，要讨论这个问题，应该从理论的特征说起。

1987年1月3日美学家李泽厚先生在《文艺报》发表了《中国现在更需要理性》的文章。记者："最近思想界有股"非理性热"，特别是一些青年人，非常热衷于弗洛伊德、尼采、海德格尔。您是不是也赞成'非理性'呢?"李泽厚先生回答："尽管我也喜欢海德格尔等人的哲学，但我以为中国现在需要的不是"非理性"，而是理性。我们迫切需要把那种实用的、经验的理性转变为科学的、严格的分析理性和思辨理性。"所以我们读本文，不能说理论全无意义，但理论不等于理性，有些理论是不理性的。有一种倾向，什么东西似乎只有学院化、理论化了才有价值，才能成为"学术"。在利益的驱动下，难免有人制造理论垃圾、学术泡沫，这样，理论就走到了它的反面，因为理论必须在实践中接受检验，一旦成为实践之父，它的生命也就停止了。好些教科书都是"上升为理论"的典型，它的最大的优点是便于背诵和应试，结果使人厌恶乃至痛恨学习。试想《庄子》《红楼梦》、鲁迅著作,百读不厌,历久弥新,而那"上升为理论"的皇皇巨著呢,而今安在哉? 悠悠历史,漫漫人生,无数事实告诉我们:理论是灰色的。

可贵的是真诚

◇ 王学泰

本文选自王学泰《中国人的幽默》（同心出版社2005年版）。王学泰，原籍山西清源（现名"清徐"），1942年生于北京。著作包括：《中国人的饮食世界》《中国流民》《多梦楼随笔》《偷闲杂说》《水浒与江湖》《重读江湖》《华夏饮食文化》《幽默中的人世百态》《中国人的幽默》《游民文化与中国社会》《中国古典诗歌要籍丛谈》等，

人际关系之间，只有以诚相见，才能达到真正的谅解，俗语云，"精诚所至，金石为开"，就是这个意思。战国期间，赵国上将军廉颇，居功自傲，以为老子天下第一，凌辱有大功于国的上卿蔺相加。相如一心为国，不计较个人面子，再三忍让。廉颇得知真情后，负荆请罪，真诚忏悔，二人不仅捐弃前嫌，而且成为刎颈之交。真诚不仅拭净了廉颇性格上的灰尘，而且使其高大起来。

赵南星《笑赞》中写了这样一个故事：有位贫士，到了十一月还穿着一身夹衣，冻得哆哆嗦嗦，有人问他："天这么冷，为什么还穿夹衣呢？"贫士回答说："单衣更冷"。

作者评论说："夹衣胜过单衣，单衣也比无衣强。如果我们这样看问题，那么就能够安贫乐道了。而有位穷朋友，耻于向别人说自己家穷。冬天他穿着单衣拜访友人。朋友问他：'天这么冷，怎么还穿着单衣呢？'他回答说：'我本有热病，不敢穿多了。'朋友知道他在说谎，便留他到天晚，入夜送他到花园凉亭里去歇宿。夜里，穷朋友被冻急了，便连夜逃回了家。过些日子，两人相遇，朋友问起前些日子留宿之事，'为什么次日不肯再见面呢？'这位穷朋友回答说：'我怕太阳出来天太热，于是便趁着早晨凉快，不辞而别了。'"

两个故事都是笑话，但有着不同的意义。贫士到十一月还穿着夹衣，这种大背时令的着装必然引起旁观者的惊讶与疑问。作者通过简单的叙述把读者的思维意向引导到贫士应该穿棉衣或皮衣御寒上去。可是贫士的回答却出人意料："单衣更冷"，仿佛问者期待他穿单衣似的。这与读者期望相反，突破了读者的心理定势。从而引出了一片笑声。

贫士的回答，并不是幽默滑稽中惯用的故意所答非所问，使读者（或听众）期待受挫引起发笑。贫士的回答是诚实的，他也有其特殊的思维定势。因为穷困，他只有夹衣和单衣，不穿夹衣，即穿单衣，所以他只能作此回答。因此，这个笑话读时令人忍俊不禁，思之更是使人绝倒。这种笑不是蔑笑或嘲笑，而是善意的笑，同情的笑。贫士的穷困和诚实激起了人们的同情，这与赵南星在"赞"中所说的"乐道安

还有多种学术随笔集出版，其中包括《燕谈集》《发现另一个中国》《平人闲话》《王学泰读史》《采菊东篱下》等。

贫"不相干。贫士是个老实人,他不以贫困为耻,并且诚实地向人们说出,不扩大也不缩小。如果他是现实生活中的人,我想大家也许愿意帮他一把。

"赞"中所提到的那个穷人,可以说是与"贫士"相对立的典型。他以贫穷为耻,不仅讳言穷,而且百般掩饰,打肿脸充胖子,结果不仅得不到人们的同情,连朋友也要戏弄他。他的那些极其拙劣的谎话与表演也必然会引起读者的笑。这种笑,带有很浓的"耻笑"或"哂笑"的成分,可见人们对虚伪与谎言的厌恶。为什么这位穷朋友忌讳说穷,宁肯让自己的肌肤受苦,也要猪鼻子插大葱——装象呢?关键是个面子问题。国人是特别注重脸面的,特别是在穷富——这事关个人价值的问题上。"千金之子,坐不垂堂",一个人有了钱,其生命的价格也就升值;至于"窭人之子"则什么也不是了。在大荒大灾的年月,那些卖儿鬻女者也卖不上什么好价钱,在有钱人眼中,"两条腿的人有的是"!因此人们总结出一条处世箴言:没什么也别没钱。

向往有钱只是人们的善良愿望,不幸跌入无钱王国的还是大多数。这些无钱王国的穷哥儿们为了维护自己的脸面,求得社会或他人的尊重就要装阔。先秦就有以乞食为生而归来骄其妻妾的齐人,近世那些断了铁杆庄稼的八旗子弟即使穷到无米断炊,出门也要用肉皮把嘴擦得油光,表示刚刚吃完鸡鸭鱼肉,实际上这些都是自己痛苦自己知道罢了。

简评

本文作者王学泰先生的这本《中国人的幽默》初版于1997年，当时只是一本十来万字的小册子，后来增订至20多万字，包括了后来几年写的有关幽默的文字。书中所收录的几十篇杂文都是从中国古代笑话或诙谐性寓言谈起的，但本书主旨却不是谈笑话，而是谈文化。杂文中所征引的笑话只是谈文化的一个工具，一种借鉴。以杂文形式分析笑话，通过这些分析对于传统文化作一点反思，是一次尝试。

《可贵的是真诚》所记叙的"幽默滑稽中的真诚"："贫士的回答是诚实的，他也有其特殊的思维定势。因为穷困，他只有夹衣和单衣，不穿夹衣，即穿单衣，所以他只能作此回答。因此，这个笑话读时令人忍俊不禁，思之更是使人绝倒。这种笑不是轻蔑的笑或嘲讽之笑，而是善意的笑，同情的笑。"本文即是其中很有特色的一篇。贫士的穷困和诚实激起了人们的同情，这与赵南星在"赞"中所说的"乐道安贫"不相干。

人人都要吃饭，所以吃饭不是美德；人人都应真诚，真诚何以成了美德？因为人有私欲、有虚荣心，真诚就会受到来自方方面面的挑战。加上一些特殊的环境和条件，于是便有了不真诚乃至欺骗，于是便有了假话、官话、鬼话等等不真诚的衍生物。鲁迅先生说，"面子"是中国人的精神纲领。许多人为了要"面子"，可以不要"脸"，但真理告诉我们，现在越要"面子"将来就越要丢"面子"。虚伪在任何时候对任何人没有任何益处，然而有时候真诚却需要很大的勇气。放开一点说，真诚的反面是谎言，但谎言是否就真的一文不值呢？蒋子龙先生在《真话难说》中写了一段似乎是"谎言广告"的文字："我想找到一种关于谎言的权威解释，却意外地发现许多不朽的人物都说过一些关于谎言的好。英国人文主义者阿谢姆说：'在适当的地方适当的谎言，比伤害人的真话要好得多。'法国作家法朗士说：'若是消失了谎言，人类该是多么无望无聊无趣呀!'拒绝任何宗教,宣布上帝已经死了的德国哲学家尼采说:'从来没有说过谎的人,不知道真实是什么。'法国道德家沃夫纳格说:'人人生来是纯真的,每个人死去时都是说谎者。'"不过,美国作家冯纳吉特说:"人需要好谎言,可惜好谎言难逢,烂的谎言太多。"所以说,好人对"谎言"首先应该有一个选择。

从历史教科书上我们看惯了皇权专制下统治者之间的尔虞我诈,遂有人怀疑儒家政治主张实现的可能性。其实尔虞我诈只是皇权专制政治的一面,历史上的正统皇朝寿命大多在二三百年之间,如此长时间的统治完全依靠高压与诈术是不行的,其日常行政必由相当的诚信度来维系。费孝通先生在《乡土中国》中谈到他所生活时代人们的诚信:西洋的商人到现在(指写作此书时的1930年代)还时常说中国人的信用是天生的,类似神话的故事真多:说是某人接到了大批瓷器,还是他祖父在中国时订的货,一文钱不要地交了来,还说着许多不能及早寄出的抱歉话——乡土社会的信用并不是对契约的重视,而是发生于对一种行为的规矩熟悉到不假思索时的可靠性。费孝通先生在解释这些现象时说,其根源就在于两个字:"熟悉",人们所处的是熟人社会。他说:"我们大家是熟人,打个招呼就是了,还用得着多说么?"——这一类的话已经成了我们现代社会的阻碍。现代社会是个陌生人组成的社会,各人不知道各人的底细,所以得讲个明白;还要怕口说无凭,画个押,签个字,这样才发生法律。在乡土社会中法律是无从发生的。其实,在我们的周围,"杀熟""坑亲"的事还少么? 也不用气馁,今天的社会已经是一个由"陌生人"构成的社会了。也就是说"守信"不仅是长期所受教育的结果,也是由客观社会环境所决定的。或者说社会风气就是这样,人们只是照此而行罢了,甚至没有诚信或不诚信的考虑。这是诚信的既原始又崇高的境界。

是不是到了工商社会、市场经济就不需要诚信了呢? 其实市场经济更离不开诚信,诚信是实现商品交易成本最小化的保障,欺骗只能增大社会交易成本。网上曾流传过一个有些残酷的"笑话":一个农夫,买来种子播下,到秋季竟然颗粒无收,因为种子是假的。老农决心一死,买来一瓶农药喝下,居然没死!因为农药是假的。一家人庆幸人没死,买来一瓶酒庆祝,结果全家人都死了,因为酒是假的。虽然,假货不一定会如此凑巧地都到这个倒霉的"农夫"家中聚会,但谁也否认不了这类事情发生在今天的可能性。这个故事仅仅说到农夫受到工业和零售商业的伤害,因为他们是现实社会中最弱势者,大家的同情多在他们一边。其实农业上也自有它们的假,这与人们日常生活的关系更密切。毒牛奶,假鸡蛋,抛光大米,含瘦肉精的猪肉,抗生素催肥的水产品,假的"有机农产品",甚至有些地区的农民根本不食用自己种植的为市场提供的农产品(其假的程度可以想见)。其他如教育、医疗保健、文物收藏、餐饮住宿、文化娱乐、金融、环保、旅游、房地产等行当也在以各种方式造假,以回应各界。我们常常可以听到这样的话:"现在最可怕的是什么都不敢相信了。你觉得特好的事儿,说不定就是一场大骗局。"诚信的流失,给平民百姓带来了焦虑,再严重些就会使得社会涣散瓦解。不真诚,也就是不"诚信"的后果是很可怕的,绝非骇人听闻!

　　北京大学研究先秦诸子的学者李零先生说了一些匪夷所思的故事,意在告诉大家诚信的缺失是多么的可怕!有些商人向他请教如何将《孙子兵法》用在做买卖、研究营销、研究管理上,他觉得有点不可思议。他认为《孙子兵法》只是一部兵法,是军人的读物,供军人活学活用,用来打仗的。兵法是杀人艺术,是对人类道德的最大挑战。孙子的一个核心观点就是"兵以诈立",战争杀人,不择手段,对军人来说,这是除暴安良,不能不如此。但在讲究诚信的商场上,商人却不应该也不能用指导战争的兵法来指导商业活动。可惜李零的意见许多经营者是听不进去的,他所担心的事在我们的身边屡屡发生。现在,国人普遍存在一种"口不对心"的状况,久而久之,就造成了人格的分裂。有相当多的人变成"两面人",会上一套,会下一套,人前一套,人后一套。人们很自觉地懂得自己在什么场合说什么样的话。

没有了真诚,哪里会有做人的尊严?!

论年龄

◇ [德国] 赫尔曼·黑塞

古稀之年在我们的一生中是一层台阶，跟其他所有的人生台阶一样，它也有自己的外表、自己的环境与温度，有自己的欢乐与愁苦。我们满头白发的老年人跟我们所有的年纪较轻的兄弟姐妹一样，有我们的任务，这任务赋予我们的生命以意义，甚至连病入膏肓的人和行将就木的人，这些尘世的呼吸都难以送达到他们卧榻的人也都有他们的任务，有着重要的和必要的事要由他们来完成。年老和年轻同样是一项美好而又神圣的任务，学着去死和死都是有价值的天职，这和其他天职一样——前提是对人生的意义和圣洁要怀着尊崇的心情去履行这一天职。一位老年人，如果他只是憎恨和害怕自己年纪

本文选自高兴主编、罗素等著、郑克鲁等译《懒惰哲学趣话：外国名家人生美文66篇》（北京燕山出版社2005年版）。赫尔曼·黑塞（1877—1962），德国作家、诗人。1946年获"诺贝尔文学奖"，比较重要的奖项还有："冯泰纳奖"、"歌德奖"。小说、散文、诗歌均有建树，著有诗集《浪漫主义之歌》。主要作品还有《彼得·卡

老,憎恨和害怕满头白发以及死之将至,那他就不是登上这一人生台阶上令人尊敬的代表,这正如一个年轻力壮的人憎恨他的职业和他每日的工作,并试图逃避它们是同样不受人尊敬的。

简而言之,作为老年人,为了实现老年人的意义,并胜任他的职责,那他就得承认自己是老了,承认年老带给他的一切,并必须对此作出肯定的回答。若是没有这个肯定的回答,若不能为大自然向我们要求的一切做出牺牲的话,那我们活着的价值和意义——不管是年老,还是年轻——就都失去了。我们也就欺骗了生命。

每个人都知道,古稀高龄会带来疾病和苦楚,并且知道死神就站在他生命的终点。你会年复一年地做出牺牲,有所放弃。你必须学会不信任自己的感觉与力量。不久前还是短短的一次散步的路程,现在变得漫长了,觉得吃力了,有朝一日我们再也没有能力走下去了。我们一辈子都爱吃的饭菜,我们也不得不割舍。肉体的欢娱与肉体上的享受愈来愈少,并且还得付出更高的代价。尔后,一切健康上的损伤和疾病,感觉变得迟钝了,各器官的功能也减退了,诸多的痛楚,尤其是经常发生在那漫长的令人恐惧的黑夜里——所有这一切都是不可否认的,这是严酷的现实。但是一味沉溺于这一衰退的过程,看不到古稀高龄也有它的好处、它的优越性、它的令人快慰和欢乐之处,那就太可怜、太可悲了,当两位老年人彼此相遇,不该单是谈那该死的痛风,谈上楼时腿脚的僵硬和呼吸的困难，他们不该光是交流各自的痛苦与令人心烦的事，也应该谈谈他们各自令人愉快和令人欣慰的经历。而这样的事有很多。

每当我想起老年人生活中这些积极的和美好的一面，想到我们这些白发苍苍的人也知道力量、耐心和欢乐的源泉之所在——这在年轻人的生活中是无足轻重的——这时我就不必去谈论宗教和教会的慰藉作用。这是神职人员的事。但是，我大概可以满怀谢忱地举出几项年龄送给我们的礼物。在这些礼物中我认为最珍贵的是：在漫长的一生后保留在我们记忆中的各种画面的宝库，随着行动能力的消失，我们将以完全不同于往昔的方式去追忆这些画面。那些六七十年来不复存在于地球上的人的形象和面容，它们还在我们身上继续存活下去，它们是属于我们的，它们陪伴着我们，它们用充满生气的目光注视着我们。在此期间消失了的或是完全变了样的屋宇、花园、城市，在我们看来却跟昔日一样未曾变样，我们发现几十年以前旅行时见过的远处的山峦和海滨，依然色彩鲜艳地留存在我们的画册里。观看、审视、凝视越来越成为一种习惯和练习，观察人的心绪和态度不知不觉地浸透在我们的全部行为中。我们曾为愿望、梦想、欲望、激情所驱使，正如人类的大多数人一样，通过我们生命岁月的冲击，我们曾不耐烦地、紧张地、充满期待地为成功和失望强烈地激动过，而今天当我们小心翼翼地翻阅着自己生平的画册时，禁不住惊叹：我们能躲开追逐和奔波而获得静心养性的生活该是多么美好。这里,在白发老人的花园里,正在盛开着一些我们昔日几乎没想到去护养的花儿。这里盛开着忍耐的花,一种高贵的花,我们变得更加泰然,更加宽厚。我们对于去参与某些事件和采取一些什么行动的要求越小,我们静观和聆听大自然的生命和人类生命的能力就变得越强,我们对它们不加指责,并总是怀着对它们的多姿多态的新奇之感任其在我们身旁掠过,有时是同情的、不动声色的怜悯,有时是带着笑声、带着欢悦、带着幽默。

最近我站在我的花园里,点上一堆火,不断给它添加些树叶和枯枝。这时来了一位老妇人,大约八十岁了,她从白刺荆的矮树丛旁走过,停下脚步,向我望来。我向她打招呼,于是她笑了,并说:"您的这把火点得对。像我们这般年纪的人应该慢慢地和地狱交上朋友。"就这样我们交谈起来,我们的谈话带着对种种烦恼与困乏抱怨的调子,但总是带着开玩笑的口吻。谈话结束时我们都承认,只要我们村子里还有最老的人,还有百岁老人,我们还不是老得叫人害怕,这几乎不该算是真正的老人。

当很年轻的人以其力量和毫无所知的优势在我们背后嘲笑我们,认为我们艰难的步态、我们的几茎白发和我们青筋暴露的颈项是滑稽可笑的时候,我们就会想起,我们过去也具有他们同样的力量,也像他们一样毫无所知,我们也曾这样取笑过别人,我们并不认为自己处于劣势,被人战胜了,我们对于自己已经跨过的这一生命的台阶,变得稍微的聪明了一些,变得更有耐心而感到高兴。

【姚保琮 译】

简评

　　德国作家赫尔曼·黑塞,爱好音乐与绘画,还是一位漂泊、孤独、隐逸的诗人。他的作品多以小市民生活为题材,表现对过去时代的留恋,也反映了同时期人们的一些绝望心情。小品文佳作《论年龄》使我们再次领略了作者宗教般的温暖情怀,全文很是审慎地正视了人生自然发展的各个阶段的区别,特别是为年老伤感的人群唤醒了人生最后的美好。年老了可以安然自得地享受生命中关于往昔的甜蜜追忆,可以宽容恬静、泰然自得地获得修养心性的生活,而不必沉溺在生活的各种无助、快乐、忧伤中。作者欲阐述的是在夕阳的余晖中,人该如何走好这一段路程。文中的这一段话特别值得老年人回味:"但是一味沉溺于这一衰退的过程,看不到古稀高龄也有它的好处、它的优越性、它的令人快慰和欢乐之处,那就太可怜、太可悲了。当两位老年人彼此相遇,不该单是谈那该死的痛风,谈上楼时腿脚的僵硬和呼吸的困难,他们不该光是交流各自的痛苦与令人心烦的事,也应该谈谈他们各自令人愉快和令人欣慰的经历。而这样的事有很多。""我们对于去参与某些事件和采取一些什么行动的要求越小,我们静观和聆听大自然的生命和人类生命的能力就变得越强,我们对它们不加指责,并总是怀着对它们的多姿多态的新奇之感任其在我们身旁掠过,有时是同情的、不动声色的怜悯,有时是带着笑声带着欢悦带着幽默。"

　　有这种心态的老年人是幸福的。梁实秋先生对老年人有自己的

论年龄

看法,说得推心置腹,听的人会有自己的感受。"老年人该做老年事,冬行春令实是不祥。西塞罗说:'人无论怎样老,总是以为自己还可以再活一年。'是的,这愿望不算太奢。种种方面的人欠欠人,正好及时做个了结。贤者识其大,不贤者识其小,各有各的算盘,大主意自己拿。最低限度,别自寻烦恼,别碍人事,别讨人嫌。"这样岂不挺好?

黑塞在《德米安》中说过这样一段话:"对每一个人而言,真正职责只有一个:找到自我。然后在心中坚守一生,全心全意,永不停息。所有其他的路都是不完整的,是人的逃避方式,是对大众理想的懦弱回归,是随波逐流,是对内心的恐惧。"接着,在这篇文章中又直截了当地说道:"年老和年轻同样是一项美好而又神圣的任务,学着去死和死都是有价值的天职。""学着去死和死",乍一听真的有点匪夷所思,但冷静想想他的话,想想他究竟想说什么,不由得让人肃然起敬。想想"任务""天职"这样的用语,乍一听似乎觉得把人生庄重肃穆的感觉搞得不伦不类,但是,说年老和死亡是我们每一个人需要学会适应的事情却是千真万确的,而要想适应就需要学习,所以黑塞说要学着去死也没有错,是每一个人都需要学习的。人从年轻步入年老,最终走向死亡,就像植物从破土出芽,到抽枝长叶,到开花结果,到枯萎凋零,是任何人无法逃避的过程,这是一个虽然痛苦但却真实到残酷的事实。所以,既然谁也逃避不了,与其心怀惴惴,闪烁其词,不如勇敢面对,坦白地说,最好像黑塞所说的那样,把它当作一门课程来学习、探讨一番。

人生苦短,转眼就是百年。步入晚年的生活,很多人说起来哪怕用的是轻松的语调,背后难免沉重。本文却在这里注进了轻松:"在这些礼物中我认为最珍贵的是:在漫长的一生后保留在我们记忆中的各种画面的宝库,随着行动能力的消失,我们将以完全不同于往昔的方式去追忆这些画面。那些六七十年来不复存在于地球上的人的形象和面容,它们还在我们身上继续存活下去,它们是属于我们的,它们陪伴着我们，它们用充满生气的目光注视着我们。"其实老年人的世界也是美的。正如同黑塞在《堤契诺之歌》中所写："如今我不再如醉如痴，也不想将远方的美丽及自己的快乐和爱的人分享。我的心也不再是春天，我的心已是夏天。我比当年更优雅，更内敛，更深刻，更洗练，也更心存感激。我孤独，但不为寂寞所苦，我别无所求。我乐于让阳光晒熟。我的眼光满足于所见事物，我学会了看，世界变美了。"满目阳光的老人能不幸福吗？

每一个白发苍苍的老者都是从青春少年走过来的，正因为如此，生活中的老年人和年轻人往往有一些微妙的关系。"当很年轻的人以其力量和毫无所知的优势在我们背后嘲笑我们，认为我们艰难的步态、我们的几茎白发和我们青筋暴露的颈项是滑稽可笑的时候，我们就会想起，我们过去也具有他们同样的力量，也像他一样毫无所知，我们也曾这样取笑过别人，我们并不认为自己处于劣势，被人战胜了，我们对于自己已经跨过的这一生命的台阶，变得稍微的聪明了一些，变得更有耐心而感到高兴。"以这样的心态看待年轻人可以消解极易在两代人之间产生的不和谐。黑塞在《荒原狼》中还曾这样告诫过年轻人："年轻人，你要知道，严肃认真是时间造成的。我不妨悄悄地告诉你，严肃认真是过高估计时间价值的结果。我也曾过高估计时间的价值，正因为如此，我想活100岁。而在永恒之中，你要知道，是没有时间的。永恒只是一瞬间，刚够开一个玩笑。"

台湾"文坛常青树"苏雪林先生20世纪写了一组论年龄的散文，对老年人也发表了自己的看法。"西洋人说老人是一部历史，又说老人是一部哲学，……人生问题，提起这题目先就吓人。这是个最神秘的谜，无论什么聪明人也不能完全了解。"把老年人的问题提到一定的高度，用意在重视人的老年。但还有一种很现实的看法，对今天的老年人也不无启发："不但国家社会的事于今用不着我管，家务也早交给儿曹了。现在像一个解甲归田的老将，收拾起骏马宝刀的生活，优游林下，享受应得的一份清闲。"老年人真该读读这段文字。

自然的规律就是这样无情，但我们大可不必过分感伤。我们的一生，所经历的童年、青年、中年、老年不正像一首完整的交响曲，谱写了欢快、激越、浑厚、舒缓的独特旋律吗？花开花落，日月交替，一个人能走到晚年，在经历了那么多的春风艳阳、生离死别之后，尚能傲然行走于天地之间，应该说是一件值得庆幸的事。岁月流逝，我们的身体慢慢在老化，有一颗正常的心，就能坦然面对余生。南宋诗人辛弃疾在《鹧鸪天·鹅湖归病起作》一词中说："不知精力衰多少，但觉新来懒上楼。"人的一生，年老是悄然而至的。随着人的平均年龄的提高，社会学上的老龄社会，迈着并不蹒跚的步伐走到我们面前。老年人不说了，即使你暂时还不足以冠上老年人的头衔，但是，你的身边，你的家里总会有老年人，如何正确地面对老年人，这是一个必答题。

老年之美，美在淡泊。黑塞的《论年龄》值得一读。

水至清则无鱼

◇ 冯士彦

中国有些警句名言，流传千百年，人们常常忘记了他的本义，甚至望文生义，以讹传讹。说到"无为而治"，便认为什么也不要干，就可以坐享其成，一片歌舞升平。还有"难得糊涂"，这本是郑板桥孜孜以求的那种忘却一切尘念的貌似"糊涂"的高境界，有人却理解为"很少糊涂"了。

同样，《汉书·东方朔传》中"水至清则无鱼，人至察则无徒"这句话，用类比的方法，说明不要对人求全责备，以致失去人才，重在后一句。岂料，久而久之，人们只截取前一句，胡乱杜撰，随意发挥。既然"水至清则无鱼"，那么，"水浑可养鱼"，甚至"浑水好摸鱼"，越演越荒唐。有些人便将误解、曲解的"古

本文选自冯士彦著《中国人的选择》（上海古籍出版社 1998 年版）。冯士彦，江苏省常州市武进教师进修学校高级讲师。主要作品有随笔、杂文集《中国人的选择》（与他人合作）、《孙犁研究文集》（主要撰稿人），自选集《瓮斋笔记》《走出瓮斋》《瓮斋之墟》。

训"当作哲理和行为准则,身体力行,终于走向反面。

当今,人们不论做什么事,爱贴上人文标签,讲一点文化档次,在什么经典里找到一点依据。什么弗洛依德,苏格拉底,亚里士多德或老庄孔孟,乃至耶酥、释迦牟尼,否则"名不正,则言不顺,言不顺,则事不成"(《论语·子路》)。

某机关的领导突然提拔一个心术不正的人负责后勤部门,大家都说这是请来个黄鼠狼管鸡,领导笑笑,说"用人不疑,疑人不用",要相信人都会变,都在变。然而,以后的事实证明,人们的担心不是多余的,假公济私、顺手牵羊的事屡有发生。人们又开始议论,说领导太糊涂、太官僚,不要弄到不可收拾的地步。岂料领导听了还是笑笑,不愠不急,对几个"好心人"上起课来:你们懂什么叫"水至清则无鱼"吗? 不懂吧,教给你。清澈见底的一洼贫水,鱼儿什么也吃不到,一举一动又被看得清清楚楚,还活得下去吗?你们不要神经过敏!知道"难得糊涂"的名言吗? 还是"糊涂"些好。没有一些人的积极工作,我能"无为而治"吗? 你们只看人家的表面,不看人家的实质、主流! 我心里清楚着哩!

实在是"杞人忧天"。原来是领导的用人之术和高明的选择。对啊,鱼鹰的肚子不先填饱,它会起劲为你捕鱼吗? 荒年还不饿厨师呢,你不给他揩些油水,他哪来的积极性?

于是大家哑口无言,到底是领导,看问题"居高临下",实在是高! 一个个自叹弗如,离去了。

五年之后,恍然大悟。这名后勤部长连同他的恩人领导一起因经济犯罪而被判刑。原来,这位领导先蓄一塘浑水,将鱼儿养肥,再从中渔利。老子说:"将欲夺之,必固与之。"于是,实惠就会源源地流进自己的腰包。说他完全"无为"也不对,他毕竟"慧眼识英雄",选准并提拔了一个"有用之才",不但对其"上下其手"的行为故意视而不见,而且对群众的议论也故意充耳不闻,还用一些高深莫测、似是而非的"理论"淡而化之,一笑了之,这真叫做"无为而无不为"了。

　　中国人在用人上历来强调德才兼备,其实要害的一条是看能否"为我所用",对我是否有利。至于是选择清明廉洁者还是言污行浊者都并不重要。谓予不信,请看当今一些污吏、奸商,一个个"红"了自己,也"红"了亲信;一个个"肥"了自己,也"肥"了亲信。沆瀣一气,风雨同舟,闹到后来,同归于尽。

　　"水至清则无鱼"。对人不求全责备,不等于姑息养奸,更不等于狼狈为奸。春秋时代管夷吾在病榻上,并没有向齐恒公推荐早年曾救过自己性命并保举自己为相的鲍叔牙接替自己的位子,他说:"鲍叔牙,君子也。虽然,不可以为政。其人善恶过于分明。夫好善可也,恶恶已甚,人谁堪之?鲍叔牙见人之恶,终身不忘,是其短也。"然而,他也坚决反对重用易牙、竖刁、开方三个巧言令色的大恶人。宽容是有原则的,对于劣迹昭彰的"能人",尽管他伪装得巧妙,对自己很忠诚,也不能用。可惜桓公不听,管仲死后不久便重用易牙等人,致使桓公一死这三人就争权乱国。

无疑,像鲍叔牙一类的道德君子是主张水清一点好,甚至认为水越清越好,有个君子国最好。然而,那只是美好的理想。现在实现不了,将来在相当长的时间内也实现不了。那么,水搅挥了,鱼鳖也长不大,显然也不好。尤其是当今世界,沉渣泛起,物欲横流,价值观念混乱。如果把水彻底搅浑了,到那时再去呼唤“圣人出,黄河清”,于时晚矣!

简 评

“水至清则无鱼,人至察则无徒。”见《汉书·东方朔传》:“虽然,安可以不务修身乎哉!《诗》云:‘鼓钟于宫,声闻于外。’‘鹤鸣于九皋,声闻于天。’苟能修身,何患不荣!太公体行仁义,七十有二乃设用于文、武,得信厥说,封于齐,七百岁而不绝。此士所以日夜孳孳,敏行而不敢怠也。辟若鹡鸰,飞且鸣矣。传曰:‘天不为人之恶寒而辍其冬,地不为人之恶险而辍其广,君子不为小人之匈匈而易其行。’‘天有常度,地有常形,君子有常行;君子道其常,小人计其功。’《诗》云:‘礼义之不愆,何恤人之言?故曰:‘水至清则无鱼,人至察则无徒。’”另见《大戴礼记·子张问入官篇》:“水至清则无鱼,人至察则无徒。”(徒:同类,同伙)后人多用此告诫人们指责人不要太苛刻、看问题不要过于严厉,否则,就容易使大家因害怕而不愿意与你打交道,就像水过于清澈养不住鱼儿一样。但是,时下总有一些人喜欢背离这句俗话的本义,以此劝人凡事不必认真,得饶人处且饶人,甚至见了危害百姓利益的人或事,也睁一只眼、闭一只眼,不当宽也宽,只求一团和气。这就有失本意了。应该承认,这句俗语之所以能够至今还广为流传,恐怕主要还是因为它具有劝告人们待人少苛求、多宽容的积极意义。

但是,“久而久之,人们只截取前一句,胡乱杜撰,随意发挥。既然

'水至清则无鱼',那么,'水浑可养鱼',甚至'浑水好摸鱼',越演越荒唐。有些人便将误解、曲解的'古训'当作哲理和行为准则,身体力行,终于走向反面。"时下有些人,尤其是有的领导干部,没有正确理解这句话的积极意义,而是把它当作"慈悲"为怀的处世哲学,在当"察"的时候也一味宽容迁就,尤其是面对一些问题和矛盾时,漠然视之,放任自流,当"老好人"。殊不知,这种"慈悲"非但不能赢得多数人的好感,换来所谓的"人缘",反倒容易让大家反感。因为回避问题和矛盾,纵容缺点和错误,最终必然会损害大多数人的利益,人们对这种不讲原则的"老好人",怎么会发自内心地真正信服呢?

在处理人与人的关系上,尤其是社会生活中的各种人事关系上,"察"是至关重要的。在"察"的问题上,不同价值取向的人会有不同的表现形态。遇事消极应付,"难得糊涂",当清不清、当察不察者,其举动看似宽容豁达,实则有悖职业道德要求。尤其是身处领导岗位的同志,肩负着为改革发展的需要而不断修正错误、不懈追求真理的神圣使命,责任和义务都要求我们既要有宽广的胸襟,不为一些鸡毛蒜皮的小事斤斤计较,又要有求真务实的作风,在大是大非的原则问题面前,讲真理不讲面子,讲原则不讲私情,敢于直言不讳,勇于较真碰硬。有道是,当宽则宽、当察则察,才是我们应有的情怀。

"察",本身是没什么问题的,而"至察"就超出了一定的度。"察"而及时适度,把问题和矛盾解决在萌芽状态,无论对同志、对工作,都是负责任的表现。当然,"察"要有道,一方面"察"要注意范围与重点,事关政治立场、工作作风、精神状态、人品道德等原则问题,就应该细察真究,决不含糊;而对那些鸡毛蒜皮、无关宏旨、纯属个人性格方面的枝节问题,则不必"察"之过细、责之过严。另一方面,"察"要实事求是,力求做到持之有据、言之成理,不捕风捉影,不无中生有,不夸大其辞,不无限上纲,不简单粗暴,不以权压人。总而言之,处理事情,品评他人,既要坚持原则,又不能绝对化;对待同志,既要真诚批评帮助,又要注意团结;不搞个人义气,不以原则求交换。只要"察"到如此境界,自然就不会有"无徒"之忧了。

总而言之,"察"的把握关键是"度"的问题,把握不好很可能适得其反。就像文中提到的"难得糊涂""无为而治",人们喜欢,便用条幅挂在家中,作为生活中处世的格言。但其中蕴含的深刻哲理不是谁都能讲得清、把握得好。"无为而治"是道家的基本思想,也是其修行的基本方法,其实无为而治并不是什么也不做,而是要靠万民自我实现无为无不为的思想。如果搞得混乱不堪,以讹传讹,那真是糊涂了。

历史上的屈原时代,大多数人会像渔父一样努力适应现实,对屈原这样有"道德洁癖"的人往往敬而远之。但是没有屈原,一段历史将黯然失色。我们可以用屈原的人格激励自己,却不能强求所有的人都做屈原这样的人。在高尚人格和伦理底线之间存在着一个广阔的空间,对此应采取宽容的态度,但是,对突破伦理底线的行为则不能无条件地宽容,否则就会让一些人"浑水好摸鱼了"。这便是"水至清则无鱼"的科学解读。

作者的高明之处就在这里。"中国有些警句名言,流传千百年,人们常常忘记了他的本义,甚至望文生义,以讹传讹。"这值得我们深思和研究。

论

快乐

◇ 钱钟书

在旧书铺里买回来维尼(Vigny)的《诗人日记》信手翻开,就看见有趣的一条。他说,在法语里,喜乐一个名词是"好"和"钟点"两字拼成,可见好事多磨,只是个把钟头的玩意儿。我们联想到我们本国话的说法,也同样的意味深长,譬如快活或快乐的"快"字,就把人生一切乐事的飘瞥难留,极清楚地指示出来。所以我们又慨叹说:"欢娱嫌夜短!"因为人在高兴的时候,活得太快,一到困苦无聊,愈觉得日脚像跛了似的,走得特别慢。德语的"沉闷"一词,据字面上直译,就是"长时间"的意思。《西游记》里小猴子对孙行者说:"天上一日,下界一年。"这种神话,的确反映着人类的心理。天上比人间舒服欢乐,所以神仙

本文选自丰子恺、纪伯伦等著《传世经典散文99篇》(长江文艺出版社2014年版)。钱钟书(1910—1998),出生于江苏无锡,原名仰先,字哲良,后改名钟书,字默存,号槐聚,中国现代作家、文学研究家。1941年,完成《谈艺录》《写在人生边上》的写作。1947年,长篇小说《围城》由上海晨光出版公司出版。1949年,回到清华任

教。1958年《宋诗选注》由人民文学出版社出版,列入中国古典文学读本丛书。五十年代末成立《毛泽东诗词》英译本定稿小组。1972年3月,六十二岁的钱钟书开始写作《管锥篇》。1976年,由钱钟书参与翻译的《毛泽东诗词》英译本出版。

活得快,人间一年在天上只当一日过。以此类推,地狱里比人间更痛苦,日子一定愈加难度;段成式《酉阳杂俎》就说:"鬼言三年,人间一日。"嫌人生短促的人,真是最"快活"的人;反对来说,真快活的人,不管活到多少岁死,只能算是短命夭折。所以,做神仙也并不值得,在凡间已经30年做了一世的人,在天上还是个初满月的小孩。但是这种"天算",也有占便宜的地方:譬如戴君孚《广异记》载崔参军捉狐妖,"以桃枝决五下",长孙无忌说罚得太轻,崔答"五下是人间五百下,殊非小刑。"可见卖老祝寿等等,在地上最为相宜,而刑罚呢,应该到天上去受。

"永远快乐"这句话,不但渺茫得不能实现,并且荒谬得不能成立。快乐的决不会永久;我们说永远快乐,正好像说四方的圆形、静止的动作同样的自相矛盾。在高兴的时候,我们空对瞬息即逝的时间喊着说:"逗留一会儿吧!你太美了!"那有什么用!你要永久,你该向痛苦里去找。不讲别的,只要一个失眠的晚上,或者有约不来的下午,或者一课沉闷的听讲——这许多,比一切宗教信仰更有效力,能使你尝到什么叫做"永生"的滋味。人生的刺,就在这里,留恋着不肯快走,偏是你所不留恋的东西。

快乐在人生里,好比引诱小孩子吃药的方糖,更像跑狗场里引诱狗赛跑的电兔子。几分钟或者几天的快乐赚我们活了一世,忍受着许多痛苦。我们希望它来,希望它留,希望它再来——这三句话概括了整个人类努力的历史。在我们追求和等候的时候,生命又不知不觉地偷度过去。也许我们只是时间消费的筹码，活了一世不过是为那一世的岁月充当殉葬品，根本不会享到快乐。但是我们到死也不明白是上了当，我们还理想死后有个天堂，在那里——谢上帝，也有这一天！我们终于享受到永远的快乐。你看，快乐的引诱，不仅像兔子和方糖，使我们忍受了人生，而且仿佛钓钩上的鱼饵，竟使我们甘心去死。这样说来，人生虽痛苦，却不悲观，因为它终抱着快乐的希望；现在的账，我们预支了将来去付。为了快活，我们甚至于愿意慢死。

　　穆勒曾把"痛苦的苏格拉底"和"快乐的猪"比较。假使猪真知道快活，那么猪和苏格拉底也相去无几了。猪是否能快乐得像人，我们不知道；但是人会容易满足得像猪，我们是常看见的。把快乐分肉体的和精神的两种，这是最糊涂的分析。一切快乐的享受都属于精神的，尽管快乐的原因是肉体上的物质刺激。小孩子初生下来，吃饱了奶就乖乖地睡，并不知道什么是快活，虽然它身体感舒服。缘故是小孩子时的精神和肉体还没有分化，只是混沌的星云状态。洗一个澡，看一朵花，吃一顿饭，假使你觉得快活，并非全因为澡洗得干净，花开得好，或者菜合你口味，主要因为你心上没有挂碍，轻松的灵魂可以专注肉体的感觉，来欣赏，来审定。要是你精神不痛快，像将离别时的筵席，随它怎样烹调得好，吃来只是土气息、泥滋味。那时刻的灵魂，仿佛害病的眼怕见阳光，撕去皮的伤口接触空气，虽然空气和阳光都是好东西。快乐时的你，一定心无愧怍。假如你犯罪而真觉快乐，你那时候一定和有道德、有修养的人同样心安理得。有最洁白的良心，跟全没有良心或有最漆黑的良心，效果是相等的。

　　发现了快乐由精神来决定，人类文化又进一步。发现这个道理，和发现是非善恶取决于公理而不取决于暴力，一样重要。公理发现以后，从此世界上没有可被武力完全屈服的人。发现了精神是一切快乐的根据，从此痛苦失掉它们的可怕，肉体减少了专制。精神的炼金术能使肉体痛苦都变成快乐的资料。于是，烧了房子，有庆贺的人；一箪食，一瓢饮，有不改其乐的人；千灾百毒，有谈笑自若的人。所以我们前面说，人生虽不快乐，而仍能乐观。譬如从写《先知书》的所罗门直到做《海风》诗的马拉梅(Mallarme)，都觉得文明人的痛苦，是身体困倦。但是偏有人能苦中作乐，从病痛里滤出快活来，使健康的消失有种赔偿。苏东坡诗就说："因病得闲殊不恶，安心是药更无方。"王丹麓《今世说》也记毛稚黄善病，人以为忧。毛曰："病味亦佳，第不堪为躁热人道耳!"在着重体育的西洋，我们也可以找着同样达观的人。多愁善病的诺凡利斯(Novalis)在《碎金集》里建立一种病的哲学，说病是"教人学会休息的女教师"。罗登巴煦(Rodenbach)的诗集《禁锢的生活》里有专咏病味的一卷，说病是"灵魂的洗涤(epuration)"。身体结实、喜欢活动的人采用了这个观点，就对病痛也感到另有风味。顽健粗壮的18世纪德国诗人白洛柯斯(B.H.Brockes)第一次害病,觉得是一个"可惊异的大发现"。对于这种人,人生还有什么威胁? 这种快乐,把忍受变为享受,是精神对于物质的最大胜利。灵魂可以自主——同时也许是自欺。能一贯抱这种态度的人,当然是大哲学家,但是谁知道他不也是个大傻子?

是的,这有点矛盾。矛盾是智慧的代价。这是人生对于人生观开的玩笑。

简 评

在现实生活中,"论快乐"是个诱人的题目,然而,更诱人的是钱钟书先生在讨论这个题目时所表现的天才般的艺术想象力。快乐是人所渴望的,可以说任何人都体验过快乐,都体验过等待快乐时的焦急和快乐消逝时的惆怅。然而,该怎样看待快乐,就不是每个人都明白的了。钱钟书先生的《论快乐》写于青年时代,大概是二十七八岁时的作品,距今已经有半个世纪以上的时间了。"论快乐"的中心是讨论痛苦与快乐的辩证转化,进一步讨论至灵与肉关系的突破。

《论快乐》论述的触角和范围极其广泛,有如一处处美妙的风景在文中展现,让人目不暇接。然而,它的脉络却很清楚:快乐不仅是短暂称谓而且是属于精神的。一个乐观而且达观的人,或许能做到苦中作乐,比如,一个罹病的人,如能从病痛里滤出快活,把忍受转化为同疾病作斗争的享受,就会把痛苦变成了快乐。有时候,只要把握时机创造条件,短暂的快乐也会有可能变成永远快乐。阅读本文之后,关于快乐方方面面的广征博引、充分论述,我们有充分理由认为钱钟书先生是一位思想辩证、深刻的大学者,他对于快乐一分为二辩证、转换的透彻理解和应用,达到了出神入化境界,读钱钟书先生《论快乐》,不仅能够增长快乐的知识,还足以引导读者在他智慧的快乐世界里自由地飞翔,建构自己快乐自由的王国。钱钟书先生说:"灵魂可以自主——同时也许又是自欺,能一贯抱这种态度的人,当然是大哲学家,但是谁知道他不也是个大傻子?"真是让人过目不忘。

亚里士多德有句名言:快乐即自足。这告诉我们快乐首先是一种感觉,而感觉和观念又是一对永远拆不开的连体兄弟,二者之间的关系错综复杂。感觉在先,观念在后,但观念又不时干扰感觉,感觉也会诱发新的观念。一个人不管你贫穷还是富有、高贵还是卑下,倘若专想不平、不快、不幸的事,死钻牛角尖,最后你会伤感至极,以为世界的不平全降到你的头上;相反,还是这个人,还处在这样的地位,还拥有你该拥有的一切,倘若反过来专想快乐的事,知足常乐,自我欣赏,自我陶醉,快乐总会时时刻刻伴随在你的周围。我们知道,金钱往往能给人带来快乐,现在人常说一句话:金钱不是万能的,没有钱却是万万不能的。但是,有一些人人皆知的生活现象却揭示了一个深刻的道理:"钱能买到古今中外的书籍,却买不到渊博的知识和真才实学;钱能买到丰收的果实,却买不到收获的喜悦;钱能买到最昂贵的钟表,却买不到宝贵的时间;钱能买到贵重的礼物,却买不到纯真的友谊;钱能买到高级的补品,却买不到健康的身体。"

直白地说,现实生活中,快乐不在房子多大,级别多高,存款多少,开的什么车;不在为一时的身外之物而牺牲当下的幸福;也不在将一生的幸福委之于一个空泛的虚名——快乐在于自我感觉。有一幅流传甚广的传统对联:"室雅何须大,花香不在多。"说的就是这种感觉。

柯灵先生在谈到钱钟书先生的散文时曾引用别人的话来说钱钟书先生笔下的"快乐":"阿班纳史在《美国文学》中说,没有一个读华盛顿·欧文的书而不感到欢乐的人。钟书的作品,至少同样地使人欢乐。——当然不仅仅是欢乐"。又说:"钱锺书的《写在人生边上》嘎嘎独造,使人耳目一新。思想活跃、深刻、犀利,或天马行空,或鞭辟入里,或一针见血。针世砭俗，或锋利，或婉曲，或反讽，或借喻，都能耐人低徊，有会于心。……比较而言，钱作更迫近现代，给散文开辟了一个全新的境界。"（柯灵《第三个十年——〈中国新文学大系•散文卷序〉》）应该说钱钟书身上体现了中国知识分子的优秀品质，这也是他与生俱来的突出要求和愿望：守住自己的精神园地，保持自己的个性尊严，即使"人生在世不称意"，但也要乐天知命，坚韧不拔。不仅如此，即使如快乐这一司空见惯的感情体现，在钱钟书的笔下也能博古通今。他类比征引、纵横上下，在贯通古今中外之间，挟春秋之笔意，对古今中外之世道、人心、文化，进行了一次总的挖掘、搜集，然后更深刻地指出，在现实生活中的很多人，或许既有身体的困倦，也有精神的痛苦。但是，这也不必要担忧，"人生虽不快乐，而仍能乐观"，如果"有人能苦中作乐，从病痛里滤出快活来，使健康的消失有某种补偿"，那么"这种快乐把忍受变为享受，是精神对于物质的大胜利"。尽管这也许是自欺欺人，但也未尝不是一种智慧与洒脱。

钱钟书先生《论快乐》文中，论述的"快乐"原本是人生的一种基本感情，其内涵往往为日常生活中的人们不能深察，钱钟书先生却发幽探微，从根本上探索和阐发了其中的人生哲理。作者曾说"人生是一部大书。……假使人生是一部大书，那末，下面的几篇散文只能算是写在人生边上的。这本书真大！一时不易看完，就是写过的边上也还留下好多空白。"（《写在人生边上•序》）《论快乐》是钱钟书先生的第一本散文集《写在人生边上》中的一篇。虽然是作者站在"人生的边上"谈论人生的大问题，但却字字珠玑，大放智慧的异彩，自然而然地把读者引入一个广阔无垠的人生天地，给予我们丰富多彩的人生启迪。文中展示了钱钟书先生一贯的语言风格，或旁征博引，或侃侃而谈，或幽默风趣，或触类旁通；行文如行云流水，汪洋恣肆，奇思妙想和真知灼见俯拾皆是。所以钱钟书的文章，须静下心来，认认真真地阅读，仔仔细细地把

论快乐

玩,方能领悟到其中的妙处。

　　《论快乐》是一篇哲理意味浓厚、政论性也很强的随笔。思路奔放开阔,文意层层见深。作者从不同角度、不同层面上反复阐述了对快乐的种种理解。尤其是比喻的修辞手法的巧妙运用,不仅使得文章文采斐然,而且使得议论深入浅出,活泼灵动,通篇蕴含着浓郁的幽默情趣。可以说是作者以一种幽默的情趣,为之披上一件微笑的外衣,轻者令人莞尔,重者令人拍案,笑过之后又让人思之良久,余味不尽。

　　我们都希望快乐,可"永远快乐"是不现实的,且荒谬得似乎不能成立,更多的人或许在生活中习惯用"知足常乐"来平衡自己的内心,这不失为智慧。对于快乐我们要珍视,在快乐时,我们的生命被滋润着,而一旦发现快乐由精神来决定,人类文化又进了一步。由于作者的知识渊博,"快乐"置身于广阔的历史与现实的交汇处。期盼永远快乐,用作者的话说"这有点矛盾。"不如用一种积极的心态来面对快乐或不快乐。

　　还是回到快乐本身。在现实生活中,怎么做一个积极快乐的人呢?大千世界,因人而异,没有公式或固定的答案。比如:用心发现美,养成看书的习惯,多交优秀的朋友,培养健康的心态,学会感恩,懂得珍惜等等。如此看来,生活里的每一个细节中都蕴藏着快乐,只要你用心感受就是快乐的,恰当面对并能让快乐扩张,鼓舞和影响周围的人。

　　这大概就是钱钟书先生所说的快乐。

漫语慢蜗牛

◇ 梁锡华

敝寓周围的林木草地间,蜗牛不时出没。以外壳做标准,一般长约两三寸。所以,读者可以想象,当某夜我发现一头五寸大牛时,忽然间心跳到什么程度。对着这庞然巨物,不禁念到牛族的命运。它们慢爬漫爬,方向尽管糊涂,但魂牵梦萦的明确目标倒有一个,就是觅食。然而,它们沉甸甸地背负求存的重担在分寸间博一点默默的挪移,却往往遭人在有心或无意的残暴下一脚踹瘪。生之惨伤,亦无过于此了。本来从觅食到寻死,不限蜗牛,其他动物也差不多,包括人类,但面前这头大蜗牛无疑是祖父母辈的了,若说年轻力壮的动物谋生已觉艰难,耆寡的又怎样呢……我把那老牛捡起带回家去。

本文选自《梁锡华散文》(浙江文艺出版社2000年版)。梁锡华(1947—),原名梁崔萝,广东顺德人。著译甚丰,出版论文、编译、散文集三十多种。小说类作品有《独立苍茫》《头上一片云》《李商隐哀传》《香港大学生》和《爱恨移民曲》等。1994年退休后定居加拿大,笔耕不辍。

养宠物我完全外行,因为一生似乎都是自顾不暇的。这次因缘际会,人牛共处,第一个难题就是吃。我的面包乳酪似乎不合牛性,而在灯下看它延颈伸角,很有求哺之意,使我惶急到连手指都冒汗了。那时,忽然想及农人最痛恨蜗牛,于是灵机一动,翻倒垃圾桶捡出几片白菜的败叶权充救济粮。哈!果然所料不差,菜叶原来正合那位老人家的胃口。不过看它疯噬狂啮的吃态,自己倒有点惊怕,因为它用膳时实在凶相毕呈,而且齿牙间轧轧作响。我想,要是扩音百倍或千倍,跟鳄鱼吃人时的吞肉嚼骨声应该相同——多恐怖啊!又假如我是小人国的一员,瞧见这巨大霸的老丑上下左右见菜即咬,怕不吓得晕倒地上?

膳之后,问题当然是宿了。蜗牛若跟我共榻,虽然大家都不至犯异性恋或同性恋,但总有说不出的那个。何况偶一不慎,不是它冷黏黏的尊体把我全人化作鸡皮,就是我一翻身把它压扁。不过这问题并不恼我。一个投闲置散经年的空金属罐,正好作它铜墙铁壁的安乐窝。事实上我大错特错了。它虽然上了年纪,但看来很讲究摄生,因为饭后要散步观夜色以助消化。住碉堡式的住宅吗?庄子说得好:"神虽王,不喜也。"

两天后,我已懂得老牛的习性了。它在黄昏后便为口腹勉力慢"跑",饱餐了便稍舒筋骨,接着找个阴暗的角落休息。白天是死人一样不吃不动的,最爱贴在略湿的砖头旁边,有点青苔的更妙。每天照例拉屎一回,尿好像没有,屁没听过。最惬意的食物是青菜。西瓜、香蕉、苹果也受欢迎,果肉最好,万一为势所迫,皮也可以勉强将就。淀粉质的东西不合肠胃,猪鸡等肉更不敢领教。这位素食主义者,生活节奏既然缓慢,又善养它浩然之气,看光景活一百岁也不稀奇。

　　一周过去,人牛关系,正如外交官的口头禅,空前良好。我顾念它的寂寞,于是找了两只小家伙给它作伴,算是为它收养了一对孩子。其中较大的,有点不良少年倾向,饭前饭后照例在露台它们的家园内外闲荡。它的食量最大,这也是意中事了。一次它失踪了一整天才回家,是私约了女朋友还是男朋友干其不可告人之事呢,还是参与黑社会活动呢?这事至今没查明,不过,此后它也规矩下来了。在外头谋生,总不容易吧。小的那一只食少睡多,大概属娃娃级,且不哭不闹,乖得可人。老牛对于二少者,不打骂、不教导、不呵护、不理睬,表现得既无亲情,也无代沟。我看这家道未符理想,于是着意为老的找伴侣,半月后,成功了,是雨后的一夜无意得之的。新牛四寸多,以人龄换算,约四五十岁吧,配个六十岁汉子,也不致太委屈。可是,一转念,心下立刻没把握了。我怎知道它们的性别呢?要是我想错了,其他的可能有三个:第一,老中二牛俱属雄性。这会生意见或闹不道德之恋。第二,同是女身。那更糟了,因为吵起来,一定更凶。第三,老的雌,中的雄。那会弄成老妻少夫的局面,不合中华国情。唉,一提到终身伴侣,没有的,失神,已有的,失色。这世界,莫说终身大事,就算非终身大事的露水姻缘,也难撮捏得美满,除非是所谓天作之合,或那种超露水,名为人作之合的闪电式撞击。我面对困扰,智谋尽丧,最后只好用愚人之法,让这四口之家混一个时期再作打算。

但牛家形势之大好,实在出乎意料。它们不吵架、不打斗、不抢吃、不偷盗、不嫉忌,而且脾气好得像棉花软糖。它们偶尔在"食桌"边缘碰上了,大家就用触角打个招呼,然后各吃其吃,或各游其游。它们固然不非礼,不强奸,但好像也不屑恋爱。彼此君子淑女到这个直追梁山伯、祝英台的境界,虽然很有《圣经》所示在地若天的新耶路撒冷风味,但在人间,或牛间,总有点遗憾。不过,稍后我失笑了!原来,我现在知道了,蜗牛是雌雄同体的,功能自生自灭,意能自满自足,情能自收自放,一切正如它们的贵体,自伸自缩,所谓用舍自如,行藏在我者是。哲学到如斯神妙入化,我们,一大堆自命万物之灵的愚男蠢女,能不愧死?

苏东坡才高气迈,下笔无所不透,他写过《蜗牛》诗,但其言差矣,且听:"腥涎不满壳,聊足以自濡,升高不知回,竟作黏壁枯。"蜗牛固然自濡,但也相濡,绝不像自私的人类那么鄙陋。至于"升高",那是少之又少的。牛性谦卑自牧,干时冒进,拼命求升的事,它们才不干!它们最不奉承那炙手可热的太阳。当这位高高在上,万人瞻仰,光辉烈烈的阿波罗以满身金光的威势出现,它们就赶紧躲起来了,怎能"黏壁枯"? 蜗牛的美德,上面已顺笔提及,然而尚不止此。你看它们进行的步伐:慢,不错,但谁及它们稳重?它们两对触角作先锋探路,遇物必缩。你说它们畏这畏那么? 非也。它们其实是步步为营,却又锲而不舍。缩,是的,但绝非一缩永缩,而是缩后必伸。壳内坚定的信念只有一个:再探头舒颈时,外边世界又是一番新意了,至少所呼吸的空气已经不是半分钟前那一股旧流。它们在前进的道上,即使遇阻遇挫,还是一分分一寸寸地力爬,此路不通则彼,彼路不通则此,哪里像我们人类中的一类,失败了就骂,就哭,就赌气,就怨天,就尤人,就寻死! 人不如牛,我们难道还有什么可辩? 卡洛尔(Lewis Carroll)写《艾丽思漫游奇境》,称蜗牛为"可爱的",他的胸襟和见识,在这一点上就超过了苏东坡。莎士比亚对蜗牛也敬礼有加。他在《空爱一场》(Love's Labour's Lost)一剧中,称赏爱情的感觉,是以蜗角的柔细灵敏作陪衬的。苏东坡在这方面亦未见友善,他说"蜗角虚名,蝇头微利,算来着甚干忘"(《满庭芳》)。把爱情样美丽的蜗角牵上"虚名",不免损害蜗牛的实名,但要怪东坡居士不如骂庄周,后者大概是开损毁蜗牛形象之先河的。他在《则阳》一文内,有所谓蜗角左右各有一国而"时相与争地而战,伏尸数万"。这种浪漫的想法,和蜗牛本性,相去远矣。

养蜗牛已差不多有三个月了。我给它们的,只是一些菜叶果皮,但它们惠我的启迪,却是意味深长的。世人只要略效蜗牛，什么明枪暗箭，大小打斗，就可以消弭了，但拈酸呷醋，爱恨情仇一类恶事恐怕是不免的，除非造物主可怜我们，全部来一个大变性，让我们人人雌雄同体，自得其乐且同享遐龄。最后，我要发一则讣闻：我最小的一头婴牛，前数天失足从三楼跌到水泥地上，壳破牛死了。想到这小乖乖的意外夭折，不免凄然，谨借用上引卡洛尔"可爱的"三个字作吊辞，以表示那难挂在林木草地，却永挂在眉间心上的一缕萦念。

简 评

梁锡华先生的首部小说《独立苍茫》，写的是七八十年代香港高等学府里莘莘学子和众多教师的学习、工作和婚姻、恋爱的酸甜苦辣，文学评论界权威人士称之为"才、学、情三者兼顾的当代才子书"。梁锡华的作品（小说）大多取材于他熟悉的社会生活和亲身经历，其特点是善于构筑作品的意境，情节发展非常注重逻辑和缜密性，文字隽永幽默，虽有浓厚的学院气息，但可读性很高。据有关资料介绍，作者在现实生活中是个"慢生活"的信徒和实践者。看到有一篇文章是描述慢悠悠的蜗牛的生活时，他自然是喜出望外，如获至宝。不知道本文作者梁先生自己是否有兴趣笑纳所谓"慢生活"的桂冠，但是从本文行文中那舒缓悠扬的节奏、生活中做事情那"漫不经心"的风格、处世之道中那超凡脱俗的见地来看，他绝对算得上此道中的顶尖人物了。

《漫语慢蜗牛》，从取材上说实在难得，以小见大，加之语言上亦庄亦谐，与其说是漫语蜗牛，不如说是漫语社会人生，很能打动人。作者似乎童心未泯，向我们讲述了他与几个蜗牛交往的趣事：得牛、饲牛、观牛、赞牛、祭牛。通过细致的观察，他发现蜗牛表现出来的种种"美德"：和谐相处，从不争斗；沉着坚忍，锲而不舍。由此产生了对人类社会的感慨、叹息，升华了文章的主题。文章叙议结合，深得情趣和理趣之妙。

梁锡华先生"漫语蜗牛",启示我们,动物世界的美德,完全可以折射出人的关系。比如人类对长者的尊重。有关动物研究的资料记载,不仅仅蜗牛,一些动物对长者的尊重不亚于人类,猴子吃东西时总是让老猴先吃,然后小猴再分着吃;其貌不扬的乌鸦孵完卵后力弱体衰,卧床不起,小乌鸦就四处觅食给妈妈吃,这就是俗话说的"乌鸦反哺";非洲有一种羚羊,当不懂事的小羚羊在长者面前躺下时,会很快被其他羚羊叫起来,长者站着,小字辈怎能躺下?再比如,动物界的团结互助精神也令人类钦佩。海豚为了不让生病的同伴窒息,会齐心协力,把喘不过气的朋友顶出水面呼吸;非洲有一种以蜜露为食的蚂蚁,采食归来后,如果遇到挨饿的同类,就将蜜从口中吐出与之分享;有些动物还具有牺牲自己保全集体的品格。当斑马群遭到敌人袭击而又来不及逃跑时,一头老斑马会不顾一切地迎敌而上,为保护同伴献身。更令人意想不到的是,动物还有见义勇为的行为。西双版纳有一种模样像乌鸦的鸟,一旦发现某处山林着火,便会唤来成千上万只同伴,向火苗吐唾液,大火止住后,又不惜用自己的翅膀扑打残火。作家、社会学者方刚先生笔下貌不惊人的麻雀更是性格坚定而自尊:"……鸟类最动人心弦的美便是它们搏击长空时的矫健,当其翱翔的翅膀被利诱所累,我们看到的只是一些可怜的爬行动物。然而,麻雀不同了。这小小的生物在鸟类的种族里实在不起眼,'语'不惊人,'貌'不出众,却在以生命捍卫着自由、活泼的天性。没有人可以养活一只麻雀,麻雀与被饲养的命运无缘!"(见方刚《动物哲学》)动物的这些文明行为均源于天性,而非有意识的主观行为,但动物的这些表现,不是很值得万物之灵长的人类深思吗?所以,文章的最后,作者点破题意:"养蜗牛已差不多有三个月了。我给它们的,只是一些菜叶果皮,但它们惠我的启迪,却是意味深长的。世人只要略效蜗牛,什么明枪暗箭,大小打斗,就可以消弭了,但拈酸呷醋,爱恨情仇一类恶事恐怕是不免的,除非造物主可怜我们,全部来一个大变性,让我们人人雌雄同体,自得其乐且同享遐龄。"

《漫语慢蜗牛》的主要情趣还在于,高度赞赏蜗牛的生活方式就是典型的"慢生活"。"他们慢爬漫爬,方向尽管稀里糊涂,但魂牵梦绕的方向倒有一个,那就是觅食。"蜗牛觅食的过程,其实相当于我们人类赚钱谋生的过程。现实生活中,大多数人都不会像蜗牛那样去"慢爬漫爬",而是选择在最短的时间内,赚取尽可能多的"报酬"。无论是处于社会中的哪个阶层的人,眼看着自己的同伴或是在事业取得了巨大的成功,或者凭借着卓越的个人成就获得了闻名遐迩的社会声誉,抑或是靠着多年拼搏拥有了令你艳羡不已的巨大财富,也可能跻身仕途多年,现在已身居高位,享受着稳定的高俸禄、高福利,你能做到不为之怦然心动、魂牵梦绕么?有人可能会觉得若论才智、论能力、论资历,我都不逊于他们,为什么我就不能做得和他们一样好呢?于是乎,大家都不惜代价、急功近利、甚至不切实际地去追求这些生不带来、死不带去的东西。结果,只有少数人取得了真正的成功,享受着轻松和谐的生活。那疲惫的大多数人,还是只能带着透支得再也不能承受任何重负了的身心,去过那平平淡淡的生活。正如英国学者格斯勒说过的那样:"我们正处在一个把健康变卖给时间和压力的时代。"所以,人们学一学蜗牛不失为一件很有意义的事。

学蜗牛什么呢?首先应该是很努力、很务实的一种"慢生活"条件下的生活态度。有一首很有名的"蜗牛诗"概括得准确、全面:"世界上最自卑的就数蜗牛了,他终生背着巨大的罪恶感。世界上最自负的就数蜗牛了,他终生背着沉重的纪念碑。蜗牛是悲观主义者,他带着房子旅行;他怀疑没有人会愿意与自己分享卧榻。蜗牛是乐观主义者,他带着房子走路;他相信任何地方都是阳光灿烂的家园。 蜗牛心胸坦荡,他在走过的地方留下闪闪发光的痕迹,他不隐瞒自己走过的弯路,犯过的错误。蜗牛心情忧郁,他为过去的行迹涂上闪闪发亮的光环,他想隐瞒自己过去的出身,过去的卑微。——蜗牛就是这么矛盾!"这矛盾的方方面面,其实就是我们学习蜗牛的不同侧面。

梁锡华先生应该是个爱夜间散步的人,否则他不会在某夜在他寓所的林木草地间发现这篇散文的主人公——那只长约五寸的大蜗牛。基于自己的爱心,他"收养"了这位蜗牛族中的老者,这才引出了一段人与蜗牛之间的佳话。

与

书本的交往

◇[法] 蒙田

本文选自《蒙田随笔全集》（译林出版社1996年版，2001年重印，标题为编者所加。）作者蒙田（1533—1592），法国作家，以随笔著称于世。法国文艺复兴后期、十六世纪人文主义思想家。主要作品有《蒙田随笔全集》《蒙田意大利之旅》。《蒙田随笔全集》共107章，百万字左右。其中最著名的一篇为《雷蒙·塞邦赞》，

与书本的交往伴随着我的一生，并处处给我以帮助。它是我的老境和孤独中的安慰。它解除我的闲愁和烦闷，并随时帮我摆脱令人生厌的伙伴。它能磨钝疼痛的芒刺，如果这疼痛不是达到极点和压倒一切的话。为了排遣一个挥之不去的念头，唯一的办法是求助于书籍，书很快将我吸引过去，帮我躲开了那个念头。然而书籍毫不因为我只在得不到其他更实在、更鲜活、更自然的享受时才去找它们而气恼，它们总是以始终如一的可亲面容接待我。

俗话说：牵着马的人也可步行，只要他愿意；那不勒斯和西西里国王雅克是个年轻、英俊、健壮的人，他常让人将他抬在担架上巡游四方，头下垫只鳖

脚的羽枕，身穿灰不溜秋的粗布袍，戴顶同样质料的睡帽，后面却跟着豪华威武的王室随从队，各色驮轿和骏马，众多侍从和卫士，表现出一种还相当稚嫩且尚未稳固的威严。痊愈之券在握的病人无需同情。这一警句很对。我从书籍中得到的收获全在于对这一警句的体会和运用。事实上，我使用书本几乎并不比那些不知书为何物的人更多。我享受书，犹如守财奴享受他的财宝，因为我知道什么时候我乐意，随时可以享受；这种拥有权使我的心感到惬意满足。不管在太平时期还是在战乱年代，我每次出游从不曾不带书。然而我可能数天，甚至数月不用它们。我对自己说："待会儿再读，或者明天，或者等我想读的时候。"时间一天天过去，但我并不悲伤。因为我想书籍就在我身边，它们赋予我的时日几许乐趣。我无法说清这一想法使我何等心安理得，也无法总结书籍给我生活带来多大的帮助。总之，它是我人生旅途中最好的食粮，我非常可怜那些缺乏这种食粮的聪明人。不过出游中我更愿接受其他的消遣方式，不管它多么微不足道，何况这类消遣我从来不会缺少。

在家中，我躲进书房的时间要多些。我就在书房指挥家中一切事务。我站在书房门口，可将花园、饲养场、庭院及庄园的大部分地方尽收眼中。我在书房一会儿翻翻这本书，一会儿翻翻那本书，并无先后次序，也无一定的目的，完全是随心所欲，兴之所至。我有时堕入沉思，有时一边踱来踱去，一边将我

充分表达了他的怀疑论哲学思想。

的想法记录下来或口授他人,即如现在这样。

我的书房在塔楼的第三层。一楼是小礼拜堂,二楼是一间卧室和它的套间,为图一个人清静,我常睡在那里。卧房的上面原是个藏衣室,过去那是我家最无用的处所。改成书房后,我在那里度过我一生中的大部分时日和一天中的大部分光阴,但我从不在那儿过夜。与书房相连的是一间布置得相当舒适的工作室,冬天可以生火,窗户开得很别致。要不是我怕麻烦又怕花费(这怕麻烦的心理使我什么都干不成),我便不难在书房两侧各接一条百步长、十二步宽与书房地面相平的游廊,因为墙是现成的,原为派其他用处,高度正好符合我的需要。任何僻静的处所都要有个散步的地方。我若坐着不动,思想便处于沉睡状态,必须两腿走动,思绪才活跃起来。所有不靠书本做学问的人,都是这种情况。我的书房呈圆形,只有一点平直的地方,刚好安放我的书桌和椅子;我所有的书分五层排列在四周,围了一圈,弧形的墙壁好似躬着腰把它们全部呈献在我面前。书房的三扇窗户为我打开三幅多彩而舒展的远景。屋子的空间直径为十六步。冬天我连续呆在那里的时间比较少,因为,顾名思义,我的房子高踞于一座小山丘上,而书房又是所有房间中最通风的一间。我喜欢它的偏僻和难以靠近,这对工作效果和远离人群的喧闹都有利。这里是我的王国。我竭力把它置于我个人的绝对统治之下,竭力使这唯一的角落不为妻子、儿女、亲朋所共有。在别处,我的权威只停留在口头上，实际上不大牢靠。有的人连在家中都没有一个属于自己的、可以在那儿享受清静和避不见人的地方，依我看，这种人真可怜！野心家必得抛头露面，如同广场上的雕像，这是他们罪有应得。"有高官厚禄则无自由"，他们连个僻静的退身之处都没有！我在某个修道院看到，修士们有条规矩，必须始终呆在一起，不管干什么，须当着很多人的面，我认为修士们过的苦修生活中，没有什么比这更难受的了。我觉得，终身独处要比从不能独处好受得多。

倘若有人对我说，把文学艺术仅仅当做一种玩物和消遣，是对缪斯的亵渎，那是因为他不像我那样知道，娱乐、游戏和消遣是多么有意思！我差点儿要说，其他任何目的都是可笑的。我过一天是一天，而且，说句不敬的话，只为自己而活；我生活的目的止于此。我年轻时读书是为了炫耀，后来多少为了明理，现在则为了自娱，从来不为得利。过去我把书籍作为一种摆设，远不是用来满足自我的需要，而是用来做门面，装饰自己；这种耗费精力的虚荣心，早已被我抛得远远的了。

读书有诸多好处，只要善于选择书籍；但是不花力气就没有收获。读书的乐趣一如其他乐趣一样，并不是绝对的，纯粹的，也会带来麻烦，而且很严重；读书时头脑在工作，身体却静止不动，从而衰弱、萎顿，而我并没忘了注意身体，对暮年的我来说，过分沉湎于书本是最有害健康，最需要避免的事。

简评

　　《蒙田随笔全集》有"生活的哲学"之美誉。蒙田的散文主要是哲学随笔，因其丰富的思想内涵而闻名于世，被誉为"思想的宝库"。在十六世纪的作家中，很少有人像蒙田这样受到现代人的崇敬和接受。他是启蒙运动以前法国的一位知识权威和批评家，是一位人类感情的冷峻的观察家，也是对各民族文化、特别是西方文化进行冷静研究的学者。蒙田的母亲是西班牙人的后裔，父亲是法国波尔多附近的一个小贵族。当时的贵族不看重学问，以军人为天职，所以，蒙田常常说他不是学者；他喜欢给人造成这样一种印象：他不治学，只不过是"漫无计划、不讲方法"地偶尔翻翻书；他写的东西也不润色，不过是把脑袋里一时触发的想法记下来而已，纯属"闲话家常，抒写情怀"；我们从他的代表作《蒙田随笔全集》里完全可以看出他的这种写作心态和风格，但是，他当时万万没有想到，这正符合当代很多读者的阅读需要和审美情趣。

　　蒙田在37岁那年继承了其父在乡下的领地，一头扎进那座圆塔三楼上的藏书室，过起隐居生活来了。蒙田把自己的退隐看作是暮年的开始，是从所谓"死得其所之艺术"的哲理中得到启示的。其实他退隐的真正原因是逃避社会。他赞美自由、静谧与闲暇，向往优游林下的恬适生活。不过他的隐居生活不是消极的，而是积极的，他除了埋头做学问之外，还积极从事写作。自1572年开始一直到1592年逝世，在长达20年的"隐居"岁月中，他以对人生的特殊敏锐力，记录了自己在智力和精神上的发展历程，写出了《蒙田随笔全集》这部鸿篇巨著，为后代留下了极其宝贵的精神财富。蒙田的名声在他逝世后不久的十七世纪已远播海外。在英国，培根的《散文集》就深受蒙田的影响。经过长达四百余年的检验，历史证明了蒙田与莎士比亚、苏格拉底、米开朗琪罗等巨人一样，也是一位不朽的人物，他的随笔如他自己所说的那样，是"世上同类体裁中绝无仅有的"。

蒙田以博学著称，随笔卷帙浩繁，用古典法文写成，又引用了希腊、意大利等国的语言，以及大量拉丁语。涉及日常生活、传统习俗、人生哲理等等领域，无所不谈，特别是旁征博引了许多古希腊、罗马作家的论述。书中，蒙田还对自己作了大量的描写与剖析，使人读来有娓娓而谈的亲切之感，增加了作品的文学趣味。书中语言平易通畅，不假雕饰，在法国散文史上占有重要地位，开创了随笔式作品之先河。

蒙田曾说过："在整个人生旅途中，我一直与书籍相伴而行。而在任何时候，只要我需要，它们都会不遗余力地帮助我。当我老去而渐感孤独时，是书宽慰了我，是书卸下了我肩上无所事事的重负，让我从各项令人厌恶的事务中解脱出来；让我淡忘忧伤和悲痛。它已经占据了我的整个灵魂。"蒙田的读书经历告诉我们：与其在这个浮躁、肤浅的社会里行尸走肉般地游荡下去，毋宁读一点有思想、有内容的书，对于干裂的心田，它可以说是一汪清泉。正是这样，在蒙田生活的当年的法国，由于长达三十年的宗教战争，法国人民长期处于苦难之中，法国人对暴力感到了厌倦，对洋溢在《蒙田随笔文集》中的智慧大加赞赏，《蒙田随笔文集》因此成为法国"正直人的枕边书"，曾经滋润过许多法国人枯涩的心田，是法兰西人民的瑰宝。

蒙田论述的"与书本的交往"，如果理解成读书，离作者的本意大概不远；跨越时空，读书人往往有一些共同的嗜好，所以，作者的反思是值得每一个读书人思考的："我年轻时读书是为了炫耀，后来多少为了明理，现在则为了自娱，从来不为得利。过去我把书籍作为一种摆设，远不是用来满足自我的需要，而是用来做门面，装饰自己；这种耗费精力的虚荣心，早已被我抛得远远的了。"如果再加上："对暮年的我来说，过分沉湎于书本是最有害健康，最需要避免的事。"你难道不觉得蒙田说得好极了？！

　　读书,是通往梦想的一种基本途径。读一本好书,不仅让我们明白了道理,思想上得以明净如水,而且开阔视野、丰富阅历,有益于人生。人一生就是一条从脚下伸向远方的路,在这条路上的跋涉痕迹成为我们每个人一生唯一的轨迹,此路不可能走第二次;而在人生的道路上,我们所见的风景是有限的。书籍就是望远镜,书籍就是一盏明灯,让我们看得更远、更清晰。同时也让我们知道谁与我同行,又有谁看到了怎样的风景,我们又该如何进行自我的追求与调整。在和他人的比较中,选择自己的路,同时也借鉴他人走过的路,我们也就不仅仅局限于自己视野里所能领略的画面,古人就有"博百家所长,为我所用"的读书情怀。所以,喜欢读书的人心里清楚,书是全世界的营养品,而好书往往又是伟大心灵的鲜活的记录。会读书、善于读书是一门大学问。作者在本文第四段用较多的笔墨写自己读书的环境,第五段似乎在述说自己的生活态度,很有参考的价值。读书可以使人更充实、丰富,有知识,使思想训练,境界提升。鲁迅先生说:"每天得到的都是二十四小时,可是一天的时间给勤勉的人带来智慧与力量,给懒散的人只能留下一片悔恨。"确实如此,蒙田读书有自己的特色与个性,蒙田是会读书的。比如:

　　不要死记硬背。"死记硬背,并不是完善的知识,这只是把别人要求记住的东西保持在记忆里罢了。"学生不仅要记住老师的话,更要领会老师所讲内容的精神实质,要培养学生的理解力。不要轻易服从权威,不要盲从。学生要学会独立思考。"一个仅仅跟着别人走的人,不会去探索什么东西,也寻找不到什么东西。"学习要像蜜蜂采蜜那样,博采众长,为我所用。所以蒙田说,"我希望做教师的教他的学生谨慎地、严密地吸取一切东西,决不要相信只凭权威或未经考察的东西。不要只学书本知识。""仅仅进行书本学习是贫乏的。"学生要和别人交谈来往,出国旅行,观察各种奇异的事物,总之,要把世界作为"书房","读万卷书行万里路",从而扩大视野;如困守一处,就会眼光短浅。

　　人生与追求因读书而有根据,一旦找到自己觉得有用的书籍就应读熟,作为行为和人生的依据。知识改变命运,知识改变气度。"腹有诗书气自华"。读书肯定是有用的,可以提升个人的修养,修养是长期积累而成的,读书并不需要有很明确的目的。阅读面一定要广,要不断扩大。保持一生的阅读习惯,不断进步,终生学习。很多"术业有专攻"的人的人生经历告诉我们,哪怕大学毕业参加工作且取得了一定的成就,仍然要读书,一生中都要不断丰富自己。人是要提高境界的,而人的境界是无止境的。人生应有意义,有价值,要学会自主学习。读书和没读书肯定是不一样的,境界会不同。重视读书,读书使人变强,给你带来乐趣。

撼树记

◇ 孙立先

作者孙立先，简历不详。

谁想要笑傲江湖，就让他和武松、鲁智深式的和尚去过招，即使被打趴下，也虽败犹荣。如果对手是弱不禁风的林妹妹，便是打得她鼻青脸肿，也只会被人笑骂。如果想做文物鉴赏家，须从赝品中辨出真品，将真品证为赝品，且还得是国家级的文物。要想在文坛上一鸣惊人，最好去批鲁迅。证实了鲁迅的渺小就是自己的伟大，就是敢于批评，也会产生与鲁迅平起平坐甚至居高临下的美妙感觉。

近年得此诀窍的不止一人，但想证实鲁迅何足道哉，谈何容易。能指出《阿Q正传》荒谬绝伦，或证明其为抄袭之作，再好不过，但难；能将《灯下漫笔》《拿来主义》《论费厄泼赖应该缓行》驳得体无完肤，更好,但更难。那么,最好是从"动机"入手。有如只要散布一位舍生忘死救助落水少女的好汉,原是垂涎姑娘年轻貌美,不过是想乘机抱一抱,这"英雄"就近于"流氓"了。

鲁迅为什么战斗呢?据一文作者说,根源在"受虐":幼时父亲强迫背诵经文,家道中落寄人篱下遭奚落,出入当铺药店遭受冷眼和侮辱,乃至七八岁时受一孩童欺侮,遭他曾爱护过的青年的误会、背弃以至暗算,于是鲁迅成了"复仇之神",意气用事,借文以泄愤。并声言鲁迅"在这'无血的大戮'中,获得了极度快意"。鲁迅成了不分青红皂白排头砍去的李逵。李逵尚在一面"替天行道"的大旗下,鲁迅却简直成了以笔为刀滥杀无辜的歹徒了。

作者既然研究鲁迅,难道没有研究过鲁迅"弃医从文"的由来,杂文无私仇的论述?没有看到鲁迅锋芒所向的"正人君子"是些什么人?而照此一分析,战斗一生的鲁迅不过是泄私愤图报复,打杀一切,只图个人快意,这是"横眉冷对千夫指,俯首甘为孺子牛"的鲁迅先生吗?

人品与文品不可分。我国传统上又一直人品重于文品,这也给"批评家"以可乘之机。攻文常从攻人下手:人既不足称道,文亦不足取了。于是什么鲁迅当年做教育部的官啦,与朱安未离婚而与许广平同居啦。更有一些"据访问",什么鲁迅与羽太信子的关系和周作人冲突的起因啦,甚至断言鲁迅与许广平在上海"是相敬中有伤害,和睦下潜伏着冲突的九年"(不知作者何以能知他们夫妻间"潜伏"的事)。还有什么"据谣言",称鲁迅当年是用日本特务经费来出书的。这些"批评家"深知,虽然人赃未获,可人们更相信"无风不起浪";虽"查无实据",人们更信"事出有因"。未被"捉赃"的"贼",未曾被"捉双"的"荡妇",在人们心目中与真贼真荡妇是没有多大差别的,否则谣言何以能杀人?

历史上的鲁迅难以否定,有人又设法将他拉到当代"拷问"。近日见到一文,断言鲁迅如长寿活到解放后,命运不外有三:一是被打成"右派"、"现行反革命";二是屈从"左"的政治压力,做"遵命文学";三是三缄其口,明哲保身,无所作为。言外之意是幸亏你鲁迅短命,否则想伟大也伟大不了。仿佛鲁迅生活在"风雨如磐"的旧社会是莫大幸事。

这逻辑就极可笑。评价鲁迅只能到1936年10月19日止。他不能回答寿终正寝之后的任何问题,也不能为身后的现实负责。假如让这样的作者回答:对二十一世纪五十年代你有何评论?如何答案铸成铭文,定会驴唇不对马嘴而令后人喷饭。就像对屈原,只能评价战国时挟剑长叹的屈原,何需设想他在今天是载歌载舞还是跳楼。因这样的设想,无论是褒是贬,都是强加于人。

"回归"式的文章并非不可做,但不该打着"回归"的旗号将历史人物送入地狱。近年来这类文章有泛滥之势,对战斗过的,从事过"遵命文学"的,都要加以"拷问",甚至打杀。评价历史人物,应该沿着他们走过的轨迹,视其生活的时代背景,是非功过给予公允的评说。否则,就不仅歪曲了历史人物的是非功过,也歪曲了历史。郭沫若茅盾被冷落与周作人张爱玲炙手可热,颠倒的仅仅是他们个人吗?

简评

　　鲁迅先生是拔地而起的山峰,在中国思想文化的天地里雄视古今,招惹一些人的品头论足,在所难免,如果真是本着探讨学术文化高低的原则,是应该的,如果有别的其他的什么目的,我们还是多读读鲁迅先生的作品为好。近年,不是有人对中小学教材中的鲁迅、毛泽东、叶圣陶等人的作品评头论足吗?而在这品评的背后,隆重推出的是周作人、胡适、梁实秋。这里决无否定后者的意思,只是至少应该宽容些,站在现在的角度对历史上的人物指手画脚,首先在逻辑上就不通。

　　在攻击、谩骂之余,有人说鲁迅"过时"了、"鲁迅终于滚蛋了",提出学校教育要坚持经典与创新兼顾,可以少讲些鲁迅,让出篇幅给其他一些作家。问题是这样的吗?"四书"里有这样一句话:"苟日新,日日新,又日新。"(《大学·第二章》)商汤王的"盘"上刻着这九个字,意思是:如果能每天更新,就天天更新,每天不间断地更新。据说"创新"一词即滥觞于此。就"经典与创新"而言,对鲁迅先生的认识,必须如此。就说《记念刘和珍君》吧,一些永不褪色的格言任何时候读起来都使人血脉贲张:

　　"真的猛士,敢于直面惨淡的人生,敢于正视淋漓的鲜血。这是怎样的哀痛者和幸福者?然而造化又常常为庸人设计,以时间的流驶,来洗涤旧迹,仅使留下淡红的血色和微漠的悲哀。在这淡红的血色和微漠的悲哀中,又给人暂得偷生,维持着这似人非人的世界。我不知道这

撼树记

129

样的世界何时是一个尽头！"

"惨象，已使我目不忍视了；流言，尤使我耳不忍闻。我还有什么话可说呢？我懂得衰亡民族之所以默无声息的缘由了。沉默呵，沉默呵！不在沉默中爆发，就在沉默中灭亡。"

"苟活者在淡红的血色中，会依稀看见微茫的希望；真的猛士，将更奋然前行。"

我们知道，鲁迅不是一般的作家，他属于为数不多的具有原创性的、民族精神源泉性的文学家和思想家。鲁迅的独特及其他作家不能代替的价值，还在于鲁迅的作品是现代汉语文学语言的最高典范，他使现代汉语表意、抒情的功能达到了极致，并极具创造性，理应成为孩子学习现代汉语的范本，从小开始学，对其一生都有深远影响。

人类文明的发展历史昭示我们，全世界每一个民族都有一些原创性的、能够成为这个民族思想源泉的大学者、大文学家。当这个民族在现实生活中遇到问题的时候，常常能够到这些凝结了民族精神的大家那里汲取精神的养料，找到纠结于心的种种困惑的答案。人类思想发展进程中有一个共同的现象，每个国家都有那么几个人，可以说家喻户晓，渗透到每一个民族每一个人的心灵深处。如英国的莎士比亚、俄国的托尔斯泰、法国的雨果、德国的歌德、美国的惠特曼等。在中国，哪些属于精神原创、源泉性的作家？前几年北京大学钱理群教授有一个建议，在高中阶段应该至少开四门选修课，第一门课《论语选》和《庄子选》，这是中华文化的源头；第二门课是唐诗选读，这是文学的巅峰；第三门课是《红楼梦》选读，这是民族百科全书式的著作；第四门课是鲁迅，他开拓了新的现代文化。除此之外，还可以逐渐扩大一些，比如说《史记》、《楚辞》、陶渊明、苏东坡等。钱理群教授的建议是非常有见地的。这样具有民族文化原创性、思想性的作品应该成为国民基础教育的基本教材，占据特别重要的地位，这是民族精神建设的基本工程，这是毫无疑义的。每一个中国国民,不管他们将来从事什么职业,都应对这些民族文化原典有一个基本的了解,然后要在人生的道路上不断阅读,常读而常新。

鲁迅先生不留情面地批判中国传统文化中的糟粕,但他对传统文化的整理研究又达到了近百年来最高水准,他的研究与创作是开拓性的,他的一些专著,像《中国小说史略》,现在还是学术界的典范。鲁迅不盲从传统,又对传统文化进行研究、分析整理,往往有独到的目光。他其实是传统文化最有见地的继承者、价值重估者。那些笼统批评鲁迅偏激和割裂传统的人,其实并不真正了解鲁迅的独特价值。

有学者认为从鲁迅先生开始,那一代人造成了文化的断裂,这话极不负责任。鲁迅先生对传统文化非常了解,做了大量的工作,可以说鲁迅在策略层面上猛烈批判传统,但操作层面又做了大量细致的工作,不能轻易说鲁迅割断了传统,全盘否定传统,鲁迅不是虚无主义者,"五•四"这一代人也不是。鲁迅活到50多岁,工作30多年,除了写小说、写杂文,三分之二的工夫都在整理古籍,在整理中国传统文化,他写过《中国小说史略》,还有《唐宋传奇集》《汉文学史纲》等专门研究传统文化的学术著作,还有大量的小说、杂文、书信,都能从中读到中国几千年文化的历史,这是不容置疑的。

鲁迅先生的作品富有批判性,这是一种民族的自我批判,是很痛苦的,我们看鲁迅的东西,会觉得很闷,很沉重,很难受,有一种悲哀的东西老是缠绕着你,读鲁迅有这种感觉,就接近鲁迅了。鲁迅不相信天堂,不相信黄金地带,他扛住黑暗的闸门,把什么放出来?把青年人放出来,送到另外一个地方去,那另外一个地方,他自己是不去的,他也不知道那个地方怎么样。所以鲁迅不是给十七八岁的少年男女写的,读鲁迅要有一定的生活经验,有一定的人生历练。现在的学生可能不喜欢鲁迅的作品,也可以理解,这跟年龄有关系,沉下心来慢慢接近就好了。作为阅读的受众,在自己的心理上也应该和经典作家沟通,否则,读不下去的就不仅仅是鲁迅了。

鲁迅是不害怕批评的,我们也不用担心鲁迅会被挤出学生的阅读视野。鲁迅的思想所具有的"精神自由与解放"的特质,以及彻底性、独创性、异质性的特点,总是能给人们提供"另一种可能性",并且总是追问到人性的根本处、现实的根本处,这就决定了他的思想是能够在相当大的程度上,满足"90后、00后"学生的精神需求,并走进他们心灵深处的。理解鲁迅作品的前世今生,对鲁迅作品的未来,我们应该有信心。以上算是对孙立先《撼树记》的补充性解读,任何时候对鲁迅先生都应该有一个正确的看法,就像鲁迅先生自己所说的那样:

"战士死了的时候,苍蝇所首先发见的是他的缺点和伤痕,嘬着,营营地叫,以为得意,以为比死了的战士更英雄。但战士已经死了,不再来挥去他们。于是乎苍蝇们即更其营营地叫,自以为倒是不朽的声音,因为他们的完全,远在战士之上。的确的,谁也没有发现过苍蝇们的缺点和创伤。然而,有缺点的战士终竟是战士,完美的苍蝇也终竟不过是苍蝇。"(见《战士和苍蝇》)

人：一种无常的存在

◇[印度] 奥罗宾多

人是一种非终极的无常的存在。高处的圣光照耀着我们的身心；那里才是我们神往的终极所在，那里昭示着我们从有限的、苦难的尘世走向自在的解脱之道。

我是说人的心灵被禁锢于肉体之中，而在可能存在的意志力之中，心灵并不是至高无上的；因为心灵并不占据着绝对的真理，而只是绝对真理的天真的探索者。绝对真理被人的心灵之外的某种超智性的或说是神秘的意志力占据着。这个超智性与神圣的智者和创世者那无穷的智慧和无尽的意志力不可分割，它自在自为，是充满活力的意志之源。超智性便是超人，人类下一个非凡的进化便是走向超人的

本文选自石海军著《印度文学大花园》（湖北教育出版社2007年版）。奥罗宾多（1872—1950），印度英语诗人、哲学家。主要主要著作有《神圣的生活》《莎维德丽》等，作为哲学家和诗人的他对印度的现当代生活产生了重要的影响。

存在。

　　从人走向超人是我们生命进化中下一个能够达到的成就，其必然性合于我们内在精神的意向与自然生命进化的逻辑。

　　从物质世界和动物界进化到人，这种可能性的实现是降临中的圣光之第一次闪现，是神性诞生于物质之中的第一个遥远的兆示。从人类世界中诞生出超人将是这种神圣兆示之希望的圆满实现。从我们被肉体束缚着的灵魂中正在出现与力量、幸福和知识联为一体的神秘的日光之晕，超智性将会是那闪耀着的光彩之形成。

　　超智性的存在并不是将自身的天性发展到顶峰的人，也不是比人类的伟绩、知识、权力、智性、意志、性情、天才、活力、神圣、爱恋、纯洁或完善更高一级的限度。超智性是超越于人的灵性与人的有限性之外的某种存在；它是比人类天性中可能出现的最高意识更伟大的意识。

　　人是一种智性的存在，其智力的显现因和物质性的大脑联为一体而受制、而含混、而被贬抑。即使是处于最佳的状态，智性也只是通过大脑这个附属物而对至高的力和自由之可能性做出较为清晰的闪现；如果与神圣的力量隔绝，它便不可能超越某些狭隘而可怕的限制而对我们的生活做出改变。这是一种受制的力，常常表现为利益的仆人或侍者，用以满足我们的生命或肉身的种种娱乐性欲望。而神圣的超人则是神秘的精灵，其超智性虽在上方却也能洞察下界的一切,它将把握我们的智性与肉身,它将使我们的心灵、生命与身体发生本质性的变化。

心灵体现着存在于人身上的最高的力,但这是一种求知中的、迷茫的、本身在不停地挣扎着的力。即使心灵极其明亮之时,它也不过是一线微光的折射罢了。闪耀着圣光的、自由的超心智将是超人的主脑,其自在的力量源泉,其永恒的喜悦将使俗界的众神之生命达到和谐的境地。

人不过是虚无而已,但人充满了欲望,他是着迷于高度的侏儒,卑微地要达到那高不可攀的富丽与堂皇。他的心灵在宇宙神灵的万般光彩中是一束黑色的光线。他的生命是奋斗、兴奋和苦难,他受激情摆弄、被悲伤折磨,像盲人或哑巴似地渴求着宇宙神灵的一瞬间。他的身体是物质世界中劳作着的、易逝的尘埃。这不可能是那神秘的大自然之造化的终点。超越于人的某种生灵存在着,那将是人类的未来;否认其可能性、否认其存在的偏见像大墙一样挡在面前,我们只能通过大墙上的裂口对此依稀可见。一个不朽的灵魂存在于人身上的某个地方,显示出一些存在的火花;某种永恒的精灵从上面遮庇着人,同时保持着人的天性中灵魂的延续性。然而这个更伟大的精灵由于他自塑人格的硬壳的限制而不可降临,这样,内在的明亮的灵魂被包扎压抑于厚厚的外表之中。总的来说,有一些灵魂鲜于动,大多数灵魂更是看不见的。人身上的灵魂和精灵,看来与其说是人们永恒或看得见的真实的一部分,不如说它们存在于人的天性的背后或上方；与其说它们诞生于肉体，不如说它们处于生的过程；与其说它们是现实的存在物，不如说它们代表了人类意识的可能性。

人的伟大不在于他是什么，而在于他可能做什么。他的荣耀在于他是一个封闭的地方和神秘的劳工车间，在这里神圣的"人家"正在培育着超人。同时人也被赋予一种比其自身更伟大的属性：非低级的创造，正是这种属性使得人本身部分的成为制造这种变更的匠人；要使降临于人的肉体之中的荣耀代替人本身，需要人对其间的参与、需要人在意识中有认可和献身的意志，人在世间的渴望正体现了大地对超智慧的创造者的呼唤。

如果人人都在呼唤并且到了至高无上的回答，那么无量而辉煌的变更时代便在眼前了。

【石海峻 译】

简评

人生为什么有值得活下去的理由？罗素说："对爱情的渴望，对知识的追求，对人类苦难不可遏制的同情，是支配我一生的单纯而强烈的三种感情。这些感情如阵阵巨风，吹拂在我动荡不定的生涯中，有时甚至吹过深沉痛苦的海洋，直抵绝望的边缘。"人为什么要渴望爱情呢？人为什么要追求知识？对人类的苦难的同情为什么又是不可遏制的？这大概就是罗素所说的"人有值得活下去的理由。"

奥罗宾多的《人：一种无常的存在》，标题是一个肯定的判断句式，实际上回答的是一个基本的哲学命题。作者是印度一位有影响的哲学家，单从题目上看就已经充满哲学的思辨，再加上行文内在超强的逻辑表达，给人的感觉本文是一篇深刻、审慎的哲学思考。在作者的理念中,人就只是个在苦难和不安中挣扎的生物体,永远朝着最高处的圣光追逐,永远也到不了人生的最美好的境界,一切只能在忙碌的过程中。所以,作者的结论是:"人的伟大不在于他是什么,而在于他可能做什么。"英国大诗人雪莱对人的本身的认识同样值得我们注意:"人,就是生活;我们所感受的一切,即为宇宙。生活和宇宙是神奇的。然而,对万物的熟视无睹,犹如一层薄薄的雾,遮蔽了我们,使我们看不到自身的神奇。我们对人生倏忽不定的变幻赞叹不已,然而,它本身难道不正是伟大的奇迹?"(《人生是伟大的奇迹》)

　　《人:一种无常的存在》在开篇伊始即说,人是一种无常的存在。人是一种非终极的无常的存在。"人的心灵被禁锢于肉体之中,而在可能存在的意志力之中,心灵并不是至高无上的;因为心灵并不占据着绝对的真理,而只是绝对真理的天真的探索者。绝对真理被人的心灵之外的某种超智性的或说是神秘的意志力占据着。这个超智性与神圣的智者和创世者那无穷的智慧和无尽的意志力不可分割,它自在自为,是充满活力的意志之源。超智性便是超人,人类下一个非凡的进化便是走向超人的存在。"人不过是虚无而已,但人充满了欲望,它是着迷于高度的侏儒,卑微地要达到那高不可攀的富丽与堂皇。他的心灵在宇宙神灵的万般光彩中是一束黑色的光线。他的生命是奋斗、兴奋和苦难的写照,他受激情摆弄、被悲伤折磨,盲人或哑巴似的渴求着宇宙神灵的一瞬间。他的身体是物质世界中劳作着的、易逝的尘埃。这不可能是那神秘的大自然之造化的终点。超越于人的某种生灵存在着,那将是人类的未来;否认其可能性、否认其存在的偏见,像大墙一样挡在人类的面前,我们只能通过大墙上的裂口对此依稀可见。

　　不过,人是什么?作为一个基本的哲学命题,听起来很是抽象,因而人们往往远离它、回避它。但是,一旦你冷静下来,你会觉得怎么也绕不开这个问题。人究竟是什么呢?中外有许多精彩的论述:人是自然的主宰;人是教化的产物;人有尊礼的本性;人是无知的动物;人是上帝创造的产物;人是可怜的"怪物";人有伟大的灵魂;人拥有至高无上的理智;人是特殊的社会存在物;人是可塑性很强的工具;人是符号的动物;人是能够变成自己的存在等等。从以上这些观点中,大体能看出中外思想的差别。中国人的思维体现了天人合一的观念,而在外国,特别是西方人则反映了他们的原罪意识,即使认为人是伟大的,也是从他认识到自身的卑微说起。奥罗宾多的答案是,"人类的下一个非凡的进化便是走向超人的存在",这个超人是不是有点"佛"或神仙的意思?这就是东方思想中"人能变成神"的观念的内化。无论道教的修炼成仙还是佛教的立地成佛,其核心都是人与神是可以互通和互换的,因此中国人普遍相信,某些有辉煌作为的人一定是神仙下凡,而某些经历了非凡之事的人一定会死后成仙,据说,二十四史中文字记下的所有皇帝都不是人生的,充满了神仙之气,而对所有楷模的奖励都是得道升天,岂止是人,"一人得道鸡犬升天"。这样我们就理解了,为什么中国会有那么强烈的个人崇拜,为什么中国人在危及生命时只有少数人会选择造反,原因就是人们会把对人的尊敬转化成了对神的崇拜,而把对人的敬畏转化成对神的敬畏。在中国文化里,人可以变成神,而在西方文化中,人只能接近神。这就是中西文化关于"人是什么"认识的最根本区别。

奥罗宾多是睿智的。他的"无常是人生的一种常态"包含着"人生无常,心安便是归处"的哲理思考,全文的论述一气呵成,充满了逻辑上的辩证,再加上诗意的语言包装,文章更显得华彩飞扬。我们懂得了:"人的伟大不在于他是什么,而在于他可能做什么。他的荣耀在于他是一个封闭的地方和神秘的劳工车间,在这里神圣的'人家'正在培育着超人。同时人也被赋予一种比其自身更伟大的属性:非低级的创造,正是这种属性使得人本身部分的成为制造这种变更的匠人;要使降临于人的肉体之中的荣耀代替人本身,需要人对其间的参与、需要人在意识中有认可和献身的意志,人在世间的渴望正体现了大地对超智慧的创造者的呼唤。"这里要补充一点的是,热爱生命才是我们所需要的。因为"糊涂的人一生枯燥无味,躁动不安,却将全部希望寄托于来世。"热爱生命的蒙田懂得人生的本质,懂得生命的可贵,他说:"坏日子,要飞快去'度';好日子,要停下来细细品尝。'度日'、'消磨时光'的用语令人想起那些'哲人'的习气。他们以为生命的利用不外乎在于将它打发、消磨,并且尽量回避它,无视它的存在,仿佛这是一件苦事、一件贱物似的。至于我,我却认为生命不是这个样的,我觉得它值得称颂,富有乐趣,即便我自己到了垂暮之年也还是如此。我们的生命受到自然的厚赐,它是优越无比的,如果我们觉得不堪生之重压或是白白虚度此生,那也只能怪我们自己。"(蒙田《热爱生命》)蒙田和奥罗宾多在此问题上的看法是一致的。

年

华永驻

◇〔美〕阿西摩夫

本文选自张瑚、吴达文编著《无穷之路——阿西摩夫科普作品选》,(地质出版社1981年版)。艾萨克·阿西摩夫,(1920—1992),现代美国著名的科普作家、生物学家、化学家,美国科幻小说黄金时代的代表人物之一。1939年发表了第一篇作品《逃离灶神星》。

对于人类来说,学会测量时间的周期并获得它的量感,比学会测量空间的距离并得到空间量感更为困难。步测长度是容易的,而步测周期则不那么简单了。

为了取得测量结果的一致性,早期的人类不得不利用一些周期性的外部现象,也就是说,利用一些按照固定的时间间隔不断重复发生的外部现象来进行判断。最早用于这一目的的周期现象是天体的移动,象每年春天的到来和每天太阳的升起。

直到十七世纪,人们才发现人造的周期性活动是更为优越的。摆锤的发明使制造现代化的钟表成为可能;在历史上,我们第一次可以用分秒测量时间。后来又有了振动弹簧,而最后,在二十世纪,出现了振动原子。近代报时装置可以轻而易举地报出百万分之一秒,比起空间测量来,时间的测量也更为精密和便利了。

但是,空间和时间真是无关的吗?从主观上说,我们的空间概念和时间概念是息息相关的。没有时间间隔,我们也就感觉不到空间间隔。我们必须先致力于研究其中的一个情况,然后才能研究另一个情况;如果不这样做,时间和空间就没有什么意义了。

从这点出发,我愿就时间及其概念和微妙性做一评述。

只有当至少进行三次测量以后,才能判明宇宙中真实物体的所在位置。比如,你把一个含有气泡的玻璃立方体放在桌子上,使它的各个面各向着北、南、东、西的方向。要想测定气泡的位置,你必须测量气泡离桌面多高,离北面多远,离东面多远,这样才能得到它的精确位置。

当然,你还可以用其他的测量方法,但有一条是必须具备的,就是你必须至少测量三次,才能确定某个具体点的位置。因此,空间被称之为"三维空间","维度"一词就是从意为"计量"的一个拉丁词演化而来的。

但是,假如你观察的不是玻璃立方体中的气泡,而是立方形的空房间中的一个苍蝇,那么,你测量三次也应该确定出苍蝇的位置了。但是,当你注视着经测量确定的那个点时,你会发现,苍蝇根本不在那儿。因为自你进行测量以后,苍蝇一直是飞来飞去,不断改变着它的位置的。所以,不仅仅空间距离需要测定,同时还需要测定时间。这样,你就不仅仅能准确地说出苍蝇在哪儿,而且还能准确地说出时间它在哪儿。

三维空间只能适合于静止不变的宇宙。只要一有任何运动,即一有任何变化发生,那么,为了确定物体的位置,时间的测量也是必要的。因此,我们所了解的宇宙根本不是三维的,而是四维的。

还有,这四个维度并不是等值的。我们可以把一个立方体转动一下,这样原来的"东西"就变成了"南北",而"南北"就变成了"东西"。再换个方向转动一下,那么原来的"东西"就成了"上下",而"上下"就变成了"东西"。看来,所有只涉及空间的三个维度(三个"空间维度")是完全相当的。也就是说,它仅仅取决于观测者的方位。

第四维

然而,人们是不能用这种方法使时间("时维")与其他维度相当的。我们无法把一个立方体旋转一下,从而使原来的"上-下"变成"昨天-明天",或是使"昨天-明天"变成"上-下"。

此外,在所有的三维空间的任何一个方向上,都可以自由运动。人们可以先向右,再向左,然后再回到原来的位置上去;或者先向前再向后;或者先向上再向下。人们可以任意向任何方向快步疾走,也可以缓缓而行。

在时维中,看来无疑也有方向或速度上的任意变化。但是,你、我,还有整个宇宙,看来都在沿着时维朝向一个方向,而且只朝向一个方向前进,那就是从昨天到明天,而绝不会倒转。还有,这种运动好象只能是恒定的匀速运动。

然而,它似乎毕竟不是总按照一个固定不变的速度……

1905年,爱因斯坦提出了他的"狭义相对论"。这种对宇宙的看法初看起来似乎有些古怪,但物理学家们用多种方法对它进行了多次检验,它无一例外地满足了所有的实验并获得如此成功。现在已没有哪个物理学家怀疑它的正确性了。

狭义相对论特别指出:距离的测量取决于被测量的物体与进行测量的装置之间的相对运动。

设想有两艘宇宙飞船 A 和 B,各长 360 英尺,在空间向着相反的方向互相交错而过,每一艘飞船都可以在与另一艘飞船错过的那一刹那测出对方的长度。如果它们以我们平常的速度互相错过,一艘可以测出另一艘的长度为 360 英尺。事实上,测出的长度要比 360 英尺稍稍短一点,但针尖大的这么一点点差别一般是令人难以察觉的。

在速度变快时,这种缩短现象就会引起人们的注意了。假如飞船以每秒一千英里的相对速度前进,那么,A 船就会量出 B 船的长度为 359 英尺。同样,B船会测出A船的长度也是359英尺。当飞船彼此间的相对速度继续增长时,这种长度的变化将变得更大。如果它们以每秒162,000英里的速度互相错过,那么,一艘飞船测出的另一艘飞船的长度就只有180英尺,这只是它"静止长度"的一半。而在飞船速度达到每秒186,282英里(真空中的光速)时,测得的长度则为零。

不管以什么速度飞行,对A船自己来讲,它的长度是不会变的,即总是360英尺。对B船来讲也是这样。A船上的人会认为他们自己是静止的,A船的长度也是正常的,被缩短的是以高速飞驰的B船。反之,B船上的人也会说出同样的话。

他们都没错!

我们来看看为什么吧。比如,一个美国人认为俄国人讲的是外国话,而俄国人认为美国人讲的是外国话。他们俩说的都对。"谁是外国人"取决于由谁来判断;同样,"长度是多少"取决于由谁来进行测量。

狭义相对论要求时间也发生同样的情况。

假设每一艘飞船上的人都有办法测试出另一艘飞船上时钟行进的速度。当A船和B船互相飞驶而过时,对A船上的人来说,似乎B船上的时钟慢下来了。确实,对A船上的人来说,B船上的一切运动,甚至包括原子的振动,似乎都以相当的量值慢了下来。也就是说,在A船上的人看来,似乎B船上的时间进程本身已经慢下来了。另一方面,B船上的人也同样会认为 A 船上的时间进程慢了下来。

如果它们都以 162,000 英里/秒的相对速度互相驶过,那么,每艘飞船测到的另一艘飞船上的时间进程将只有正常情况下的一半。如果它们的相对速度达到每秒 186,282 英里,每艘飞船测得另一艘飞船上的时间进程即为零。对 A 船上的人来说,似乎 B 船上的时间已经停滞不前;而 A 船上的时间进程对 B 船上的人来说也是静止的。

我们还能再说这二者都对吗?在这种情况下可能不行了。要了解为什么,让我们回过头去研究一下长度。

假设我们怀疑两艘飞船中的一艘是否在飞掠过程当中真的缩短了长度。要想证实它,一种办法就是使其中的一艘飞船减速,掉转头去追上另一艘。当它们并排飞行时,我们就可以比较它们的长度,看看是否一艘飞船比另一艘短了。

然而,一旦它们并排飞行,两艘飞船就处在相对静止的状态了。在每艘飞船上去测量另一艘,它的长度都正常,那艘都没有缩短。

当然,当它们互相进行相对运动时,一艘飞船可能曾比另一艘短,但是,这种情况没有留下任何痕迹。在物体静止状态下进行观察,没有办法能说明它在运动时是缩短过的。

这个结论也适用于时间吗?不完全适合。当两艘飞船并肩飞行时,对两艘飞船来说,时间前进的速度是一样的,两艘飞船都符合这种情况,因为它们现在是处于相对静止状态。然而,过去在时间速率上的差别,却确实留下了痕迹。

假设两艘飞船都在各自的时钟准确地指示下午一点钟的时候开始飞行。如果在什么时候B船上的时间速率实际上比A船上的时间速率慢了,那B船上的时钟就会比A船上的钟慢。如果是A船感受到了时间速率的减慢,也会出现同样的情况。

时钟的怪现象

A船上的人观察到了B船上的时间比正常情况下过得慢。因此,当B船追上A船时,A船上的人预料,B船上的时钟比A船上的慢。可是,B船上的人看到的是A船上的时间比正常情况下过得慢;他们认为是A船上的钟慢了。

那么,到底是哪个慢了呢?还是它们都不慢?他们记录的是同一时间吗?假如那样,什么时候一艘飞船才能赶上另一艘?如果A船看到B船在按照"慢时间"行驶,那B船就应该赶上来,以便使两只时钟相等;而且,它还应该想办法赶到前头去,以弥补失去的时间。但是,这似乎是不可能的。就相对论而言,在任何情况下,也没有办法使任何时钟走得比正常时间速率快,因此,B船永远也赶不上A船。而正是因为同样的原因,B船上的人将能证明,A船上的时钟永远赶不上B船上的钟。

那么好吧,当两艘船飞到一起时,出现什么样的情况,才能使这个"时钟的怪现象"得到解答呢?

…………

实际上,狭义相对论尚不能充分解释这种情况。它仅仅应用于以匀速运动的物体,也就是永远以同一速度沿着同一方向运动的物体。这也就是说,只要狭义相对论成立,互相飞掠而过的 A 船和 B 船就必须永远保持分离状态。它们永远不可能重新飞行一起去校准它们的钟,这样,也就不存在时钟的"怪现象"了。

1916 年,爱因斯坦进一步发展了他的理论,使之涉及加速中的物体,也就是那些在前进中改变着速度、方向,或二者都改变的物体。为此,他提出了"广义相对论"。

只要两艘飞船在做相对的匀速运动,我们就无法判断哪一艘飞船比另一艘的测量结果更为准确。而一旦有一艘飞船开始慢下来,掉头追赶另一艘飞船,它就是在加速了。就两艘飞船而论,它们的情况不相同了,因为其中一艘在做匀速运动,而另一艘则不是。

广义相对论表明,是正在加速的那艘飞船的时间速率确实在发生变化。当两艘飞船接近并进行比较时,结果是:加速的那艘船上的钟慢了。

但是,加速的是不是 B 船? B 船上的人会争辩说,似乎对他们本身来讲,他们是静止的,而正是 A 船在进行加速,以便用这种方式来接近 B 船。总之,不管对飞船外的观察者来说情况如何,每一艘飞船对身居船上的人都是静止不动的。

有一种反对这种观点的说法是：事实上，B船必须使用它的火箭发动机，或其他的什么能源来使自己减慢下来（这里所说的"慢"是相对于A船而言的），改变它的航向去赶上A船。不管B船上的人如何争辩说他们自己是静止的，是A船在加速，但事实却仍然是：是B船而不是A船，使用了它的火箭发动机。对这一点，B船上的人也不得不承认。

有人根据下面的事实提出更强的异议，即：当B船用发动机加速时，它这样做不仅仅是对A船而言，而且也是对太阳、行星以及宇宙中所有的星球和星系而言的。这包含着一种极大的不对称性。你会看到，B船看到的不仅仅是A船向B船做相对加速运动，而且整个宇宙也正以相应方式向B船做相对加速运动。而另一方面，A船观测到的就仅仅是B船的加速运动，而宇宙中的其他东西则保持在原地不动。

那么，时间确实是可以减慢的。一般说来，对那些相对于宇宙做加速运动的物体来说，都是如此。

事实上，根据广义相对论，贯穿时间的运动变得和贯穿空间的运动有如此直接的联系，以至于不可能单独地考虑空间和时间。代言之，人们应该说"空间—时间"。广义相对论的公式包括了全部四个维度，虽然其中时间是用数学上的某些不同方法处理的。

下一步，我们设想一个太空旅行者在向一个遥远的星球前进。他以高速前进，以便能尽快到达那里。如果他以每秒162,000英里的速度从我们这里启程,而且如果我们可以测出在他那艘飞船上时间前进的速度,那么就我们看来,时间对他似乎是以半速度过的;而对太空旅行者自己来说,时间仍是以平常的速度度过的。而如果他能观察地球(它以每秒162,000英里的速度离开他向后退去),并能测出它的时间速率,那么对他来说,地球上的每件东西似乎都在以半速运动。

然而,正是太空旅行者,为了达到相对于地球的每秒162,000英里的速度而大大加速了。这个加速是相对于宇宙其余部分的。而地球并不需要为了达到相对于太空旅行者的速度而相对于宇宙其余部分做加速运动。

所以,太空旅行者在沿着时维前进的速度上确实是慢下来了。

假如太空旅行者能借助于某种方法以每秒186,282英里的速度飞行(恰好等于光速),那么,时间对于他就慢到等于零。对他来说,似乎不论他能走得多远,也根本不存在时间的消逝。于是,当他回到地球上来时,(我们还要设想他回到地球上来也不花时间),他会大吃一惊地发现,地球上的人会认为他已经走了一百年、一千年甚至一百万年——这要根据他以光速前进了多远而定。

所以,时间的旅行在某种程度上是可能的。用足够的速度通过空间,你同时也可以通过时间向前。但是,只能向前;时间的旅行只有这一条路。一旦我们的太空旅行者进入了未来,他就再也回不

年华永驻

来了。

但你也许会问,如果他的速度比光速还快,又会怎么样呢?时间速率会小于零吗?换句话说,它会不会变为负的呢?那样,太空旅行者是否会沿着时间返回来呢?

噢,不行!相对论中,不管是狭义的还是广义的,最根本的一条定律是:任何一个物体,当它的运行速度低于光在真空中的传播速度时,它绝不可能仅仅通过加速变得比真空中的光速运动得更快。

因此,时间不能超越停滞不前的状况。没有人能用任何一种迄今看来符合于宇宙结构的方法回溯到过去的时间中去。

简评

阿西摩夫一生酷爱科学与写作,在40多年创作时间里,写作、出版了480多部书,创造了人间奇迹。内容涉及自然科学、社会科学和文学艺术中的许多领域。《年华永驻》是一篇科学性散文(科学小品)。文章根据爱因斯坦的"狭义相对论"和"广义相对论"的基本观点揭示出"山中方一日,人间已千年"的奥秘,写得深入浅出,饶有趣味,引人入胜。阿西摩夫在12岁时就悄悄地开始写作,常常在不惹人注意的角落,用习字簿写他那没完没了的故事。1939年发表了第一篇作品《逃离灶神星》。从此在各种科幻杂志上一发而不可收,发表了数以百计的文章。1950年,他出版了第一部长篇科幻小说《天空中的砾石》。1952他与医学院两位同事合著出版了他的第一部科学著作《生物化学与人的新陈代谢》,作为医学院的生物化学教材。此后,他决定为一般公众写科普著作。他用打字机写作,每天坐在打字机前,一边思考,一边不停地打字。有时文思泉涌,打字机打字的速度远远跟不上他的思考。在十分顺畅时,他一周要写一本书。

正是现代科学技术武装和成就了阿西摩夫这位著名作家、科学家。"终生酷爱科学与写作",这句话是他一生形象和写作成就的忠实写照,他的影响,将鼓舞成千上万个后继者,在写作、科学的道路上,继续踏着阿西摩夫的足迹前行。

"相对论"是关于时空和引力的基本理论,主要由阿尔伯特·爱因斯坦创立,依据研究对象的不同分为"狭义相对论"和"广义相对论"。"1905年,爱因斯坦提出了他的'狭义相对论'"。"1916年,爱因斯坦进一步发展了他的理论,使之涉及加速中的物体,也就是那些在前进中改变着速度、方向,或二者都改变的物体。为此,他提出了'广义相对论。'"

相对论的基本假设是相对性原理,即物理定律与参照系的选择无关。狭义相对论和广义相对论的区别是,前者讨论的是匀速直线运动的参照系(惯性参照系)之间的物理定律,后者则推广到具有加速度的参照系中(非惯性系),并在等效原理的假设下,广泛应用于引力场中。相对论极大地改变了人类对宇宙和自然的"常识性"观念,提出了"同时的相对性""四维时空""弯曲时空"等全新的概念。它发展了牛顿经典力学,推动物理学发展到一个新的高度。

相对论中,时间与空间构成了一个不可分割的整体——四维时空,能量与动量也构成了一个不可分割的整体——四维动量。这说明自然界一些看似毫不相干的量之间可能存在深刻的联系。在后面论及广义相对论时我们还会看到,时空与能量动量四矢之间也存在着深刻的联系。物质在相互作用中作永恒的运动,没有不运动的物质,也没有无物质的运动,由于物质是在相互联系,相互作用中运动的,因此,必须在物质的相互关系中描述运动,而不可能孤立的描述运动。也就是说,运动必须有一个参考物,这个参考物就是参考系。

狭义相对论是建立在四维时空观上的一个理论,因此要弄清相对论的内容,要先对相对论的时空观有个大体了解。在数学上有各种多维空间,但到目前为止,我们认识的物理世界只是四维,即三维空间加一维时间。现代微观物理学提到的高维空间是另一层意思,只有数学意义。四维时空是构成真实世界的最低维度,我们的世界恰好是四维,至于高维真实空间,至少现在我们还无法感知。比如,一把尺子在三维空间里(不含时间)转动,其长度不变,但旋转它时,它的各坐标值均发生了变化,且坐标之间是有联系的。四维时空的意义就是时间是第四维坐标,它与空间坐标是有联系的,也就是说时空是统一的,不可分割的整体,它们是一种"此消彼长"的关系。四维时空不仅限于此,由质能关系可知,质量和能量实际是一回事,质量(或能量)并不是独立的,而是与运动状态相关的,比如速度越大,质量越大。在四维时空里,质量(或能量)实际是四维动量的第四维分量,动量是描述物质运动的量,因此质量与运动状态有关就是理所当然的了。在四维时空里,动量和能量实现了统一,称为能量动量四矢。另外在四维时空里还定义了四维速度,四维加速度,四维力,电磁场方程组的四维形式等。值得一提的是,电磁场方程组的四维形式更加完美,完全统一了电和磁,电场和磁场用一个统一的电磁场张量来描述。四维时空的物理定律比三维定律要完美的多,这说明我们的世界的确是四维的。可以说至少它比牛顿力学要完美的多。至少由于它的完美性,我们不能对它妄加怀疑。

简单地说,在爱因斯坦相对论中,我们说,汽车是运动的,树木是静止的,这样说大家都能接受,但如果反过来说树木是运动的,汽车是静止的则会有很多人说你痴人说梦。其实在物理学上这两种说法都是正确的,只是所选的参照系不同而已。这也是爱因斯坦伟大的相对论创建的基本出发点。总而言之,相对论是伟大的,本文如同打开了一扇窗口,靠近它,我们可以领略到无限美妙的世界。专家告诉我们:简言之,狭义相对论的核心是:时间和空间要作为一个整体对象——时空;

广义相对论的核心是:时间和空间不仅是一个整体,而且它还会受到物质的影响而弯曲。本文将科学知识和优美的散文语言结合起来,科学与艺术的完美结合,两者相得益彰,就会为读者描绘了一个多姿多彩的科学世界。诺贝尔奖得主、美籍华人李政道博士从20世纪80年代起,每年两次回国,为的就是倡导科学与艺术的结合。他在和科学家、艺术家交谈的时候说:"科学和艺术是不可分割的,就像一枚硬币的两面,它们共同的基础是人类的创造力,它们追求的目标都是真理的普遍性。……伟大艺术的美学鉴赏和伟大科学观念的理解都需要智慧。但是,随后的感受升华和情感又是分不开的。没有情感的因素,我们的智慧能够开创新的道路吗? 没有智慧,情感能够达到完美的成果吗? 它们很可能是确实不可分的。如果是这样,艺术和科学,事实上是一个硬币的两面。它们源于人类活动最高尚的部分,都追求深刻性、普遍性永恒和富有意义。"

读了阿西摩夫的《年华永驻》,或许,你对"所以,时间的旅行在某种程度上是可能的"发生了兴趣。

花

园底一角

◇许钦文

本文选自《中华散文百年精华》(人民文学出版社1999年版)。许钦文(1897—1984),原名许绳尧,生于浙江山阴。现代作家。著有长篇小说《西湖云月》,散文集《无妻之累》等。许钦文终其一生,在60年的文学写作生涯中共写了350余篇短篇,7个中篇,先后出版过小说、散文和其他著作共30余本,近500万字。

荷花池和草地之间有着一株水杨,这树并不很高,也不很大,可是很清秀,一条条的枝叶,有的仰向天空,随风摆宕,笑嘻嘻的似乎很是喜欢阳光底照临;有的俯向水面,随风飘拂,和蔼可亲的似乎时刻想和池水亲吻;横在空中的也很温柔可爱,顺着风势摇动,好像是在招呼人去鉴赏,也像是在招呼一切可爱的生物。

在同一池沿,距离这水杨两步多远的地方,有着一株夹竹桃;这灌木比那水杨要矮,也要小,轮生着的箭镞形的叶子,虽然没有像那水杨底的清秀,可是很厚实,举动虽也没有像那水杨底的活泼,可是庄严而不呆板。

比较起来，自然，可以说是水杨是富于柔美的，夹竹桃是富于壮美的。荷花池并不广，靠池一边的草地也不长，有了这两株植物，看去已经布满了池和地底界线，这在现在，自然也可以说是水杨和夹竹桃，筑成了荷花池和草地底界线了。

　　在草地上，看去最醒目的，除了高高地摇摇摆着的一丈红，要算紧贴在墙上的绿莹莹的叶丛中底红蔷薇了。如果视线移近点地面，就可在墙脚旁看到凤尾草，还有五爪金龙，在一丈红底近旁又有蒲公英和铺地金，还有木香；还有牵牛花，昂着头，攀附着一丈红，似乎想和这直竖着的草茎争个高下。至于紧贴在地面的，虽然看去只是细簇簇碧油油，好像是柔软的茵褥，可是如想仔细地弄清楚，不但普通中学校底博物教师要"嗳——""嗳——"地说不出所以然，就是大学校生物系里底教授，也难免皱一皱眉头呢。

　　在池中，一眼看去，似乎水面上只有荷叶和荷花，可是仔细再看，就可以知道还有莲房，还有开着小黄花的萍蓬草。其实，只是荷叶和荷花，也就够多变化够热闹了。荷叶有平展着圆盘浮在水面上的，有黄伞般在空中摇摆着的，有一半已经展开一半还卷着勇气勃勃地斜横着的，有刚露出水面还都紧紧地卷着富于稚气的；也有兜着水珠把阳光反映得灿烂炫目的，也有已经长得很高，却未展开叶面，勇敢无比地挺着，显得非常有希望的。荷花，已经开大的好像盛装着的美女正在微笑得出神。还只开得一点的仿佛处女因为怕羞只在暗中偷偷地笑的样子。

在水面,没有荷叶或者萍蓬草浮着的地方,时时可以看到突然露出一个青蛙底头来,或者一条细小的蛇昂着头弯弯曲曲缓缓地游过。水中有水虱,又有水蚤,还有许多形态很不雅观,却很强有力而自以为是的生物,如蚂蟥泥鳅之类。

可是,在这池面上,最富生气的总要算是徘徊其间的蜻蜓了,他有着圆大的眼睛,看得很仔细,而且看得很快,只须一瞥,他就了然了,虽然他底翅子很单薄,尾巴也很瘦小,但是身子并不笨重,而且原动力还强,所以毫无驾御不住的情形,很自在地游行飞舞其间,有时停在荷花底瓣上,使得荷花点一点头,有时停在萍蓬草上,使得花梗弯一弯腰。不消说,因为他,池面上增了不少生趣。他也觉得这环境委实好,池中固然丰富,池旁底草地上还有着这样多的花木。因为有着水杨和夹竹桃,虽在太阳照得很凶猛的时候,也有阴荫可以避暑,却仍可以望见蔚蓝的天空,因为树底枝叶并不遮住全池面,傍晚也可以望见晚霞,夜中还可以见到星星和月亮。但使他徘徊着的主因,却是因为池旁草地上有着一只华美的蝴蝶。说是华美,还得解释清楚点,这固然不是像一般盲从时髦的小姐们底一味地花花绿绿,也并非像专尚漂亮的底只是奇形怪状,照实具体地说,就是她底色彩形态,并没有什么奇特的成分,只是因为配合得适度,所以很是悦目了。就是她底举动,也并没有什么是异乎寻常的,但是因为处处都很适当,就觉得是温和大方,使得蜻蜓看了,不由地心弦剥剥地猛跳,凝思神往,如痴欲狂了。

比方地说,这蝴蝶具有的美,宛如水杨所有的柔美,蜻蜓所有的恰是夹竹桃底的壮美。

几乎忘却,还有些事物不得不在这里补叙一下了,就是在这美妙的景物间,还有着一只癞虾蟆常在其中不管三七二十一地制丑感,不知道它是因为妒忌,还是因为它本是除了饥饱的感觉就什么也不明白了的,总之它有时忽在草地上出现,就对着飞舞得正在出神的蝴蝶说,"吃掉你,让我来吃掉你这蝴蝶罢!"

有时它忽在荷花池中出现了,也就对着飞舞得兴致正浓的蜻蜓说,"吃掉你,让我来吃掉你这蜻蜓罢!"

但是这并不十分使得蜻蜓为难,因为癞虾蟆讨厌虽然很讨厌,却并没有翼翅膀,只要不飞近它去,它是奈何渠们不得的。使得他为难的,却是张在水杨和夹竹桃之间的蜘蛛网。因为,已经说过,蜻蜓徘徊池中的主因,就是为着草地上底蝴蝶,就是,徘徊的目的是想和蝴蝶去接近,有着这蜘蛛网,他不能直向草地飞去了。他一见着那可爱的蝴蝶,总也就见着这可怕的网了。这网底一端附着在水杨底横着的枝子,另一端附着在夹竹桃底叶上面,还有一端附着在生在池旁的蒲公英底花托,被风吹着的时候,只是凸一凸肚子,使得所附着的枝叶颤抖一下,很是牢不可破的样子。因此,蜻蜓觉得蝴蝶虽然万分可爱,她却好像是在盛大的荆棘丛中,也像是在凶猛的虎口中的了。

或者以为荷花池和草地之间并非一张蜘蛛网所能阻住，必还另有路可通行，否则癞虾蟆怎能忽在池中出现，忽又在草地上出现了呢？可是蜻蜓和癞虾蟆，形态固然不同，性情也很不一样。癞虾蟆底形体虽然比蜻蜓底大，可是它只要有着它底尖尖的头过得去的缝子，就能做扁身子钻过去了。蜻蜓不行，他飞行必得展开着四翅，而且他不愿偷偷地爬什么缝子，更其是为着爱者，他以为示爱的行为必须光明正大，勇敢热烈，决不能是鬼鬼祟祟的。

他也明白，他底翅子是受不起蜘蛛网底打击的，但他觉得他底爱火为着他底爱者蝴蝶姑娘猛烈地燃烧，有着强大的热力，以为无须顾忌什么障碍，尽可勇往直前。他又以为如果冲不破这道蜘蛛网，也就是没有资格去爱那可爱的蝴蝶姑娘的了。

这时太阳已只留下余光，池水反映着五彩的晚霞，显得很是沉静，紧贴在墙上的绿莹莹的蔷薇底枝叶，已有点暗沉沉辨不明叶子底轮廓了。蝴蝶姑娘绕着攀附在一丈红的牵牛花缓缓地飞舞，很是安闲很从容地在那里欣赏晚景，蜻蜓知道她不久就要归她底窠去，天一黑就将看不见她，以为如不趁着这时向她有所表示，难免交臂失之了。于是他就下了决心，赶紧向着草地底反对方向飞去，一直飞到边上，他才旋转身来，用着全力鼓动翅子，直向蝴蝶姑娘底一边飞去。可是到了水杨和夹竹桃筑成的界线上，嗤的一声，他底头和两只前翅已被蜘蛛网黏住。他并不惊慌,也毫没有退却的心思,只是一心想用他底最后的力来冲破这网,终于达到亲近蝴蝶姑娘的目的;于是尽力挣扎,可是结果只是脚和两只后翅也被蜘蛛网紧紧地黏住了。虽然这网已有一大部分被他冲破了,但他依然不能脱身,他底身上已经缠满了网丝,而且已经疲倦得乏了力,而且癞虾蟆也已一摇一摆地爬到了他底身下,掀着长舌头高兴地说:"吃掉你,让我来吃掉这蜻蜓罢!"

他想呼救,但他觉得呼救也是无益的,只是表示了弱态罢了。他仍然镇定着静默。

忽然空中吹过一阵微风,所有的一丈红和攀附着的牵牛花都跟着点了点头;荷花,荷叶和莲房也都摇摆了一下,水杨和夹竹桃底枝叶也都跟着飘动,只是水杨摆宕得厉害点,夹竹桃摆宕得轻微点,蒲公英等小草也都弯了弯腰,似乎都在代替蜻蜓叹惜。蜻蜓自己也因为受了蜘蛛网被风激动的影响,不禁打了个寒颤,也就感到一阵凄凉。然而,他并不认为这是苦痛的,他却以为这是甜蜜的,因为他觉得蝴蝶姑娘就将为他表同情,就将向他飞来,用着她底温柔的手解除缠着他的网丝了。他又以为就是终于摆不脱这网丝,终于只得在这缠绕的网丝中死去,临终有着她底温柔的手抚摩,这已够幸福,足以安慰,也是足以自傲的了。

简 评

有人做过统计，在《鲁迅日记》和书信集中，许钦文的名字出现过250多次，足见他与鲁迅先生关系之深。在他们的交往中，随着时间的推移，许钦文成为鲁迅先生的学生和知友。因为鲁迅先生的关系，许钦文1920年赴北京工读，在北京大学旁听鲁迅先生的《中国小说史》课程，并因乡谊与鲁迅先生过从甚密，自称是先生的"私淑弟子"。1922年发表第一篇作品短篇小说《晕》，此后经常在《晨报》副刊发表小说和杂文，受到鲁迅的扶植与指导。1926年由鲁迅选校、资助的短篇小说集《故乡》出版，描写的多是浙江家乡的人情世故，颇受好评。1935年，鲁迅先生在《中国新文学大系·小说二集·序》中，对许钦文的作品进行评论，并称其为"乡土文学作家"。和鲁迅的交往经历说明了，鲁迅先生不仅是许钦文一生中最感激的人，还是他的救命恩人。1982年，许钦文在《卖文六十年有感》一文中总结自己一生从事的文学创作，深情地说："生我者父母，教我者鲁迅先生也，从牢狱中救我出虎口者亦鲁迅先生也。鲁迅先生对我的恩情永远说不尽。"

曾被鲁迅先生赞评为"乡土文学作家"的许钦文，以其充满乡土气息的小说创作称誉于二三十年代的中国现代文坛，而在以后的大半世纪中，他则以散文独树一帜。许钦文早期散文多为回忆和描述故乡的人和事之作，笔下流露的是发自心灵深处的对故园热土、乡里乡亲的真挚情感——或描绘故乡秀丽的自然风光，或讲述故乡朴实的乡俗民风，或抒发对亲人故乡的追思怀念之情，基于自己成长的经历和家庭生活的感受，字里行间流露的是浓得化不开的乡愁和思念。散文《花园的一角》所描写的咫尺花草之间，便寄寓着他化不开的乡情。

在《花园的一角》之外，作者还写过一篇散文《父亲的花园》，不仅可以看出作者擅长这一类文章的写作，也从一个侧面反映了家庭生活的变化。

"我去秋回家省亲，父亲往外谋事去了，未曾晤面。走到阔别的花园，只有从前不注意的西湖柳和白石榴还是枝叶癞稀稀的存着，地上满是青草，盆中无非是枯枝。父亲最爱的素建兰，'反背荷花'等等，因为盆较讲究，母亲已把它们的盆收集在一起，连盆中的泥土也不见了。在门口的母亲所爱的玉荷花也只剩了几支枯枝。西湖柳和白石榴因不时有人来索去做药引，母亲特意保护，才得苟延残喘。断砖破盆，却成了六妹、八妹捕蟋蟀的特别场所"。时过境迁，物是人非，可见家庭生活的不易。"我不能再看见像那时的父亲的花园了！"文章用真挚的情感反映了当时的社会现状。父亲的花园，曾经百花斗艳，绮丽无边，生机盎然；父亲的家庭，也曾人丁兴旺，欢声笑语，充满天伦之乐。然而时过境迁，世道沧桑。如今花园虽存，却已经衰败颓圮；父母犹在，却亲人飘零。少年不知愁滋味，而今方知人生苦。作者心里是很痛的。

《花园底一角》可以视为《父亲的花园》的姊妹篇。在这篇散文里，作者用生花的妙笔给我们描绘了故乡的迷人的景致：花园的一角有个荷花池旁有株水杨，"一条条的枝叶，有的仰向天空，随风摆荡，""有的俯向水面，随风飘浮，"给人一种清秀、柔美之感。水杨不远的地方，有一株夹竹桃簇生着像箭似的叶子，"虽然没有像那水杨的清秀，可是很厚实，举动虽也没有像那水杨的活泼，可是庄严而不呆板。"池边的草地上，长满一丈红、红蔷薇、凤尾草、蒲公英、木香、牵牛花……文章更吸引人的还是对池塘的描绘。请看，水面上浮着的是荷花和荷叶。"荷叶有平平展着圆盘浮在水面上的，有黄伞般地在水中摇摆着的，有一半已经展开一半还卷着勇气勃勃地斜横着的，有刚露出水面还都紧紧地卷着富于稚气的，也有兜着水珠把阳光反映得灿烂炫目的，也有已经长得葱绿却未展开叶面的，勇敢无比地挺着，显得非常有希望的。荷花，已经开大的好像盛装着的美女在微笑得出神。还只开得一点的仿佛小姑娘因为怕羞只在暗中偷偷地笑的样子。"这一段文字采用了移步换景的手法，多视角地描绘了花园中的景物，作者笔下的景物形态各异，色彩纷呈，尤其是对于荷叶荷花的描绘真可谓形神兼备。虽说是花园的一角，大自然勃勃生机扑面而来，流连忘返于其中的人一定会充分地感受到。作者散文的魅力可见一斑。

名

牌的话题

◇叶芝余

报刊上，"名牌"成了热门话题。

有说振兴经济就要振兴名牌的；有说振兴名牌就能激发爱国主义的；有说要保护名牌的；有说名牌就是市场的；也有说要警惕合资吞噬中国名牌的……

议论蜂起，不是坏事。它至少表明，经济发展到今天，人们已不再满足于中国生产了什么或能生产什么，而且关心中国的产品有多少是真正的名牌，足以自立于世界产品之林略无愧色。这标志着中国人名牌意识的觉醒。

不能说中国人过去毫无名牌意识。"酒好不怕巷子深"就可以说是名牌意识初始阶段的一种表述。

本文选自《瞭望》（1996年第33期）。作者原名陈四益，曾用笔名东耳、叶芝余等。1997年加入中国作家协会。代表作：《当代杂文选粹·东耳之卷》《现代杂文鉴赏》(合作)等。著有《绘图双百喻》《乱翻书》《瞎操心》《唐诗别解》《丁丑四记》《轧闹猛》《权势圈中》《呆是不呆》《臆说前辈》《草桥谈往》《准花鸟虫鱼》等十余种。

然而,在信息闭塞、交通不便、市场分割、生产规模狭小的时代,这种初始的名牌意识与当代名牌意识不可同日而语。

当代名牌意识是在世界成为一个统一的市场、经济竞争日趋激化的情况下形成的。名牌,既是竞争的产物,又是竞争的手段。经济竞争体现为产品竞争、市场竞争。要巩固已有的市场份额,要占有更多的市场份额,就要有过得硬的名牌产品。中国出口的产品不少,但许多产品几乎成了廉价品的同义词,而中国的国内市场也愈来愈多地被国外名牌产品挤占。这表明中国还缺少消费者公认的名牌。感受到竞争的压力,油然而生紧迫感、危机感,这就是名牌一时成为热门话题的背景。

名牌的产生,是企业综合实力的表现。企业的科技水平、设计水平、工艺水平、管理水平、营销水平都物化于名牌商品之中。因此,创名牌就要在提高企业的综合实力上下工夫。铺天盖地的广告固然可以制造一时的虚名,却不能确立商品的名牌地位。广告有用,但亦有限。肥皂泡式的"名牌",膨胀得快,破灭得也快。这在经济竞争中不乏前车之鉴。

如果可以把企业的综合实力比作内功,把广告推销比作外功,那么,名牌的创造必须内外兼修。中国的产品因外功欠佳而未成名牌的固然有,但更为普遍的还是内功未到火候。

不知是出于怀旧心理,还是想借助于旧有的名声,人们一提名牌就想到了"老字号"。"老字号"曾经是响亮的名牌，在消费者中有过较大的号召力。但老并不等于好。过去好也不等于现在好。"老字号"的衰落，大抵是因为不能与时俱进。技术在发展、观念在更新，消费者的嗜好在改变，墨守陈规、以不变应万变者，必遭淘汰。无论是创造新名牌或是恢复老名牌，都要立足于今天——今天的科技水平，今天的消费观念，适乎时代潮流，合于人群需要，也就是推陈出新。中国的豆腐，世界第一。前些年说要引进国外生产线还有人以为是笑谈，但这笑谈今天已成事实。中国的丝绸，世界第一。但若不学习人家的先进技术，已很难独占鳌头。中国是自行车王国，但在中国的国内市场上，原有的名牌已被引进的新品牌挤得难以立足。数十年一贯制的中国名牌，如不能与时俱进，很难不在激烈的竞争中被吞噬、被淘汰。

有人提出"保护自己的名牌"。那用心是不错的。中国人应当爱护自己的名牌产品。但如何保护，则要推敲。如果所谓"保护"是指给生产名牌的企业创造一个完善的、良好的经济环境，使它们能在平等的条件下参与竞争，在竞争中发展、壮大，那是完全应该的。如果所谓"保护"，是用行政手段排斥对手，使其处于无竞争的环境中以保住"名牌"，那只会养成企业的依赖心，如某些地方保护主义的做法，是不足取的。"关起门来称大王"，总有一天会王冠落地的。

以运动竞技为例。中国女排曾以五连冠的纪录称雄于世,当然是响当当的名牌。然而一旦实力下降,名牌也便失落。中国女排只有靠实力地位的提高才能再创辉煌。从本届奥运会的比赛中,可以看到她们为恢复名牌所作的艰苦努力。企业界应当从中学到:以综合实力的提高来创造名牌,以综合实力地位的保持来保护名牌。

有人抱怨中国人不买中国货。诚然,中国人应当喜欢中国货,但他也可以喜欢外国货,不能轻易地与爱国不爱国联系起来。我们的政策是开放的政策,我们的经济是开放的经济。在开放的条件下,中国货只有比人家更新、更强、更好,才能自立于世界产品之林。不能指望用抵制洋货的办法来保护国货。这便正如不能用召开没有外国运动员参加的运动会来增加中国的金牌一样。

确有盲目迷信洋货而轻视国货的现象。但纠正的办法只能依靠建立国货在市场上的信誉。一家企业曾作出这样的许诺:同样的质量,价格更低;同样的价格,质量更高。诚能如是,谁不愿意购买他们的产品呢?

"合资吞噬了中国的名牌"。这又是一种议论。对此,要作分析,不能一概而论。在经济发展的过程中,一些品牌消失了,一些品牌创立了,一些品牌落伍了,一些品牌更强了,这都是正常的现象。当然,外国企业凭借其雄厚的资本和技术优势来争夺中国市场,也是一个值得重视的问题。有人曾用引狼入室以增强鹿的素质的故事来证明开放的必要,但我们也要防止鹿被狼吃光。这就存在着一个如何扶持我们的优秀企业和优势产业,使其增强竞争实力的问题。这里,宏观调控特别重要,要有一个总体发展战略,放弃什么,力保什么,如何保。这方面,韩国发展汽车工业的经验可以借鉴。

名牌话题,是一个重要的话题。中国经济发展到今天,应当致力于创立自己的名牌,发展壮大自己的名牌。这是争夺市场的需要,也是发展经济的需要。

简 评

应该说,关心中国的产品有多少是真正的名牌,有多少足以自立于世界商品大潮,是当前经济环境下大家普遍关心的问题。曾几何时,多数名牌对大多数中国人来说,只是一个遥远的梦,甚至在自己的消费中根本不管它什么名牌不名牌。不过,随着时代的变迁,经济的发展,名牌已成了融合品味、地位、金钱的一种象征,在市场上具有广泛知名度和美誉度的品牌或商标,大家一致公认的好的品牌产品,不仅提高了人们的生活水平,也促进经济的增长,丰富了人们的精神世界。但是,物极必反,我们可以追求名牌,但是不可以沉溺于名牌的光芒之中而忘乎所以,甚至,为了名牌,不考虑自身的能力,只为了在人面前能够抬得起头,能够很有面子,单纯为了名牌而名牌,陷入名牌的泥淖。这样的做法是不理智的,不可取的。我们要理智的对待名牌,不能盲目追求,不能只活在一个自己设计的虚幻的"名牌"世界里。

"名牌的产生,是企业综合实力的表现"。有人说,名牌是市场之生命;有人说,名牌是经济之源泉;也有人说名牌是人生风采之装点,一种名牌,万千气象! 生活中我们每一个人直接或间接都会和名牌有着千丝万缕的关系。我们在关注名牌的同时,从商业意识到经济规律、到价值取向,恐怕也会生出许多无奈。人们信任名牌、追逐名牌,最根本的原因是名牌产品能够很好地满足人们的需要。

所以,无论是生产还是消费,抑或是附着在名牌身上社会学和美学上的意义,名牌的话题是说不尽道不完的。众所周知,名牌是知名品牌或强势品牌,人们研究品牌,正是为了创立名牌,利用名牌,消费名牌,读叶芝余先生的《名牌的话题》,我们希望通过对名牌的研究使人们充分意识到名牌的作用,形成名牌意识。名牌的伟大作用是在它的名牌效应,名牌以此为基点,带领着产品的生产与消费、社会的进步与发展。

"名牌"成了热门话题之后,不应该忽略这样一个事实,无论是在国际还是在国内经济体系中,面对强势品牌的冲击,我们应该老老实实的承认,中国整体上还处于弱势,如何在世界工厂地位的基础上,迅速打造"中国制造"真正品牌,是中国现在和今后经济建设最重要的任务。因此,提出建立并深入研究品牌经济学,根本任务就是在中国品牌经济处于弱势状态下,为如何更快地提升品牌竞争力提供切实可行的理论和方法指导。在这个过程中,真正认识到品牌对经济发展具有很重要的作用,但如何提供促进中国品牌经济发展实践所急需的解决之道更重要,尤其是"名牌"的打造。因为,"名牌的产生,是企业综合实力的表现。"也是发展国民经济的强有力的手段。不过,"有人曾用引狼入室以增强鹿的素质的故事来证明开放的必要,但我们也要防止鹿被狼吃光。这就存在着一个如何扶持我们的优秀企业和优势产业,使其增强竞争实力的问题。"仅仅是扶持显然是不够的。

"如果可以把企业的综合实力比作内功,把广告推销比作外功,那么,名牌的创造必须内外兼修。"名牌靠创、靠宣传、靠保护、靠扩散。实施名牌战略更应重视发挥名牌效应,促进资本扩张。可以说,名牌效应是名牌战略的目标和归宿。在名牌创建过程中,不重视发挥与名牌相关的效应,则名牌难以形成声势和影响;名牌创建后不重视发挥已形成的名牌效应,名牌不可能持久和远扬,"酒香也怕巷子深"。创建名牌后迅速发挥名牌效应可促进生产经营的发展、经济效益的显著提高,还可以以名牌为龙头实施资本扩张,以名牌和资本为纽带,创建大公司、开拓大市场。所以,抓好名牌经济,必须自始至终把名牌效应最大化作为衡量名牌战略成功度的标准。重视发挥名牌的乘数效应、积累效应和扩散效应,正确处理三种效应相辅相成的辩证关系,实现名牌效应最大化,在实施名牌战略中,创出一条新路子。

作者在文中还列举了一种值得注意的现象。"有人抱怨中国人不买中国货"。国人肩扛手提,从别国大量高价买来马桶盖、电饭煲,这也是事实。生活中常见这样的现象:同一种商品在两家不同的商店销售,销售结果竟天差地别。因此,我们不难发现,在商品流通过程中,有一种无形的东西在发挥着特殊的作用,这就是信誉。信誉是依附在商品流通过程中,市场与客户之间的一种商品关系。信誉是看不见、摸不着的,却可依托某些有形资产,使所有者(经营者)持续不断获取效益。因此,从经济学角度讲,它属于无形资产。同时信誉还可反映一定社会道德风貌及文明程度。

商品的"信誉"竞争是一种高级状态的综合竞争,涵盖面广,具有人格力量和一定的文化内容。从某种意义上讲,信誉竞争不是以商品销售多少为主要目的,而是以树立企业形象为目的。信誉竞争说到底,是人格、文化、道德的竞争,它要争夺和占据的,不是商品市场,而是人心和道德的市场,而人心、道德市场往往又决定着商品市场的兴衰。"信誉是名牌的生命"这也是一个至关重要的、值得我们关注的话题。

缤

纷络绎 锦绣有章
——余光中文体论

◇伍立杨

本文选自伍立杨《水月镜花》（作家出版社1997年版）。伍立杨，1964年生，四川凉山人。现为海南省作家协会副主席，《海南日报》副刊部主任、高级记者、著名散文家。1985年毕业于中山大学中文系。其后长期在人民日报社工作，历任记者、主任编辑。1984年开始发表作品。1995年加入中国作家协会。出版有：

当代文章巨子余光中先生曾在《逍遥游后记》中说他真想在中国文字的风火炉中炼出一颗丹来，此语既出，作品随之。音声异采，照人心眼。余光中的作品，不独散文、诗歌，举凡随笔、译文、评论，皆可作为独立自足的文学文本，供人品藻，百读不厌。而其文章的划时代的意义，一时无两的超越姿致，又是从文学最基础的材料——文字、字汇出发，余光中把似可通灵的中国文字抻长、锤扁、浓缩、扩展，忽长驱，忽收拢，前后左右，纵横捭阖，而无不得心应手，移步生莲，绝无捉襟见肘的窘态。这样做，为的是"试验中国文字的速度、密度和弹性。"进而造成一种变化万殊的句法，出入在中西文学巨子的种种手段之间句式游云惊龙,句意奥博纵横,隐显不可方物,其浩荡如万壑松涛之鸣,其衍变如高峰云雾之幻。他的宏深磊落不羁之才,睥睨当世,数十年或数百年仅乃一见。

此种评价,并未过当。乃因其作品精神,焕发了全新的文学审美光辉,文学的艺术性变革,已在他那里崛起一座无比的峰巅,以此观之,称其为作家中的作家,洵非虚誉。文字的背景,乃是铁轨一样无有尽头的深郁的历史感,以及着眼于现代社会的无药可医的时间乡愁。

余光中先生毕业于人文荟萃的台湾大学的中文系,在美国精研西洋文学多年,其间教书授课四年。其外国文学素养,真可说是富可敌国。而他自幼积累起来的中国古典文学造诣,又作为一种"早先经验",喷涌而出,东西方两种文化学殖在他丰富的艺术库存中融汇贯通,连类互印,发而为文,功候内藏,回音强劲,纵的承继与横的移植恰到好处,绝无古董家的沾沾自喜和假洋人的虚无消极。台湾岛在地理上虽孤悬海外,而其文学宏深雅健,水净沙明,并未地理上的边缘之感。

中国现代文学耆宿,文章大师柯灵先生,1981年在香港大学的一次现代文学研讨会上,得识晚他一辈的余光中,为之佩服心折,接触余光中的作品,柯灵先生更感到"得开眼界,自此锐意搜求耽读,以为暮年一乐。"余光中的文章,确乎每一篇都有自己独特的意蕴,意境,面貌和个性。柯灵先生尝谓余光

《铁血黄花——清末民初暗杀论》《梦痕烟雨》《浮世逸草》《霜风与酒红》《墨汁写因缘》《时间深处的孤灯》等随笔集、文论集、散文集、史论专著等书籍近二十种。

中的句法："句子的结构灵活多变,短句短到点点滴滴,一字一句,三字二字一句,长句象连绵不断的雨脚,杂以流动自然的少量韵语段落,方块字的形象性和平仄声,神而化之,声色光影,纵横交织而成,这在五四以来的散文领域中算得别僻一境。"实为剀切中理的见道之论。

近世之谈艺者尝以内容、形式二者互为水火,割裂文字与思想,此种情形,尤为不堪,有如群盲摸象。实则在文章中,语汇往往就是思想,语汇与思想内容,如鱼水相依,如血肉相连,合则双美、离则两伤。苏东坡文章意味深长,表情达意一如意中所欲出,乃因其藻思,学养,以及如源涌出的清词丽句融盐于水,味道深郁。鲁迅尝于《坟》的后记中说他因为读过许多旧书,耳濡目染,影响他的白话作品,"常不免流露出它的字句,体格来。"文言旧词的调整、化用借鉴,正是使文章文采郁郁,耐人咀嚼的一个重要因素。余光中的作品能在五四以来的文学中独僻一境,此类细微之处正不可忽视。五四前后的白话文学,因为转型的急湍,在转折和过渡的时期,用语往往猥杂生硬,缺乏洗炼、更有种种缠杂不通之处,即在文章大家,也多所难免。而文章到了余光中手上,言语已无所谓俗雅,文字无所谓新旧,他以调和鼎鼐的妙手奇想,铸就了深郁宏越的和谐,虽然来得那样陡劲,却又万般的稳当,其句式的每一小节都足以震颤灵魂,慧心慧眼,令人拊掌。

"而且静。海拔七千英尺以上那样的,万籁沉淀到底,阒寂的隔音。值得歌颂的,听觉上全然透明的灵境。森林自由自在地行着深呼吸。柏子闲闲落在地上。绿鸠自管自地吟啸。所以耳神经啊你就象琴弦那样松一松吧,今天轮到你休假。"(《山盟》)

"一过米苏里河,内布拉斯卡摊开它全部的浩瀚,向你,坦坦荡荡的大平原,至阔,至远。永不收卷的一幅地图,噫啊西部。"

"芝加哥在背后,矮下去,摩天楼群在背后。七月,这是。太阳打锣太阳擂鼓的七月。草色呐喊连绵的鲜碧,从此地喊到落矶山那边。""因为这是落矶大山,最最有名的岩石集团。群峰横行,挤成千排交错的狼牙,咬缺八九州的蓝天。郁郁垒垒,千百兆吨的花岗岩片麻岩,自阿拉斯加自加拿大西境滚滚碾来,龙脉参差,自冰河朝自火山的记忆蟠来,有一双手说,好吧,就在此地,于是就劈出科罗拉多州,削成大半个西部。"(《咦呵西部》)

这真可以说是实大声宏,气色苍浑。实在又于其中洋溢缱绻悱恻和骁腾骠悍。既有雅丽的古典情怀,又有陡劲的现代风调,语言经过了智慧的心眼拉长,压缩,拆开并拢,扑来迭去,变得质实丽靡,而具有无尽的表现力。中文之有无限内涵,乃因历代杰出作家赋其新境,在余光中这里,他实验新的组合,增强中文的弹性和密度,他创造了一种得心应手的言语,给中文添了一种全新的机能。

全新的言语铸就全新的文体,而在词汇,藻思与文体之间,则是全新的句法。余光中是大诗人,他的文章句法,却恰到好处地化用了诗的音韵,重重叠叠的叠字叠句,方块字的形象性和平仄声,融化在蛇行明灭的句法中,造成一个复合多义的整体,此种句法,略似战术上的"三层火网,子母连环,上下掩护,内外策应。"又略似书法上的"上波郁拂,微势缥缈。"和"纤波浓点,错落其间。"清代吴见思《史记论文·封禅书论》"文章一笔之中,多具四面,一句之内,必分数层,所谓横看成岭侧成峰也。"诗、书、画、兵法,有同理焉。余光中先生的随笔、文论、散文等诸文类,灿若天文之布曜,蔚若锦绣之有章,缤纷络绎,纷华璀璨,揉以炉火纯青的比喻,逼人心眼的妙趣、妙语、妙解,使我们不禁为这种全然是自家面目的文体栩然而醉。

简 评

梁实秋先生称道余光中先生"右手写诗,左手写文,成就之高,一时无两。"诚然,余光中先生不仅右手写诗,左手为文,还兼擅评论与翻译,以诗、文、论、译四者皆佳,成为当代华文文学世界中的大家。且对现代诗、画多有研究,引领着台湾现代诗和现代散文理论研究与创作,是公认的台湾"诗质散文"的代表作家。余光中先生散文的语言情趣,实际上是一个充满了勃勃生机的由多种要素组合而成的语言艺术系统。这个系统呈现了绚丽的色彩和多维立体的动态感觉:既有叠音的四起,又有异音的喧哗;既有鲜明的节奏,又有激情的标点;既有新奇多变的文法,又有魅力无比的辞藻。余光中散文的语言跳出了传统散文语言的窠臼,有声有色,亦画亦诗,演奏出了一曲曲悦耳动听的和谐乐章。翻开《桥跨黄金城》(人民日报出版社,1996年版),展现在读者面前的是从1952年的《猛虎与蔷薇》到1995年的《桥跨黄金城》四十余年的六十篇散文。无论是《逍遥游》,还是《丹佛城》;无论是《莲恋莲》,还是《听听那冷雨》,无不深深地刻下了余光中散文语言风格的印迹,作品中处处闪烁着作家创造的语言光芒。余光中在建构异彩纷呈的语言形象过程中有自己独特的修辞手法，那就是在语音、句法、辞格等不同的层面变化出新，自成一格，达到有声有色的艺术效果。

总而言之，余光中的散文是作者学识、智慧、才情、文采的自然流露，是一种"学者"的散文的横空出世，阳刚与阴柔并工，知性与感性共济，文言与白话交融。楼肇明先生高度赞誉其散文的风格与力量："气势宏大，语言犹如阅兵方阵，排山倒海，万马奔腾，并具有深刻的幽默感。"余光中以其深厚的文化背景、学者的修养和才情，在当代文坛上展现出他的诗文双绝、才力厚重、左右逢源的大家风采。

故长时间以来，台湾作家余光中先生的散文在大陆广有读者，他热爱中国，更热爱中国的传统文化。他说，"蓝墨水的上游是汨罗江。""我的血系中有一条黄河的支流。"有人说，他呼吸在当今，却已走进了历史，他的名字已经写进中国新文学史册。散文家柯灵特别指出余光中的句子结构的灵活多变，"在五四以来的散文领域中算得别辟一境"。读余光中的散文是一种艺术享受。"缤纷络绎，锦绣有章"，伍立杨先生在介绍余光中新颖别致的文体时，也注意到了评论文章语句的精练和句子的修辞，所以其本身也是一篇特色鲜明的美文。

本文作者伍立杨先生对余光中语言上的赞誉说得恰到好处，"全新的言语铸就全新的文体，而在词汇、藻思与文体之间，则是全新的句法。余光中是大诗人，他的文章句法，恰到好处地化用了诗的音韵，重重叠叠的叠字叠句，方块字的形象性和平仄声，融化在蛇行明灭的句法中，造成一个复合多义的整体……"。读《听听那冷雨》，"听雨，只要不是石破天惊的台风暴雨，在听觉上总是一种美感。"读者会从雨中听到作者美妙的心灵，那飘飘洒洒、清新湿润的雨幕似乎在你身边张开、合围，体验神思飞扬、灵魂净化的感觉……你一定会受到强烈的感染。特别是作者笔下的很多叠词，纷至沓来，铿然有声，朗朗上口。其实，这些叠词多数是大家习用的,但进入了本文便获得了鲜活的生命力。再如《我的四个假想敌》,抓住了"敌"之要义,用了实用军事上的术语与事物,来描写"敌"之状态与"我"之心态,暗喻父亲与候选女婿对女儿的争夺战。比如:位居要冲、腹背受敌、堡垒最容易从内部攻破、滩头阵地已被入侵的军队占领了去,这一仗是必败的了……惟妙惟肖地刻画了作为父亲对那些"掳掠"爱女者抱有淡淡敌意却又无可奈何的心情。

应该说,余光中作为一个能搞创作又能搞研究的多面手,对语言的感觉与锤炼都是很内行的。细读余光中的其他作品,比如《语文忧思录》,我们从文中明显地看出他还是一个"忧思"作家。书中可以看出主要忧思的是文言文的识者不众,传统文化备遭冷落;尤其文言译文的劣质不堪,误人子弟。他追慕"传统中文言文遣词造句用心深郁而得天趣。跌宕起伏,断续逶迤,极饶天籁自然之势。"是的,纵观当代余光中一类的大家,无不饱读古诗文,"虽白话行文,而笔下颇有文言气息。"其中的真功夫可真不是花拳绣腿。

圆

的魅力

◇邓高如

创世者,莫非你偏心?造物主,莫非你徇情?为何在缔造世间万物时偏就钟爱"圆"的模样?

举目观苍穹,上天是圆的;俯以察地理,地球是圆的;借助紫金山天文望远镜,欲穷千里目,放眼望宇宙:太阳、月亮、"牛郎"、"织女"、北斗,一切天球地体,莫不是圆的!

回首看舍间,不少物什也呈圆形。案上的电灯、笔筒是圆的;筐里的鸡蛋、苹果是圆的;缸里的豆米芝麻是圆的;还有阳台上那盆含苞待放的栀子花,也微张花瓣奋力向圆发展哩!

不禁哑然失笑。

某人个子不高,却头圆肚圆,本是窈窕淑女不屑

本文选自《清澈的理性:科学人文读本》(上海教育出版社2012年版)。邓高如,男,中国人民解放军少将军衔,现任重庆市作家协会副主席。其代表作有杂文集《中国人的情态》、剿匪报告文学《横断山梦》,其杂文《圆的魅力》被多所大学、中学选为阅读教材;杂文《儿子要过圣诞节》,被收入全国职高语文第二册教材;散

文《邓老太爷面面观》《娘在唤我》《探子屠生》《牛儿哞哞》《冻桐花》等，曾获得读者普遍好评，并在军内外多项文学评比中获奖。部分作品被翻译成日、英、法文。

一顾的人物，然则一次郊游，田坎上几个村姑、嫂子窃窃夸赞："圆的，大官！"此人惭愧之余近前盘问，一嫂子喜眉笑眼道来："不是大官，也是像官。看你头圆、肚圆，一脸官相，还不像官？"真令人忍俊不禁："圆，真有魅力啊！"

发生在身边的这件小事，却使我潜心观察起圆的艺术，萌发了研究"圆文化"的念头。

去问生物学家。他说：圆是生物选择、进化、生存的需要和结果。目前自然界绝大多数微生物如细胞、细菌之类都是圆的。可是很早很早以前，也多有条形的、方形的或者不规则形的。但经不住物质的摩擦、地体的引力，同类的相撞、打磨，久而久之，削其棱角，变成圆形、椭圆形、流线形了。放大到动物界说，你看水中的蝌蚪出世之初，拖着长长的尾巴，一摇三摆，形态可爱，曾几何时，尾巴脱光，变成圆乎乎的了！

去问物理学家。他说：自然界多数物体呈圆形，是力的"作用图"。车轮呈圆形便于滚动；苹果呈圆形，减少脱落；弹指即破的气球呈圆形，同样是要最大限度地减轻地球的引力，增大对外界的抗力，方能"好风凭借力，送我上青云"！

再去问工程技术人员，回答更使人茅塞顿开：物体多呈圆形，主要是为了实用需要。因为一切形态中圆形容积最大，肚量最宽，用材料最少。他说数学家早已测出，一立方体的表面积要比一个容积相同的球体表面积多用24%的材料！难怪肚圆头圆者，穿衣用料却不比瘦高条多出什么！

　　问学归来，不亦乐乎，我倒头便睡，以解连日奔波之疲劳。"月朦胧，鸟朦胧"，蒙蒙眬眬见周公时，"哎哟"一声我醒了。原来翻身时碰着了别在床头上的绣花针。负痛之人，再难成眠，索性再想开去。由眼前的绣花针想到老奶奶做鞋使用的锥子，头圆了要磨光；石匠开山凿石用的凿子，用秃了要打尖；石油工人钻石油用的钻头钝了，可否也要换尖的呢？"青竹蛇儿嘴，黄蜂尾上针"，莫不保持其锋利。"尖"能穿云裂石，"锋"能所向披靡，"针"能灸病医疾。看来，自然界、人类社会在有"圆"之时，又确实不可少了"尖"、"锋"二事。

　　由尖又想到方。文人学士的爱物——砚台、书报、纸张是方的；戏剧中帝王将相迈步是方的；追述古往，官印玉玺一概是方的；当今流行的货币虽然叫"圆"，当初也曾"外圆内方"，誉之为"孔方兄"。由此得知，"方"也有过辉煌的历史！这才是"横看成岭侧成峰，远近高低皆不同"哟！

　　于是我斗胆说出：大千世界，应是"圆、尖、方"并存；人类社会，必然"麻、辣、烫"俱有。如果硬要问我爱哪头？我说：圆有圆的伶俐，尖有尖的锋芒，方有方的风范……

简 评

　　2009年9月，收录了作者邓高如将军近20年来的杂文、散文、随笔、特写之精华的《半轮秋》出版，"巴蜀鬼才"魏明伦先生亲笔题写了书名，著名女作家毕淑敏女士生平第一次为人撰写了序言。该书所收文章，思想深邃，文笔犀利，针砭时弊却又憧憬未来，麻辣味中带有回甘，清新流畅中显示出质朴。魏明伦先生在闲聊时，深有感触地表示："我过去一直认为，高如老弟的杂文写得不如我，散文却写得比我强。现在看来，他的杂文和散文一样，都写得很有味道，平和中见高蹈，麻辣味中多回甜。"军旅作家裘山山也称:"邓将军的文章,清新中显古朴,俏皮中见持重。知识含量高,社会阅历广。这样的厚重之作,难得。书中除杂文、散文外,碑文、楹联、小品,也值得细读细嚼。"中国人民解放军八一电影制片厂副厂长柳建伟也表示:"高如老师,是咱们军中的大才子,又是将军作家。其道德文章,很令人敬重。他的著名散文《邓老太爷》《娘在唤我》,特写《探子屠生》《牛儿哞哞》《冻桐花》等,我是读了再读,真的不失为当代散文特写中的精品之作。"

作者的代表作《圆的魅力》和《话满则过》《邓老太爷面面观》等几篇散文、随笔也被选入北大、川大和一些著名中学的阅读教材。

特别是《圆的魅力》,一千多字的杂文,为什么甫一问世,就获得了极高的赞誉?"2013至2014年间,国内一些大型网站将拙作杂文《圆的魅力》列为中考语文阅读试题,广为解析。该文的点击量,高得吓人。学生们的各类答案,也不计其数。"作者在短文《夕拾朝花》中是这样回忆本文写作的,或许有助于我们的阅读:

那是22年前的那个春天,我在成都军区政治部宣传部负责新闻工作。为了宣传报道驻南充某师的军事训练经验,我带13集团军新闻干事关春林、在军区宣传部帮助工作的干事马甫超(前者已转业至重庆日报、后者转业至渝北区工作)前往采访。

南充是我的故乡,多年未归,今来甚喜。现场采访结束后,二位同仁争着写初稿,我则在充满阳光的师招待所里无所事事。忽见客厅书桌上当日台历的空白处,印有一科技小常识,上写圆的周长、容积如何计算,为什么圆的器皿最省材料之类。当年互联网尚未开通,得此小知识,甚为欣喜。看着、看着,茅塞顿开:多年来对社会、人生"圆"、"尖"、"方"操守的感悟,抗战时毛泽东对国民党反动派"有理、有利、有节"的斗争艺术,家庭中"乖乖女"最受青睐,单位上"会来事"屡屡吃香等现象,一一涌上心头。于是我展纸挥笔,在印有方格的稿笺首行正中处,写下了"圆的魅力"一行标题。

文章一气呵成。两个多小时过去,同事新闻稿写好送来,我的这篇文字也敷衍成章。互相看罢文稿,惺惺相惜,各怀敬意。

很快,拙作在成都的一些报刊发表,四川日报政教部主任杨文镒甚喜此文。他当时正在四川大学新闻系做客座教授,便以此文为范例,作评论文章写作章法的讲解。该文后又被四川大学、北京大学选为阅读教材。并有《现代语文(高中读写版)》和"优秀杂文"之类的选本选入,并渐入中学生们作文写作的法眼。还有朋友让我给孩子备考讲讲《圆的魅力》。

责任重大,难煞人了。因为你写得出文章,未必讲得出道理。恰如某宅男一道小菜做得好,满座喝彩,但你未必说得出多少原理与体会!何况,天下苦考久矣!区区小文,何足道哉,不成体统,聊以慰藉安抚老友吧!于是,我说:

一、不要把该文当作一篇科技小品来读,尽管文中讲了不少圆、尖、方的科学常识。

二、圆尖方共存于社会,也共存于人生,不一定方就好,圆就不好。也不一定圆就好,尖就不好。重庆人还骂人为"方脑壳"呢!"圆尖方",当如三味中药,君臣互补,各有妙用,

三、文贵以气,拙作一气呵成,正述反问,多有结合;文难以动,该文又以走访牵线,"去问"连篇,把"坐以论道"变成了"行者取经"。这在结构上或许是议论文的可取之处吧。

四、小品文的字句,贵精崇简。行文间最好赋有音乐感。拙作语言简约且有诗化倾向,几个"去问"自然段,又有回环悱恻的味道,读起来似乎可以一咏三叹,鸾凤和鸣。

读《圆的魅力》,再读读作者回首作文的前因后果,说一些发自内心的感受,不由得你不觉得,尽管"圆"的魅力大得很,不过,大千世界又

岂是圆之一家天下。正如同中国人喜欢善于变通的人,也欣赏坚持原则的人,"外圆内方"的古钱币恰好可以象征中国人的理想人格——外柔内刚。古人说:可爱者不必可敬,可畏者不复可亲,非致之难,兼之实难也。但是如能做到"春华秋实,既温且肃。金和玉节,能润而坚",就令人:爱之,旋复敬之,畏之,亦复亲之。所以,"圆有圆的伶俐,尖有尖的锋芒,方有方的风范。"托物言志,是颇有几分道理的。

西北汉子

◇畅岸

大动荡大组合的洪荒时代，印度半岛漂移向西北与欧亚板块碰撞的阵痛中，山与火的狂欢热恋里，天咆哮、地颤栗，喜玛拉雅山拔地而起的瞬间，阳性遗传因子肩负着历史的重托孕育了西北汉子的风骨。

在人猿相揖别的蓝田山洞，就是他们——西北汉子的先祖向着太阳直起腰杆。用烈火焚烧了荒蛮的岁月，用几片磨过的石块打碎了天地间冷寂，顶天立地地站在黄土高原上，在混沌的天地扉页间写了个人字。

就是他，姬水之滨一个叫轩辕的西北汉子，审时度势带领强悍的西北兄弟擒蚩尤、征邪恶，平息战乱

本文选自《最受当代青年喜欢的精美散文：人物绘像》（百花文艺出版社2010年版）。畅岸，本名梁长安，1949年生，陕西蒲城人。出身农家，家庭成分影响了深造。1977年以优异成绩考入大学。毕业后他教过书，在党委部门上过班，后转至一文化单位与笔墨为伍。从1995年开始至今相继出版了《青梅》《闲庭信步》

《流年》三部散文专集，并在《延河》《北京文学》《散文》《散文选刊》《读者》等报刊发表散文作品数十篇。《解州关帝庙》荣获全国首届老舍散文大奖赛优秀作品奖。《草原落日》《祖母你冷吗》《读徐州》等作品被陕西人民出版社、太白文艺出版社、百花文艺出版社、台海出版社选入散文精品丛书出版。

统一了天下，铸就了炎黄民族之魂。

继轩辕之后还有公刘、姬昌、姬发、姜尚、姬旦、嬴政等等一行行西北汉子。他们呼风唤雨、扭转乾坤、改造山河，在中华民族的发展史上，其功勋如日月经天辉煌灿烂。

更多的是那世世代代面向黄土背朝苍天耕耘着大西北的汉子。他们像茫茫戈壁的骆驼，漫漫的征途中他们驮着日月、驮着山河、驮着周秦汉唐宋元明清，也驮着共和国。他们不畏艰难，不畏酷暑严寒，一步一步地跋涉，在华夏民族的长河里，把西北汉子的顽强、豪爽深深地写在苍凉的荒漠。他们一代一代地跋涉，一代一代地倒下，用生命和血肉肥沃着脚下的黄土，积淀着中华民族的古老文明。

有人说西北汉子像头黄牛。不错。一方水土养一方人物。西北汉子以高山为屋沟壑为邻，信步茫茫草原戈壁，饥食牛羊渴饮黄河。大西北的广袤、刚烈、峻峭、浑厚养育了西北汉子黄土地一样的坦荡和大度。雅士很难理解他们的胸怀，花前柳后的骚客也无法写出他们的风骨。他们是牛，忍耐是他们的天性，给予是他们的事业。太史公司马迁就是一头忍辱负重的牛，他像故乡的黄土地一样，能忍能耐。遭受奇耻大辱之后，喉节蠕动了几下，全咽下去了。受宫刑后，他还是男人，还是铁骨铮铮的西北汉子。他把满腔爱和恨倾注在如椽的笔端，写出了"史家之绝唱、无韵之离骚"的惊世鸿著。

阿房宫、兴庆宫，秦砖汉瓦无一不渗透着西北汉子的血与汗。解放战争、抗日战争、保卫延安，谁知有多少西北汉子血洒黄土、为国捐躯。革命胜利后，他们又回到那块黄土地，守着那黑黑的窑洞，过着自己穷苦的光阴。他们那宽广大度的胸怀什么都生长，就是不生怨气。

西北汉子有牛一样的顽强和忍受，也有牛一样的脾气。在忍无可忍的时候，他们的脾气一旦发作也像他们的忍受一样是惊人的。李自成就是发了脾气的西北汉子，他一怒之下如火山爆发而不可收拾。他伸手竖起造反的大旗，砸碎了明王朝大厦，历史的车轮就向前滚动了，在万众开门迎闯王的欢呼声里，他头戴斗笠，身穿皂衣，带西北高原的尘埃和刚烈威风凛凛地踏进了北京城。杨虎城也是一个发过怒的西北汉子。他一怒之下，就和张学良一起活捉了"皇上"。死，对西北汉子是不足畏的。割头不过是碗大的疤。出生入死那是几辈辈汉子们走过的熟路。李自成、杨虎城他们生为西北人，死亦为西北鬼。他们不知去照汗青，只求无愧于西北的土地。

西北汉子哭是哭笑是笑，藏是藏露是露。高原的太阳和西北风把他们雕琢得像沙漠胡杨一样铁黑。眼角、嘴角、鼻尖、耳轮的线条硬朗朗得像木刻像铁铸。他们很少言语。要说，就掷地有声说一不二；要笑，就放声大笑，笑得够味；要哭，就哭得淋漓尽致，哭得有力。他们不会中庸不会皮笑肉不笑更不会高技巧的犹抱琵琶半遮面。

安塞腰鼓就是西北汉子感情彻底释放的强音。

苦也敲甜也敲,臻至彻底的释放就美就痛快。雄浑宽厚的鼓声似飞流直下,似万马奔腾,在彻底的释放中追求真善美。它是高原的主旋律,是西北大地的脉气。

秦腔是吼出来的,底气不足不行。植根在高山厚土的西北汉子,大地就是他们的底气。喜怒哀乐时对着旷野吼几句秦腔,能兴奋也能消愁。秦腔的魂是军乐,是秦军灭六国统一天下的协奏曲。西北汉子吼秦腔,图的就是那地道的军味,那正宗的秦风。

西凤酒是辛辣的,没有烈性的肝胆是不能饮用的。西北风中长起的西北汉子,他们比西北风更刚烈。他们耐辛辣耐西凤酒,端着大碗痛饮,他们能从辛辣中嚼出甜美。从祖辈那里西北汉子就惯于吞咽辛辣和苦涩。西北的日月水土酿成的西凤酒,浓浓地溶着大西北的春秋,它辛辣带劲,西北汉子爱喝。

粗犷的西北汉子也有阴柔细腻的情怀。他们置秀美于阳刚之中,就如颜真卿柳公权的书法艺术一样。颜筋柳骨就是西北汉子筋与骨的形象化。它们不仅有筋骨之刚,也有血肉之丰满,更有绝妙之结合,其力、其秀、其美巧夺天工。细细地研讨品味,你一定会悟出那一点一画的运气走笔乃阴阳实虚之天成。

西北汉子的爱藏得很深很深。就像陕北的油田气田,深深地潜埋在高山大川之下。没有发现和开采,它们默默地守到天荒地老。一旦有知情者发现,它就带着企盼、带着憧憬、带着炙人的热泪涌喷吐,以惊人的贮藏量和喷射力震动海内外,而且会永不休止地将光和热无私地奉献给开采者直到枯竭。貌似无情的西北汉子,一旦爱起来,用大山一样的双臂拥抱起妻子,除了幸福和甜蜜,那强烈的力量感、安全感、伟岸感只在西北汉子身上具独有的。

简评

《西北汉子》的作者,畅岸先生的好朋友生动传神地写下了"畅岸的素描":畅岸,本名梁长安。与共和国同龄。一米七九的个头,微胖身躯,阔肩背挺,皮肤白皙,目光深邃,大眼方脸,头发稀疏,声如洪钟,行走健步。常见他昂首出入于自己的"守拙斋"。那小小的"守拙斋"里四壁皆书,没有古玩,没有字画,但常年有一杯清茶、一支烟、一支笔、一沓稿纸温情脉脉地陪着他,除此而外,还有古今中外的文学大师与他晨昏相伴——柏拉图、托尔斯泰、高尔基、巴尔扎克、李白、杜甫、白居易、屈原、曹雪芹、鲁迅、巴金等。陋室之中,春风秋雨,华灯窗前,那是他挥洒血汗的田野,收获累累果实的沃土。形象生动,呼之欲出。

畅岸先生,出身农家,少年时家道清贫,成分却富裕。20世纪六七十年代,一个有憧憬、有梦想、有数理化"才子"雅称的他被一阵风高高地卷起,重重地摔下,面对富裕成分带来的冷遇、歧视、捉弄、不公,年少的他除了照单全收下,与之奈何?就是在广阔天地练红心的同时,也不忘在昏暗的灯下苦读。1977年的高考,他以优异的成绩考入大学中文系。说来也好笑,命运之舟将一个数理化高材生送到了舞文弄墨的沙滩上,没二话,就在那贫瘠的沙滩上扎根成长。从文后,他教过书,在党委领导部门上过班,后来,转至文化单位与笔墨为伍。

在文学已是一派荒凉的21世纪,他依然故我,少见的真情和执着,是文学路上寂寞孤独的行吟者。散文上的成就,使畅岸先生享誉大江南北。他的散文集《青梅》《闲庭信步》《流年》等,使他成为文学界公认的散文名家。十多年来,他的散文《草原落日》《你冷吗,祖母》《西出阳关》等十多篇散文在杂志发表,是盛开在散文园地里的奇葩,赢得国内散文界一致好评。他所秉承的文学观,完全迥异于传统的文学理论,他选择了民间的立场,关注人性的本质和人的基本生存状态。因而,他的作品大气磅礴,挥洒率性,思想渊博,常有美言警句和让人震撼的人生哲理,对古今社会的是是非非体现出极具良知的作家的承担,如《长歌渭南》《大气蒲城》《寇准的沉浮》等,不仅转载于全国多家杂志,而且被数十家文学网站列为当代散文精品。散文《解州关帝庙》荣获2002年度"全国优秀散文奖"。有文学爱好者把相关作品在网上排了个名次,季羡林先生的佳作名列榜首,他的《西出阳关》紧随其后。

俗话说"一方水土养一方人"。居住在黄河岸边的男人也无形中受黄河的感染、熏陶,形成了独具特色的西北汉子性格。西北汉子热情豪爽,干脆麻利,直来直去,不会拐弯抹角,也不工于心计,说话一斧头两半截,说一不二,痛快淋漓有余,缜密细致,斩钉截铁,不一而足。西北汉子风风火火,说话嗓门大,与江南水乡的吴侬软语形成鲜明的反差,不习惯的人以为他们在吵架,这可能与西北地区风沙满天、地域宽广有关,声音小了怕别人听不见;西北汉子重情轻利,嫉恶如仇,对朋友一片赤诚,恨不得把心掏出来让朋友看;对丑恶现象,怒形于色,遇见不平往往怒目圆睁,甚至挥拳相助;西北汉子思乡恋家,虽然家乡不很发达,但却具有很强的恋家情结,宁愿守在家里受穷,也不愿背井离乡。

千百年来,这块热土及这块热土上的人们给了作家无穷的力量和智慧的火花,铸就了他不屈的人格和追求,同时也铸就了他不朽的佳作《西北汉子》,这是作家对故乡人民真挚感情的深刻表白和集中爆发,那种北方人特有的沉默、豪爽、奉献、忍耐都得到了淋漓尽致的表达，请看这段声口毕肖的文字，读之让人震撼："西北汉子哭是哭笑是笑，藏是藏露是露。高原的太阳和西北风把他们雕琢得像沙漠胡杨一样铁黑，眼睛、嘴角、鼻尖、耳轮的线条硬朗朗得像木刻像铁铸。他们很少言语。要说，就落地有声说一不二，要笑，就放声大笑，笑得够味，要哭，就淋漓尽致，哭得有力，他们不会皮笑肉不笑，更不会高技巧的怀抱琵琶半遮面。"还有很多此类的精彩表述，在畅岸先生的作品中俯拾皆是。

他就这样守着清贫、守着寂寞，不低媚世俗，不阿谀权贵，只为无负自己良心。他，用心写文章，用情写文章，写真事，写真理，因为他是一个真实的人，一个勇敢的人。看完他用血和泪铸成的文章，你会感到他是一个非常值得敬佩的人。在这样一个物欲横流的时代，还会有这样清纯的人，清纯的文章。语不惊人死不休！

《西北汉子》与其说是在讴歌西北粗犷的汉子，不如说是在讴歌西北的地域文化、西北的人文历史，从人猿相揖别的蓝田山洞的蛮荒岁月，到抗日战争、解放战争血洒黄土地的戎马时光，这难道不是一部浓缩了的西部文化史？炎黄子孙的辉煌，原来在西部、在黄河；我们的母亲河，千年流淌的是黄土地的歌。"九曲黄河万里沙，浪淘风簸自天涯"。时至今日，开发西部，追根溯源，不正是完整意义上伟大的民族复兴么！

摩

登新秀

◇刘心武

本文选自刘心武《过隧道的心情》(第3辑)(华东师范大学出版社1999年版)。刘心武,1942年生于四川成都,1950年后定居北京。曾当过中学教师、出版社编辑、《人民文学》杂志主编。代表作有短篇小说《班主任》《黑墙》;中篇小说《如意》《立体交叉桥》;长篇小说《钟鼓楼》《四牌楼》《栖凤楼》;非虚构作品《私人照相簿》《树

在日本访问,逛东京地下街时,我提出来要看看卖VCD光盘的商店,翻译小姐带我找来找去,只找到两家卖录像带和CD唱盘的店铺。当然,东京绝对有卖VCD光盘的商店,但是并非每条街上都有,这令我颇为吃惊。后来我进一步发现,日本的若干白领,甚或身份相当高的经理人员、大学教授、知名作家,他们的家里,并没有放映光盘的VCD机,还在耐心地用录放机放录像带看,并且,日本一般家庭所使用的电视机,还是21英寸、甚或更小尺寸的,拥有超大屏幕的并不多;至于配备得有"家庭影院"装置的,更是凤毛麟角。在风景名胜地,日本游客往往使用价值低廉的一次性带胶卷的相机拍照,倒是外国的游客,如

我，不惮烦地携着重量不菲的"佳能"相机摇来晃去。

日本社会的普遍富裕，一目了然，尽管眼下经济不景气，满大街的人也穿着都很体面，就连偶尔看到的流浪汉，虽然鬓发蓬乱，脸色身躯却毫无营养不良的征兆。这样的社会，家里是不是拥有大屏幕彩电、"发烧"音响、VCD机等等，显然已并非标志富裕积蓄的符码，所以在使用这些东西方面，显得有些漫不经心。

从日本回来，再反观我们自己，则发现中国人的若干方面的讲究劲儿，在享受高科技新产品包括奢侈品的热情上，似乎已高过了他们。了解欧美社会的状况的朋友告诉我，国人的这种时髦风气也似乎超过了欧美，比如那边社会上，哪有那么多人消费XO级的高价酒，然而在中国，不仅大城市里很畅销，一些中小城市里也颇多嗜饮者。

中国是实实在在地富起来了。尽管富起来的还只是先富一步的少数人，但这部分人的绝对数字，搁到任何别的国家也都挺吓人的。当然中国还有个区域间贫富不均的问题。总的来说，富了是好事。中国人一度以是否拥有自行车、手表和缝纫机来作为家庭富裕程度的符码，现在这些东西的这种符码价值丧失殆尽，除非你拥有的是镶钻石的限量制作的劳力士手表；并且不少家庭已将缝纫机"驱逐出境"，因为根本不再穿补过的衣物，想穿什么拿钱去买就是，有些人更把缝纫机视为一种寒酸碍眼的东西。

不过中国人毕竟富得还不久，所以有点"烧包"，

与林同在》等。另有研究《红楼梦》的著作与建筑评论集。其作品曾多次获奖。

还是忍不住要追逐些新潮的玩意儿,在拥有某些东西的时候,心理需求还是超出了实际需要,比如总想比别人早一步置备大尺寸彩电,最好还是有"画中画"功能的;用上了"全球通"的"大哥大",如是需要自己交费,

其实连国内长途也舍不得打,但极乐于拿着它在街上打市内电话,尤其是在过马路时,或在百货公司的厅堂里大声通话。有的人把XO级的洋酒就着涮羊肉整瓶整瓶地喝,其实一点也品不出其妙处。

中国人曾把"现代"音译为"摩登"。中国早期左翼电影有《三个摩登女性》,名伶尚小云排演过《摩登佳女》,一来二去的,"摩登"一词在中国已与"新潮"、"时髦"相通,有个老外用中国话跟我说,他觉得现在中国"很摩登",大城市里的某些景象与一些中国"选富者"的气派,"摩登"得超过了西方。我说,这该算"摩登新秀"吧。但我想起来,中国人也曾把卓别林一部电影译为《摩登时代》,那可是部充满辛辣讽刺的作品,愿全世界已富和想富的人都琢磨一下,该要什么样的"摩登"。

简 评

作者刘心武先生在文中记载了这样一个事实:"中国人实实在在地富起来了。尽管富起来的还只是先富一步的少数人,但这部分人的绝对数字,搁到任何别的国家也都挺吓人的。"毫无疑问,这个时代的中国盛产富豪。按照胡润2015年统计,目前中国身家过千万资产的富豪数目是96万人,这意味着,每1400个中国人中就有1人是千万富豪。我们确有一部分人先富起来了,不仅如此,还有不少人成为声名显赫于全世界的超级富豪!但无论是陈光标的慈善困局,还是郭美美满屋子的爱马仕都说明,在这一阶层庞大的且在持续增长的数字当中,大多数中国富人显然尚未学会如何与其巨额的财富平安相处,而且富得有些不知所措;另一面,和富豪无缘的大多数中国人,也尚未学会如何平和

对待这一富人群体。那么，日本人是怎么看待富起来的中国人的呢？作家蒋子龙先生有很多日本朋友，他在访问日本的时候，往往遇到很尴尬的事，受到的刺激使他不能不记下这些尴尬的心理感受。他在小品文《日本人眼里的中国》中记叙了熟悉中国的经济学家安藤先生的一段话："……中国则讲求合理。日本讲怪的，不追求合理。江户时代是朝着中国一边倒，把朱子当国学进口，吸收了中国思想文化才有基础搞明治维新。明治维新以后日本强盛起来，开始侵略亚洲各国，一般的日本人有一种侵略别人的习惯。对古代中国很尊崇，你们要到京都、奈良参观寺庙就会感觉到这一点，什么都是从中国学来的。但对现在的中国很看不起。……一位做日中友好工作的小姐很动感情地对我说过，在日本搞日中友好是很困难的，要钱没钱，要人没人，相比之下，做日美友好工作则很容易，人多钱也多。她很急切地希望中国强盛起来，她们的工作也会容易做些。"所以，国家富起来是现实发展的需要，虽说别人怎样看我们不是非常重要。我们有自己的原则，希望自己在别人的眼里有个美好的形象也是人之常情。

　　二百年前的欧洲同样经历社会转型，但有两个方面没有我们表现得严重。首先，现代化程度是不同的。他们的现代化是原生的，当他们在迈向物质丰裕的过程中，没有更富裕的榜样在前面，不需要赶，他们没有赶的心态。我们处于起步状态，赶的焦虑会比别人多。第二，整个西方世界的变迁不同。无论是欧洲、美国、日本都已经完成变迁，最大规模的变迁涉及的人口分别是3亿、3亿、1亿，而中国是13亿。人口的差距近乎天文数字，因此，在中国社会经济生活失衡大一点，性质严重一点，是可以理解的。社会学家费孝通先生最早意识到社会心态危机，他在1993年香港中文大学作了题为《中国城乡道路发展》的演讲，首次提出在对生态秩序研究之外，社会学应该研究心态秩序。他当时就提出，中国人能否做到"安其所，遂其生"？必须要意识到整个社会转型带来原有社会秩序的猛烈冲击,以及心态危机。中国社会要继续沿着现代化道路前进,大体实现现代化,同时在这个过程中实现相对的公平,不可避免地我们要面对很多消极的社会心态,如:焦虑、浮躁和心理问题,只有很好地解决了这些问题,真正实现费孝通先生提出的"安其所,遂其生",最终,我们才能解决精神上漂泊的问题。

我们只是刚刚富裕起来。古语云:道德传家,十代以上;耕读传家次之,诗书传家又次之,富贵传家不过三代。所以说"贵族经历三代才可以从容应对"。因而一方面我们要接受三代现实,另一方面我们要重视消极社会心态,树立社会主义核心价值观。怎样把价值观中积极健康的心态传递给人民,尤其是年轻一代? 我们的教育必须改变。否则,中国人会成为世界上最物欲、最没有精神追求的人群。路透社与艾普索斯民调公司在2010年发布的一项世界上23个国家对金钱重视态度的调查结果显示:中国第一。其中你认为金钱是否能改变一切? 中国占66%,美国人只有33%。该调查的结论是:看来东亚国家对物质的看重强于欧美国家;发展中国家对物质的看重强于发达国家;不幸的是,中国又是东亚社会,又是发展中国家,所以中国是第一。如果我们不改变,不重视精神的改造,中国社会的变革和转型就不会对人类做出精神上的贡献,只能是GDP的堆积。

走向世界的中国人需要以平衡的心态审视大千世界,用开放胸襟体验西方文化。谈起中华文明,我们常常会感到自豪和骄傲。讲思想有四书五经,讲文学有唐诗宋词,讲科技有四大发明,"江山如此多娇,引无数英雄竞折腰"……然而,进入了21世纪的今天,中国人吃得营养了、穿得洋气了、住得也相对宽敞了,却似乎很难找着那种"数风流人物,还看今朝"的气魄和感觉。有一个很有意思的现象,很多人在回忆20世纪80年代改革开放起步阶段,那时尽管经济、个人生活条件并不富裕,但大家都沉浸在相对轻松愉悦、对未来理想憧憬的氛围中;并且由于当时对文化大革命已进行了深刻反思和批判,人民的精神枷锁砸碎,所以说那个年代令人怀念和向往。20世纪90年代的基本心态相对平和。邓小平同志南巡带来了中国经济的高涨,所有人都在追逐物质生活条件的改善,没有停下来、静下心来感受社会心态到底发生了什么变化。无论是生活条件改善的人群(先富起来的人),还是改善相对少的人群,都沉浸在追逐之中,对于追逐带来的后果和差异,没有直观感受,也就泰然处之。

学

问之趣味

◇ 梁启超

本文选自《读书的情趣与艺术》(中国友谊出版公司 1988 年版)。梁启超(1873—1929),字卓如,一字任甫,号任公,清朝光绪年间举人,中国近代思想家、政治家、教育家、史学家、文学家。1901 至 1902 年,先后撰写了《中国史叙论》和《新史学》,批判封建史学,发动"史学革命"。他有多种作品集行世,以 1936 年 9 月 11 日出版

我是个主张趣味主义的人,倘若用化学化分"梁启超"这件东西,把里头所含一种原素名叫"趣味"的抽出来,只怕所剩下的仅有个0了。我以为凡人必常常生活于趣味之中,生活才有价值。若哭丧着脸挨过几十年,那么,生活便成沙漠,要他何用? 中国人见面最喜欢用的一句话:"近来作何消遣?"这句话我听着便讨厌。话里的意思,好象生活得不耐烦了,几十年日子没有法子过,勉强找些事情来消他遣他。一个人若生活于这种状态之下,我劝他不如早日投海。我觉得天下万事万物都有趣味,我只嫌二十四点钟不能扩充到四十八点,不够我享用。我一年到头不肯歇息。问我忙什么? 忙的是我的趣味,

我以为这便是人生最合理的生活,我常常想动员别人也学我这样生活。

凡属趣味,我一概都承认他是好的,但怎么才算趣味?不能不下一个注脚。我说:"凡一件事做下去不会生出和趣味相反的结果的,这件事便可以为趣味的主体。"赌钱,有趣味吗?输了,怎么样?吃酒,有趣味吗?病了,怎么样?做官,趣味吗?没有官做的时候,怎么样?……诸如此类,虽然在短时间内象有趣味,结果会闹到俗语说的"没趣一齐来",所以我们不能承认他是趣味。凡趣味的性质,总要以趣味始,以趣味终。所以能为趣味之主体者,莫如下列的几项:一、劳作;二、游戏;三、艺术;四、学问。诸君听我这段话,切勿误会:以为我用道德观念来选择趣味。我不问德不德,只问趣不趣。我并不是因为赌钱不道德才排斥赌钱,因为赌钱的本质会闹到没趣,闹到没趣便破坏了我的趣味主义,所以排斥赌钱;我并不是因为学问是道德才提倡学问,因为学问的本质,能够以趣味始,以趣味终,最合于我的趣味主义条件,所以提倡学问。

学问的趣味,是怎么一回事呢?这句话我不能回答。凡趣味总要自己领略,自己未曾领略得到时,旁人没有法子告诉你。佛典说的:"如人饮水,冷暖自知。"你问我这水怎样的冷,我便把所有形容词说尽,也形容不出给你听,除非你亲自喝一口。我这题目:《学问之趣味》,并不是要说学问如何如何的有趣味,只是要说如何如何便会尝得着学问的趣味。

的《饮冰室合集》较完备。《饮冰室合集》计148卷,1000余万字。主要作品有:《少年中国说:论近世国民竞争之大势及中国前途》《敬业与乐业》等。

诸君要尝学问的趣味吗？据我所经历过的,有下列几条路应走：

第一,无所为。趣味主义最重要的条件是"无所为而为"。凡有所为而为的事,都是以别一件事为目的而以这一件事为手段；为达目的起见,勉强用手段；目的达到时,手段便抛却。例如学生为毕业证书而做学问,著作家为版权而做学问,这种做法,便是以学问为手段,便是有所为。有所为虽然有时也可以为引起趣味的一种方法,但到趣味真发生时,必定要和"所为者"脱离关系。你问我"为什么做学问"？我便答道："不为什么"。再问,我便答道："为学问而学问"；或者答道："为我的趣味"。诸君切勿以为我这些话是掉弄玄虚,人类合理的生活本来如此。小孩子为什么游戏？为游戏而游戏；人为什么生活？为生活而生活。为游戏而游戏,游戏便有趣；为体操分数而游戏,游戏便无趣。

第二,不息。"鸦片烟怎样会上瘾？""天天吃。""上瘾"这两个字,和"天天"这两个字是离不开的。凡人类的本能,只要哪部分搁久了不用,他便会麻木,会生锈。十年不跑路,两条腿一定会废了。每天跑一点钟,跑上几个月,一天不跑时,腿便发痒。人类为理性的动物,"学问欲"原是固有本能之一种,只怕你出了学校便和学问告辞,把所有经管学问的器官一齐打落冷宫,把学问的胃口弄坏了,便山珍海味摆在面前也不愿意动筷了。诸君啊！诸君倘若现在从事教育事业或将来想从事教育事业,自然没有问题,很多机会来培养你的学问胃口。若是做别的职业呢,我劝你每日除本业正当劳作之外,最少总要腾出一点钟,研究你所嗜好的学问。一点钟哪里不消耗了,千万不要错过,闹成"学问胃弱"的征候,白白自己剥夺了一种人类应享之特权啊!

第三,深入的研究。趣味总是慢慢地来,越引越多,象倒吃甘蔗,越往下才越得好处。假如你虽然每天定有一点钟做学问,但不过拿来消遣消遣,不带有研究精神,趣味便引不起来。或者今天研究这样,明天研究那样,趣味便引不起来。趣味总是藏在深处,你想得着,便要入去。这个门穿一穿,那个门张一张,再不曾看见"宗庙之美,百官之富",如何能有趣味? 我方才说:"研究你所嗜好的学问。"嗜好两个字很要紧。一个人受过相当教育之后,无论如何,总有一两门学问和自己脾胃相合,而已经懂得大概,可以作加工研究之预备的。请你就选定一门作为终身正业(指从事学者生活的人说),或作为本业劳作以外的副业(指从事其他职业的人说)。不怕范围窄,越窄越便于聚精神;不怕问题难,越难越便于鼓勇气。你只要肯一层一层地往里面追,我保你一定被他引到"欲罢不能"的地步。

第四,找朋友。趣味比方电,越摩擦越出。前两段所说,是靠我本身和学问本身相摩擦;但仍恐怕我本身有时会停摆,发电力便弱了。所以常常要仰赖别人帮助。一个人总要有几位共事的朋友,同时还要有几位共学的朋友。共事的朋友,用来扶持我的职业;共学的朋友和共顽的朋友同一性质,都是用来摩擦我的趣味。这类朋友,能够和我同嗜好一种学问的自然最好,我便和他搭伙研究。即或不然,他有他的嗜好,我有我的嗜好,只要彼此都有研究精神,我和他常常在一块或常常通信,便不知不觉把彼此趣味都摩擦出来了。得着一两位这种朋友,便算人生大幸福之一。我想只要你肯找,断不会找不出来。

我说的这四件事,虽然象是老生常谈,但恐怕大多数人都不曾这样做。唉!世上人多么可怜啊!有这种不假外求,不会蚀本,不会出毛病的趣味世界,竟没有几个人肯来享受!古书说的故事"野人献曝",我是尝冬天晒太阳的滋味尝得舒服透了,不忍一人独享,特地恭恭敬敬的来告诉诸君,诸君或者会欣然采纳吧?但我还有一句话:太阳虽好,总要诸君亲自去晒,旁人却替你晒不来。

简评

梁启超先生一生勤奋,著述宏富,在将近36年的学术生涯中,政治活动又占去大量时间的情况下,每年平均写作达39万字之多,累计各种著述高达1400多万字。梁启超青年时期和康有为一起倡导变法维新,变法失败后出逃出境,在海外推动君主立宪。辛亥革命之后一度入袁世凯政府,担任司法总长;之后对袁世凯称帝、张勋复辟等严词抨击,并加入段祺瑞政府。他倡导新文化运动,支持"五四"运动,在现代社会历史上产生巨大影响。同时,他不仅倡导文体改良的"诗界革命"和"小说界革命",还在学术研究中涉猎广泛,在哲学、文学、史学、经学、法学、伦理学、宗教学等领域,均有建树,以史学研究成绩最为显著。

梁启超先生的文章风格,世称"新文体",黄遵宪赞之曰:"惊心动魄,一字千金,人人笔下所无,却为人人意中所有,虽铁石人亦应感动。从古至今,文字之力之大,无过于此者矣。"《学问之趣味》一文,就是梁启超先生创造的新文体散文。梁启超的新文体散文,以其思想之新颖、形式之通俗、语言艺术上的巨大魅力,影响了几代人,突出的是对"五四"文学革命有着不可磨灭的影响。郑振铎先生说,新文体文章"不再受已僵死的散文套式与格调的拘束",是"五四"时期"文体改革的先导"。早在辛亥革命前,他就在论战中发明了一种新文体,介乎于古文与白话文之间,使得士子们和普通百姓都乐意接受。相关资料证明,梁启超还是中国第一个在文章中使用"中华民族"一词的人;他还从日文汉字中吸收了非常多的新词,"经济""组织""干部"等,皆始于梁启超先生的首功。1918 年他与张君劢至欧洲游历,各处讲学,归来之后,以主要精力从事文化教育和学术研究活动,研究重点为先秦诸子、清代学术、史学和佛学。具体学术范围涉及"诸子""中国佛学史""宋元明学术史""清代学术史""中国文学""中国哲学史""中国史""史学研究法""儒家哲学""东西交流史"等。梁启超被公认为是清朝最优秀的学者,中国历史上一位百科全书式的人物,而且是一位能在退出政治舞台后仍在学术研究上取得巨大成就的人。

"趣味主义"是梁启超先生学术生涯中的一大信仰和特色。《学问之趣味》开宗明义:"我是个主张趣味主义的人,倘若用化学化分'梁启超'这件东西,把里头所含一种原素名叫'趣味'的抽出来,只怕所剩下仅有个 0。我以为,凡人必常常生活于趣味之中,生活才有价值。若哭丧着脸捱过几十年,那么,生命便成沙漠,要来何用?"梁启超还说,讨厌的一句见面语就是"近来作何消遣",这句话里头的意思好像生活过得很不耐烦,日子无聊或郁闷得无法过了,勉强找些事情来消遣。他批评道,这种生活状态还不如早日投海算了。接着他又讲,他一年到头忙的是他的趣味,这是人生最合理的生活。"凡趣味的性质,总要以趣味始以趣味终",他提到趣味之主体包括劳作、游戏、艺术和学问,而他认为最符合他趣味主义的是学问,"学问的本质能够以趣味始以趣味终",所以他提倡学问。这是一种精神的追求。朱正先生在《梁任公道德"小玩意儿"》里说:1923年梁任公的夫人卧病半年,终于不起。这半年里,耳所触的只有病人的呻吟,目所接的只有儿女的涕泪。在这伤心时节寻点事做,就是读词。他在病榻旁边的几个月里,桌上和枕边摆的就是《宋六十家词》《四印斋词》和《彊村丛书》。他无聊的时候,就把其中的好句子集句做对联。积久竟得二三百副之多。后来为应《晨报》约稿,就录出了四十八副,加上个《苦痛中的小玩意儿》的题目,交《晨报》发表了。这种"小玩意儿"带来的所谓"趣味"不可小视。

但是做学问的趣味如何才能获得?也就是说获取趣味的方法是什么?本文主体部分就是作者提倡的品尝学问趣味的路径:1."无所为(第四声)",这是趣味最重要的条件。"凡是有所为的事,都是以别一件事为目的而以这件事为手段。为达目的起见勉强用手段,目的达到时,手段便抛却",他举到学生为毕业证而做学问,作家为版权而做学问。所以作者说到,要是你问我"为什么做学问",我便答"为学问而学问"或者"'为我的趣味"。生活也如此,"为生活而生活"。真希望多一点为兴趣而读书的人。2.不息。为什么提倡这个呢?作者从进化论的角度分析,"凡人类的本能,只要那部分搁久了不用,他便会麻木会生锈……人类为理性的动物,学问欲原是固有本能之一种"。梁先生建议,不管从事什么职业,每日除了本业正当劳作之外,总要腾出点时间研究自己所嗜好的学问。3.深入的研究。"趣味总是慢慢来的,越引越多,像吃甘蔗,越往下才越得好处……趣味总是藏在深处,你想得着,便要入去",如果只是走马观花,便不得入也,所以作者建议,"研究你所嗜好的学问",选定一门学问作为终身正业或作为本业劳作以外的副业。4.找朋友。"共事的朋友,用来扶持我的职业;共学的朋友和共顽的朋友同一性质,都是用来磨擦我的趣味",子曰:"三人行,必有我师",有志同道合的朋友当属人生一大幸事,可以互相切磋学问,毕竟"独学而无友,孤陋则寡闻"。

　　文章末尾，作者再一次强调"我说的这四件事，虽然像是老生常谈，但恐怕大多数人都不曾会这样做"，所以他感叹道，"世上人多么可怜啊！有这种不假外求不会蚀本不会出毛病的趣味世界，竟自没有几个人肯来享受"。读了这篇文章，我们应该从理论和和实践结合的高度去追逐学问的趣味和趣味的学问。尤其在当下，网络早已渗透到现实生活，信息的获得与传递更为便捷，电子书也铺天盖地。可是纸张油墨的清香，精致的封面，甚至是拿在手里的质感，是永远也抵挡不住的诱惑！喜欢阅读，也就是看书，是不需要任何理由的，闲时只要拿起一本想看的书，就会得到一些自己想要的或是意外的种种感受，这应该算是一种满足，也是一种享受。个中的"趣味"只有自己知道。

　　有人说："三日不读，便觉语言无味，面目可憎。这句话的意思是说，读书使人得到一种优雅和风味，这就是读书的整个目的，而只有抱着这种目的的读书才可以叫做艺术"。作为常人，我们的读书行为未必是什么艺术，心理上的要求也不那么高深，能静下心来读"值得阅读的书"就很好了，这之中便蕴藏着"学问的趣味"。读梁启超此类的文章，虽然不是读他的传记，但有不少是谈他做学问、做人的经验。比如，《最苦与最乐》，谈的是人生在世应该尽到自己的责任，把尽责作为最乐，没尽责作为最苦。《学问之趣味》则是一篇直截了当地论说求取学问趣味方法的文章，作者谈的也是自己的真实体会，而且透过字里行间我们切实感受到了他做人、读书的拳拳之心。梁启超先生的家，"一门三院士，九子皆才俊"，便是此等"做人、读书"家风成就的典范。

异国秋思

◇ 庐隐

本文选自《庐隐选集》(下册)(福建人民出版社 1985 年版)。庐隐(1898—1934),原名黄淑仪,五四时期著名的女作家,与冰心、林徽因齐名被并称为"福州三大才女"。1925 年出版第一本小说集《海滨故人》。1930 年与李唯建结婚,1931 年出版了二人的通信集《云欧情书集》。婚后一度在东京居住,出版过《东京小品》。

自从我们搬到郊外以来,天气渐渐清凉了。那短篱边牵延着的毛豆叶子,已露出枯黄的颜色来,白色的小野菊,一丛丛由草堆里攒出头来,还有小朵的黄花在凉劲的秋风中抖颤,这一些景象,最容易勾起人们的秋思,况且身在异国呢!低声吟着"帘卷西风,人比黄花瘦"之句,这个小小的灵宫,是弥漫了怅惘的情绪。

书房里格外显得清寂,那窗外蔚蓝如碧海似的青天,和淡金色的阳光,还有夹着桂花香的阵风,都含了极强烈的,挑拨人类心弦的力量。在这种刺激之下,我们不能继续那死板的读书工作了。在那一天午后,波便提议到附近吉祥寺去看秋景,三点多钟我们乘了市外电车前去，——这路程太近了，我们的身体刚刚坐稳便到了。走出长甬道的车站，绕过火车轨道，就看见一座高耸的木牌坊，在横额上有几个汉字写着"井之头恩赐公园"。我们走进牌坊，便见马路两旁树木葱茏，绿阴匝地，一种幽妙的意趣，萦绕脑际，我们怔怔的站在树影下，好象身入深山古林了。在那枝柯掩映中，一道金黄色的柔光正荡漾着。使我想象到一个披着金绿柔发的仙女，正赤着足，踏着白云，从这里经过的情景。再向西方看，一抹彩霞，正横在那叠翠的峰峦上，如黑点的飞鸦，穿林翩翻，我一缕的愁心真不知如何安派，我要吩咐征鸿（把）它带回故国吧！无奈它是那样不着迹的去了。

我们徘徊在这浓绿深翠的帷幔下，竟忘记前进了。一个身穿和服的中年男人，脚上穿着木屐，提塔提塔的来了。他向我们打量着，我们为避免他的觑视，只好加快脚步走向前去。经过这一带森林，前面有一条鹅卵石堆成的斜坡路，两旁种着整齐的冬青树，只有肩膀高，一阵阵的青草香，从微风里荡过来。我们慢步的走着，陡觉神气清爽，一尘不染。下了斜坡，面前立着一所小巧的东洋式的茶馆，里面设了几张小矮几和坐褥，两旁列着柜台，红的蜜橘，青的萍果，五色的杂糖，错杂的罗列着。

"呀！好眼熟的地方！"我不禁失声的喊了出来。于是潜藏在心底的印象，陡然一幕幕的重映出来，唉！我的心有些抖颤了，我是被一种感怀已往的情绪所激动，我的双眼怔住，胸膈间充塞着悲凉，心弦凄紧的搏动着。自然是回忆到那些曾被流年蹂躏过的往事：

"唉！往事，只是不堪回首的往事呢！"我悄悄的独自叹息着。但是我目前仍然有一幅逼真的图画再现出来……

一群骄傲于幸福的少女们，她们孕育着玫瑰色的希望，当她们将由学校毕业的那一年，曾随了她们德高望重的教师，带着欢乐的心情，渡过日本海来访蓬莱的名胜。在她们登岸的时候，正是暮春三月樱花乱飞的天气，那些缀锦点翠的花树，都使她们乐游忘倦。她们从天色才黎明，便由东京的旅舍出发；先到上野公园看过樱花的残妆后，又换车到井之头公园来。这时疲倦袭击着她们，非立刻找个地点休息不可。最后她们发现了这个位置清幽的茶馆，便立刻决定进去吃些东西。大家团团围着矮凳坐下，点了两壶龙井茶，和一些奇甜的东洋点心，她们吃着喝着，高声谈笑着，她们真象是才出谷的雏莺；只觉眼前的东西，件件新鲜，处处都富有生趣。当然她们是被搂在幸福之神的怀抱里了。青春的爱娇，活泼快乐的心情，她们是多么可艳羡的人生呢？

但是流年把一切都毁坏了！谁能相信今天在这里低徊追怀往事的我，也正是当年幸福者之一呢！哦！流年，残刻的流年呵！它带走了人间的爱娇，它蹂躏了英雄的壮志，使我站在这似曾相识的树下，只有咽泪，我有什么方法，使年光倒流呢！

唉！这仅仅是九年后的今天。呀，这短短的九年中，我走的是崎岖的世路，我攀缘过陡削的崖壁，我由死的绝谷里逃命，使我尝着忍受由心头淌血的痛苦，命运要我喝干自己的血汗，如同喝玫瑰酒一般……

唉！这一切的刺心回忆，我忍不住流下辛酸的泪滴，连忙离开这容易激动感情的地方吧！我们便向前面野草漫径的小路上走去。忽然听见一阵悲恻的唏嘘声，我仿佛看见张着灰色翅翼的秋神，正躲在那厚密的枝叶背后。立时那些枝叶都息息索索的颤抖起来。草底下的秋虫，发出连续的唧唧声，我的心感到一阵阵的凄冷，不敢向前去，找到路旁一张长木凳子坐下。我用滞呆的眼光，向那一片阴阴森森的丛林里睁视，当微风分开枝柯时，我望见那小河里的潺湲碧水了。水上皱起一层波纹，一只小划子，从波纹上溜过。两个少女摇着桨，低声唱着歌儿。我看到这里，又无端感触起来，觉到喉头梗塞，不知不觉叹道："故国不堪回首呵！"同时那北海的红漪清波浮现眼前，那些手携情侣的男男女女，恐怕也正摇着画桨，指点着眼前清丽秋景，低语款款吧！况且又是菊茂蟹肥时候，料想长安市上，车水马龙，正不少欢乐的宴聚，这飘泊异国，秋思凄凉的我们当然是无人想起的。不过，我们却深深的眷怀着祖国，渴望得些好消息呢！况且我们又是神经过敏的，揣想到树叶凋落的北平，凄风吹着，冷雨洒着的那些穷苦的同胞，也许正向茫茫的苍天悲诉呢！唉，破碎紊乱的祖国呵！北海的风光不能粉饰你的寒伧！来今雨轩的灯红酒绿，不能安慰忧患的人生，深深眷念着祖国的我们，这一颗因热望而颤抖的心，最后是被秋风吹冷了。

简评

　　翻开五四时期的文学期刊，庐隐女士的名字颇为引人瞩目，是文学研究会在北京成立时，参加成立大会的唯一女性。不幸得很，1927年前后的几年间，母亲、丈夫、哥哥和挚友石评梅先后逝世，悲哀情绪浸透在庐隐这个时期出版的作品集《灵海潮汐》和《曼丽》之中。天道不公，天不假年，36岁的庐隐匆匆告别了人世，虽然庐隐36岁即因难产而离开人世，然而她留下的大量作品，却为我们留下了那个特定历史时期的珍贵记录，作者那颗跳跃其中的柔弱敏感的心，与回荡其中的热情焦灼的呼唤，不能不引起我们的关注与同情。

　　2003年美国哥伦比亚大学出版的《女作家在现代中国》之中，庐隐与萧红、苏雪林和石评梅等人并列为18个重要的现代中国女作家之一。同时，庐隐还被茅盾先生誉为"'五四'的产儿""觉醒了的一个女性"。冯沅君在《忆庐隐》一文中说："在那群老同学中，她是比较最能接受新思想的；在别人对于新诗小说的创作还在迟疑犹豫的时候，她的作品已在报纸上发表了。她那微近男性的谈吐，她那时似傲慢的举措，她那对于爱的热烈追求，这些使她的老友对她常有微词的地方都可以显示她是有个性的，有使她不落于庸俗的个性。"在时代的感召下，庐隐凭借着女性特有的视角和自己率真的性情，以鲜明的创作个性、众多的文学作品、独特的艺术风格，在"五四"以来的中国现代文学史上留下了难以磨灭的华章。但总的说来，庐隐是一位感伤的悲观主义者。除了早期若干篇作品外，作品都没有摆脱悲哀的色调。她追求人生的意义，但看不到人生的前途,觉得人生"比作梦还要不可捉摸",她在悲哀的大海里,几乎苦苦挣扎了一生。甚至她自己还说:我想游戏人间,反而被人间游戏了我。

庐隐女士的《异国秋思》写于1930年。这一年与李唯建结婚(这是她的第二次婚姻。第一次在上大学期间和表亲林鸿俊订婚,后解除婚约;1923年和郭梦良结婚,1925年郭病逝。),婚后她们一度在东京居住,出版过《东京小品》。原拟二十题,但只写了十一篇,都在《妇女杂志》上发表过。

《异国秋思》就是抒写重游少年时代曾去过的东京井之头公园时的感慨。先写异国秋景所引起的惆怅之情。再叙专程到井之头公园看秋景,引起一缕愁心和故国之思。当看到那熟悉的茶馆的时候,自然激起了往日的回忆和身世之感。那时正值暮春三月樱花乱飞的季节,她们满怀着"玫瑰色"的希望在毕业前与老师同游公园,高声谈笑、骄傲于青春与幸福之中。但九年之后,"我走的是崎岖的世路,我攀缘过陡削的崖壁,我由死的绝谷里逃命,使我尝着忍受由心头淌血的痛苦"。追怀往事,更激起秋思的悲凉。最后由丛林中见到少女"划舟景色"勾起了对祖国、同胞的悲伤之情,抒发出对"破碎紊乱的祖国"的前途和对"穷苦的同胞"的命运的忧患叹息。作品从悲凉的秋思中表达对祖国的热爱和对人民的同情。"一切景语皆情语"。作者敏于体察感受,善于绘景抒情,用细腻流畅的文笔倾泻出曲折起伏的感情,给文章增添了深厚的艺术魅力。

《异国秋思》虽不是庐隐的代表作,但其简洁洗练的景物描写、自然朴实的抒情以及短小精悍的篇幅,使其如一串露珠,玲珑剔透,清澈明快,读来情趣盎然。文章的前半部分抒写令人陶醉的异国秋景。东京郊外"蔚蓝如碧海似的青天"和"淡金色的阳光",还有"挟着桂花香的阵风",挑拨着游人的心弦。井之头公园荡漾着的"金黄色的柔光"和

"浓绿深翠的帷幔"怎不让人留恋驻足？文中的景物描写，文字清新典雅，语势柔婉，如行云流水，具有一种自然和谐的节奏。秋景惹起秋思。此刻，庐隐笔下的景物和胸中的情感，融合得极为美妙。西方的"一抹彩霞"（故乡在日本的西边）和"征鸿"等，实际上是女作家的有意选择的意象，为的是烘托出乡愁的感伤情调。而眼熟的东洋式茶馆则直接激起了作家对流年往事的感怀。庐隐在文学创作上主张："文学创作者是重感情，富主观，凭借于刹那间的直觉，而描写事物，创造意境；不模仿，不造作，情之所至，意之所及，然后，发为文章，其效用则在安慰人生，鞭策人生。"作品的后半部分是对"残刻的流年"的伤感。"哦！流年，残刻的流年呵！它带走了人间的爱娇，它蹂躏了英雄的壮志，使我站在这似曾相识的树下，只有咽泪，我有什么方法，使年光倒流呢！"眼前一切美景缺乏家乡的温馨，缺乏一种心旷神怡的感受。作家随时从观赏中抽出身来，作"故国神游"，去惋惜流年的不幸让青春早逝。当作家陷入对祖国的思念后便难以自拔，于是她又想到了"北海的红漪清波""那些手携情侣的男男女女"，想到家乡的"菊茂蟹肥"，想到"长安街上"的"车水马龙"，"这漂泊异国，秋思凄凉的我们深深地眷怀着祖国"。只有祖国才是自己的，而自己的一切也都属于祖国。这是流淌在通篇文字中的一腔真情。同时，庐隐还不忘对现实的污浊与丑恶给以鞭笞，"揣想到树叶凋落的北平，凄风吹着，冷雨洒着的这些穷苦的同胞，也许正向茫茫的苍天悲诉呢"。

好友石评梅在《给庐隐》中说："人生是时时在追求挣扎中，虽明知是幻想虚影，然终于不能不前去追求；明知是深渊悬崖，然终于不能不勉强挣扎；你我是这样，许多众生也是这样，然而谁也不能逃此罗网以自救拔。"

庐隐一生清贫，度日艰难，没有任何财产。据苏雪林先生回忆：庐隐五四后的思想，受其恋人、后结婚的郭梦良影响，倾向于社会主义，后来忽主张国家主义,并正式加入曾琦、李璜所倡导的国家主义集团。第二次结婚,因生活比较拮据,生产时雇一助产士来家伺候,因手术欠佳,死于非命。闻者莫不为之惋惜,认为是文人的悲哀!只留下几部比生命还宝贵的作品。为了慰藉庐隐的在天之灵,第二任丈夫李唯建将她的全部作品放进棺材内,让她毕生心血的结晶永世伴着她。不幸的生活在心里留下了暗淡的影响,作品中体现出庐隐是一位感伤的悲观主义者。除了早期若干篇作品外,作品都没有摆脱悲哀的色调。她追求人生的意义,但看不到人生的前途,觉得人生"比作梦还要不可捉摸",悲哀的情绪几乎充斥在她所有作品的字里行间,她,抑或她作品里的主人,常常被悲哀所困扰,不得解脱,甚至把悲哀看作是圣者的磨练。所以说,庐隐的散文往往弥漫着若有若无的感伤。比如,《异国秋思》中井之头公园里的树影、彩霞、飞鸦、征鸿,这一切的景物在强烈的故国之思的导引下,极易与读者产生共鸣。她不仅渲染了婉约词中常见的景物,还常常直接引用一些婉约词句,比如,文中李煜的"故国不堪回首",就如同作者自己的一声叹息,深沉、有力地烘托出一种愁苦的情绪。庐隐具有较高的中国古典诗词的修养,古诗词的引用、意境的营造和情绪氛围的渲染,使她的散文具有凄婉的色调,从而受到当时青年学生尤其是女学生的喜爱。

更可贵的是,《异国秋思》中庐隐并不只是一味地沉溺于个人的悲戚之中,联翩的思绪由个人往事不堪回首转到"故国不堪回首"。可见,好的散文不仅能细致描写个人的情感活动,更能从这种感情活动中感受到时代的旋律。

一片阳光

◇林徽因

本文选自《一片阳光：林徽因代表作》（华夏出版社2008年版，原载1946年11月21日《大公报·文艺副刊》）。林徽因（1904－1955）福建闽县（今福州）人，出生于浙江杭州。1931年，林徽因受聘于北平中国营造学社。文学上，著有散文、诗歌、小说、剧本、译文和书信等，代表作《你是人间四月天》《莲灯》《九十九度中》等。

放了假，春初的日子松弛下来。将午未午时候的阳光，澄黄的一片，由窗棂横浸到室内，晶莹地四处射。我有点发怔，习惯地在沉寂中惊讶我的周围。我望着太阳那湛明的体质，像要辨别它那交织绚烂的色泽，追逐它那不着痕迹的流动。看它洁净地映到书桌上时，我感到桌面上平铺着一种恬静，一种精神上的豪兴，情趣上的闲逸；即或所谓"窗明几净"，那里默守着神秘的期待，漾开诗的气氛。那种静，在静里似可听到那一处琤琮的泉流，和着仿佛是断续的琴声，低诉着一个幽独者自娱的音调。看到这同一片阳光射到地上时，我感到地面上花影浮动，暗香吹拂左右，人随着晌午的光霭花气在变幻，那种动,柔谐婉转有如无声音乐,令人悠然轻快,不自觉地脱落伤愁。至多,在舒扬理智的客观里使我偶一回头,看看过去幼年记忆步履所留的残迹,有点儿惋惜时间;微微怪时间不能保存情绪,保存那一切情绪所曾流连的境界。倚在软椅上不但奢侈,也许更是一种过失,有闲的过失。但东坡的辩护:"懒者常似静,静岂懒者徒,"不是没有道理。如果此刻不倚榻上而"静",则方才情绪所兜的小小圈子便无条件地失落了去! 人家就不可惜它,自己却实在不能不感到这种亲密的损失的可哀。

就说它是情绪上的小小旅行吧,不走并无不可,不过走走也未始不是更好。归根说,我们活在这世上到底最珍惜一些什么?果真珍惜万物之灵的人的活动所产生的种种,所谓人类文化?这人类文化到底又靠一些什么?我们怀疑或许就是人身上那一撮精神同机体的感觉,生理心理所共起的情感,所激发出的一串行为,所聚敛的一点智慧,——那么一点点人之所以为人的表现。宇宙万物客观的本无所可珍惜,反映在人性上的山川草木禽兽才开始有了秀丽,有了气质,有了灵犀。反映在人性上的人自己更不用说。没有人的感觉,人的情感,即便有自然,也就没有自然的美,质或神方面更无所谓人的智慧,人的创造,人的一切生活艺术的表现! 这样说来,谁该鄙弃自己感觉上的小小旅行?为壮壮自己胆子,我们更该相信惟其人类有这类情绪的驰骋,实际的世间才赓续着产生我们精神所寄托的文物精粹。

其中,《你是人间四月天》最为读者熟知,并广为传诵。

此刻我竟可以微微一咳嗽,乃至于用播音的圆润口调说:我们既然无疑的珍惜文化,即尊重盘古到今种种的艺术——无论是抽象的思想艺术,或是具体的驾驭天然材料另创的非天然形象,——则对于艺术所由来的渊源,那点点人的感觉,人的情感智慧(通称人的情绪),又当如何地珍惜才算合理?

但是情绪的驰骋,显然不是诗或画或任何其他艺术建造的完成。这驰骋此刻虽占了自己生活的若干时间,却并不在空间里占任何一个小小位置!这个情形自己需完全明了。此刻它仅是一种无踪迹的流动,并无栖身的形体。它或含有各种或可捉摸的质素,但是好奇地探讨这个质素而具体要表现它的差事,无论其有无意义,除却本人外,别人是无能为力的。我此刻为着一片清婉可喜的阳光,分明自己在对内心交流变化的各种联想发生一种兴趣的注意,换句话说,这好奇与兴趣的注意已是我此刻活动的活动。一种力量又迫着我来把握住这个活动,而设法表现它,这不易抑制的冲动,或即所谓艺术冲动也未可知!只记得冷静的杜工部散散步,看看花,也不免会有"江上被花恼不彻,无处告诉只颠狂"的情绪上一片紊乱!玲珑煦暖的阳光照人面前,那美的感人力量就不减于花,不容我生硬地自己把情绪分划为有闲与实际的两种,而权其轻重,然后再决定取舍的。我也只有情绪上的一片紊乱。

情绪的旅行本偶然的事,今天一开头并为着这片春初晌午的阳光,现在也还是为着它。房间内有两种豪侈的光常叫我的心绪紧张如同花开,趁着感觉的微风,深浅零乱于冷智的枝叶中间。一种是烛光,高高的台座,长垂的烛泪,熊熊红焰当帘幕四下时各处光影掩映。那种闪烁明艳,雅有古意,明明是画中景象,却含有更多诗的成分。另一种便是这初春晌午的阳光,到时候有意无意的大片子洒落满室,那些窗棂栏板几案笔砚浴在光霭中,一时全成了静物图案;再又红蕊细枝点缀几处,室内更是轻香浮溢,叫人俯仰全触到一种灵性。

这种说法怕有点会发生误会,我并不说这片阳光射入室内,需要笔砚花香那些儒雅的托衬才能动人,我的意思倒是:室内顶寻常的一些供设,只要一片阳光这样又幽娴又洒脱的落在上面,一切都会带上另一种动人的气息。

这里要说到我最初认识的一片阳光。那年我六岁,记得是刚刚出了水珠以后——水珠即寻常水痘,不过我家乡话叫它做水珠。当时我很喜欢那美丽的名字,忘却它是一种病,因而也觉到一种神秘的骄傲。只要人过我窗口问问出"水珠"么?我就感到一种荣耀。那个感觉至今还印在脑子里。也为这个缘故,我还记得病中奢侈的愉悦心境。虽然同其他多次的害病一样,那次我仍然是孤独的被囚禁在一间房屋里休养的。那是我们老宅子里最后的一进房子;白粉墙围着小小院子,北面一排三间,当中夹着一个开敞的厅堂。我病在东头娘的卧室里。西头是婶娘的住房。娘同婶永远要在祖母的前院里行使她

一
片
阳
光

215

们女人们的职务的,于是我常是这三间房屋惟一留守的主人。

在那三间屋子里病着,那经验是难堪的。时间过得特别慢,尤其是在日中毫无睡意的时候。起初,我仅集注我的听觉在各种似脚步,又不似脚步的上面。猜想着,等候着,希望着人来。间或听听隔墙各种琐碎的声音,由墙基底下传达出来又消敛了去。过一会,我就不耐烦了——不记得是怎样的,我就蹑着鞋,挨着木床走到房门边。房门向着厅堂斜斜地开着一扇,我便扶着门框好奇地向外探望。

那时大概刚是午后两点钟光景,一张刚开过饭的八仙桌,异常寂寞地立在当中。桌下一片由厅口处射进来的阳光,泄泄融融地倒在那里。一个绝对悄寂的周围伴着这一片无声的金色的晶莹,不知为什么,忽使我六岁孩子的心里起了一次极不平常的振荡。

那里并没有几案花香,美术的布置,只是一张极寻常的八仙桌。如果我的记忆没有错,那上面在不多时间以前,是刚陈列过咸鱼、酱菜一类极寻常俭朴的午餐的。小孩子的心却呆了。或许两只眼睛倒张大一点,四处地望,似乎在寻觅一个问题的答案。为什么那片阳光美得那样动人? 我记得我爬到房内窗前的桌子上坐着,有意无意地望望窗外,院里粉墙疏影同室内那片金色和煦决然不同趣味。顺便我翻开手边娘梳妆用的旧式镜箱,又上下摇动那小排状抽屉,同那刻成花篮形小铜坠子,不时听雀跃过枝清脆的鸟语。心里却仍为那片阳光隐着一片模糊的疑问。

时间经过二十多年，直到今天，又是这样一泄阳光，一片不可捉摸，不可思议流动的而又恬静的瑰宝，我才明白我那问题是永远没有答案的。事实上仅是如此：一张孤独的桌，一角寂寞的厅堂。一只灵巧的镜箱，或窗外断续的鸟语，和水珠——那美丽小孩子的病名——便凑巧永远同初春静沉的阳光整整复斜斜地成了我回忆中极自然的联想。

简评

林徽因女士，出身于浙江杭州（祖籍福建）一个有着浓厚文化素养的、开明的知识分子家庭。父亲林长民毕业于日本早稻田大学，曾任北洋政府司法总长等职。叔叔林觉民，"黄花岗七十二烈士"之一。1916年，因父亲在北洋政府任职，举家迁往北京，就读于英国教会办的北京培华女中。1920年4月，随父游历欧洲，在伦敦受到房东女建筑师影响，立下了攻读建筑学的志向。在此期间，她还结识了父亲的弟子诗人徐志摩，对新诗产生浓厚兴趣。在民国时期的著名才女中，林徽因的才艺比萧红和张爱玲等显得更全面一些，人生际遇也更幸运。她最早加入了"新月社"，在诗歌、小说、散文、戏剧、绘画、翻译等方面成就斐然。她几乎标志一个时代的颜色，出众的才华，倾城的相貌，情感生活也像一个春天的童话，幸福而浪漫。

林徽因兴趣广泛，是中国著名建筑师、诗人、作家，曾参与"人民英雄纪念碑"和"中华人民共和国国徽图案方案"的设计。20世纪30年代初，同梁思成一起用现代科学方法研究中国古代建筑，成为这个学术领域的开拓者，后来在这方面获得了巨大的学术成就，为中国古代建筑研究奠定了坚实的科学基础。在林徽因的著作中，建筑学家的科学精神和诗人作家的文学气质糅合得浑然一体。她的学术论文和调查报告，不仅有严谨的科学内容,而且用诗一般的语言描绘和赞美祖国古建筑在技术和艺术方面的精湛成就,使文章充满诗情画意。而在文学作品中也常用古建筑的形象作比喻,如《深笑》一诗中,就以古塔檐边无数风铃转动的声音,比喻笑声的清脆悦耳、直上云天,既贴切,又新颖,别具一格,极具感染力。由于她兼通文理,在建筑学和文学创作上都显露出惊人的才华,所以在30年代就享有"一代才女"的美誉,被列入当时出版的《当代中国四千名人录》。

林徽因的文章就像她的人一样纯净知性、空灵婉约。《一片阳光》这篇散文通过回忆自己小时的一些生活琐事,引申到对艺术、思想和人性的评论上,意义深远,耐人寻味。林徽因作为一个才华过人的才女,她的文章都带有诗的色彩,这同样也是她这篇散文语言上的动人之处。在思想上,"一片阳光",代表着艺术上最澄碧透明的境界和思想上最灿烂安宁的精神。

抗日战争的烽火中,林徽因和梁思成避乱大西南的昆明,1939年秋天,一家人迁住在昆明郊外麦地村的"兴国庵",为了改变一家三代挤在一间半房子里的窘况,他们居然建房子了。出乎意料地,这房子花掉了比原先的预计高三倍的价钱,原本就不多的积蓄全都耗尽了,生活处在一种可笑的窘迫之中。林徽因在给她的美国朋友费慰梅和费正清夫妇的信中这样说道:"无论如何,我们现在已住进了这所新房子,有些方面它也颇有些美观和舒适之处。我们甚至有时还挺喜欢它呢。但看来除非有费慰梅和费正清来访,它总也不能算完满。因为它要求有真诚的朋友来赏识它真正的内在质量。"战乱中的林徽因,无疑生活是极端艰苦的,但是谁能说林徽因的心中不也是一片阳光呢?"看到这同一片阳光射到地上时,我感到地面上花影浮动,暗香吹拂左右,人随着晌午的光霭花气在变幻,那种动,柔谐婉转有如无声音乐,令人悠然轻快,不自觉地脱落伤愁。至多,在舒扬理智的客观里使我偶一回头,看看过去有记忆步伐所留的残迹,有点儿惋惜时间;微微怪时间不能保存情绪,保存那一切情绪所曾流连的境界。"作者在这里不是怪时间流逝得太快,而是怪一切美好的情绪都消逝得太快,来不及多享用,只在一瞬间,这种感觉就过去了,只能长久地留在记忆里面,想去回味,却似乎永远找不到那时的感觉。"宇宙万物客观的本无所可珍惜,反映在人性上的山川草木禽兽才开始有了秀丽,有了气质,有了灵犀。反映在人性上的人自己更不用说。没有人的感觉,人的情感,即便有自然,也就没有自然的美,质或神方面更无所谓人的智慧,人的创造,人的一切生活艺术的表现!"这似乎是从女诗人内心深处流淌出来的诗,生活、自然、艺术、情感乃至人性水乳交融,完全是女诗人高尚精神境的坦诚的显现。

在一般人看来无足轻重的东西,在女诗人眼里是那样沉重而使其敏感,这一片阳光对于诗人来说,是那样的光辉灿烂,是那样的恬静平和,正因为有了她这样的感觉,小时不经意被阳光触动的一瞬间而萌发出的对艺术的向往,难忘的是"那年我六岁——这里要说到我最初认识的一片阳光。"极普通的一泄阳光。"那时大概刚是午后两点钟光景,一张刚开过饭的八仙桌,异常寂寞地立在当中。桌下一片由厅口处射进来的阳光,泄泄融融地倒在那里。一个绝对悄寂的周围伴着这一片无声的金色的晶莹,不知为什么,忽使我六岁孩子的心里起了一次极不平常的振荡。"因此,可以说阳光也成了林徽因走向艺术道路的一个向导。正因为对这种光辉的艺术的追求,才造就了她高雅的诗人气质,抑或是天生的诗人气质才成就了她的艺术追求,不过这都无关紧要。文章的结尾似乎表明了作者的态度:"时间经过二十多年,直到今天,又是这样一泄阳光,一片不可捉摸,不可思议流动的而又恬静的瑰宝,我才明白我那问题是永远没有答案的。事实上仅是如此:一张孤独的桌,一角寂寞的厅堂,一只灵巧的镜箱,或窗外断续的鸟语,和水珠——那美丽小孩子的病名——便凑巧永远同初春静沉的阳光整整复斜斜地成了我回忆中极自然的联想。"

《一片阳光》在结构上以"情绪的旅行"为线索,串联起宇宙客观、自然与人性、文化艺术与人的情绪、美与人的情感等众多内容间的密切关联,汪洋恣肆之论与娓娓道来之笔相得益彰;作者以感受现实中的一片阳光带来的美感起笔,以再现记忆中对同样的心境的联想结束,全文大开大合,收放自如。林徽因女士以她灵巧的慧心和诗意的笔触,形象地再现了文学艺术产生的神奇过程。她所要阐明的是深奥的文学创作的理论,但采取的方式是具象而巧妙的,其语言表达是灵动而富有诗意的。

《一片阳光》熔古典的表现手法与现代的表现形式于一炉,这种散文的风格是独具个人特色的,因而,读这篇独特的散文,毫无疑问,我们感受到了林徽因闪烁空灵的艺术才华。

昆
明的雨

◇汪曾祺

宁坤要我给他画一张画,要有昆明的特点。我想了一些时候,画了一幅:右上角画了一片倒挂着的浓绿的仙人掌,末端开出一朵金黄色的花;左下画了几朵青头菌和牛肝菌。题了这样几行字:

> 昆明人家常于门头挂仙人掌一片以辟邪,仙人掌悬空倒挂,尚能存活开花。于此可见仙人掌生命之顽强,亦可见昆明雨季空气之湿润。雨季则有青头菌、牛肝菌,味极鲜腴。

我想念昆明的雨。

我以前不知道有所谓雨季。"雨季",是到昆明以后才有了具体感受的。

本文选自汪曾祺《昆明的雨》(云南人民出版社2011年版)。汪曾祺(1920—1997),江苏高邮人,当代作家、散文家、戏剧家。1943年出版了小说集《邂逅集》。80年代出版了小说集《晚饭花集》《汪曾祺短篇小说选》等。大部分作品收录在《汪曾祺全集》中。所作《大淖记事》获1981年"全国优秀短篇小说奖"。比较有影响的作品还有小说《异秉》《受戒》，散文集《蒲桥集》，论文集《晚翠文谈》等。

我不记得昆明的雨季有多长，从几月到几月，好像是相当长的。但是并不使人厌烦。因为是下下停停、停停下下，不是连绵不断，下起来没完。而且并不使人气闷。我觉得昆明雨季气压不低，人很舒服。

昆明的雨季是明亮的、丰满的，使人动情的。城春草木深，孟夏草木长。昆明的雨季，是浓绿的。草木的枝叶里的水分都到了饱和状态，显示出过分的、近于夸张的旺盛。

我的那张画是写实的。我确实亲眼看见过倒挂着还能开花的仙人掌。旧日昆明人家门头上用以辟邪的多是这样一些东西：一面小镜子，周围画着八卦，下面便是一片仙人掌，——在仙人掌上扎一个洞，用麻线穿了，挂在钉子上。昆明仙人掌多，且极肥大。有些人家在菜园的周围种了一圈仙人掌以代替篱笆。——种了仙人掌，猪羊便不敢进园吃菜了。仙人掌有刺，猪和羊怕扎。

昆明菌子极多。雨季逛菜市场，随时可以看到各种菌子。最多，也最便宜的是牛肝菌。牛肝菌下来的时候，家家饭馆卖炒牛肝菌，连西南联大食堂的桌子上都可以有一碗。牛肝菌色如牛肝，滑，嫩，鲜，香，很好吃。炒牛肝菌须多放蒜，否则容易使人晕倒。青头菌比牛肝菌略贵。这种菌子炒熟了也还是浅绿色的，格调比牛肝菌高。菌中之王是鸡枞，味道鲜浓，无可方比。鸡枞是名贵的山珍，但并不真的贵得惊人。一盘红烧鸡枞的价钱和一碗黄焖鸡不相上下，因为这东西在云南并不难得。有一个笑话：有人从昆明坐火车到呈贡，在车上看到地上有一棵鸡枞，他跳下去把鸡枞捡了，紧赶两步，还能爬上火车。这笑话用意在说明昆明到呈贡的火车之慢，但也说明鸡枞随处可见。有一种菌子，中吃不中看，叫做干巴菌。乍一看那样子，真叫人怀疑：这种东西也能吃?! 颜色深褐带绿，有点像一堆半干的牛粪或一个被踩破了的马蜂窝。里头还有许多草茎、松毛、乱七八糟！可是下点功夫，把草茎松毛择净，撕成蟹腿肉粗细的丝，和青辣椒同炒，入口便会使你张目结舌：这东西这么好吃?! 还有一种菌子，中看不中吃，叫鸡油菌。都是一般大小，有一块银元那样大，的溜圆，颜色浅黄，恰似鸡油一样。这种菌子只能做菜时配色用，没甚味道。

　　雨季的果子，是杨梅。卖杨梅的都是苗族女孩子，戴一顶小花帽子，穿着扳尖的绣了满帮花的鞋，坐在人家阶石的一角，不时吆唤一声："卖杨梅——"，声音娇娇的。她们的声音使得昆明雨季的空气更加柔和了。昆明的杨梅很大，有一个乒乓球那样大，颜色黑红黑红的，叫做"火炭梅"。这个名字起得真好，真是像一球烧得炽红的火炭！一点都不酸！我吃过苏州洞庭山的杨梅、井冈山的杨梅，好像都比不上昆明的火炭梅。

　　雨季的花是缅桂花。缅桂花即白兰花，北京叫做"把儿兰"（这个名字真不好听）。云南把这种花叫做缅桂花，可能最初这种花是从缅甸传入的，而花的香味又有点像桂花，其实这跟桂花实在没有什么关系。——不过话又说回来,别处叫它白兰、把儿兰,它和兰花也挨不上呀,也不过是因为它很香,香得像兰花。我在家乡看到的白兰多是一人高,昆明的缅桂是大树!我在若园巷二号住过,院里有一棵大缅桂,密密的叶子,把四周房间都映绿了。缅桂盛开的时候,房东(是一个五十多岁的寡妇)和她的一个养女,搭了梯子上去摘,每天要摘下来好些,拿到花市上去卖。她大概是怕房客们乱摘她的花,时常给各家送去一些。有时送来一个七寸盘子,里面摆得满满的缅桂花!带着雨珠的缅桂花使我的心软软的,不是怀人,不是思乡。

雨,有时是会引起人一点淡淡的乡愁的。李商隐的《夜雨寄北》是为许多久客的游子而写的。我有一天在积雨少住的早晨和德熙从联大新校舍到莲花池去。看了池里的满池清水,看了着比丘尼装的陈圆圆的石像(传说陈圆圆随吴三桂到云南后出家,暮年投莲花池而死),雨又下起来了。莲花池边有一条小街,有一个小酒店,我们走进去,要了一碟猪头肉,半市斤酒(装在上了绿釉的土瓷杯里),坐了下来。雨下大了。酒店有几只鸡,都把脑袋反插在翅膀下面,一只脚着地,一动也不动地在檐下站着。酒店院子里有一架大木香花。昆明木香花很多。有的小河沿岸都是木香。但是这样大的木香却不多见。一棵木香,爬在架上,把院子遮得严严的。密匝匝的细碎的绿叶,数不清的半开的白花和饱涨的花骨朵,都被雨水淋得湿透了。我们走不了,就这样一直坐到午

后。40年后,我还忘不了那天的情味,写了一首诗:

> 莲花池外少行人,
> 野店苔痕一寸深。
> 浊酒一杯天过午,
> 木香花湿雨沉沉。

我想念昆明的雨。

1984年5月19日

简 评

　　个性十分鲜明的汪曾祺先生,被誉为"抒情的人道主义者,中国最后一个纯粹的文人,中国最后一个士大夫。"如此高尚的品评,自然引起文坛内外的广泛关注。

　　汪曾祺先生的散文,没有结构上的苦心经营,也不追求主题意象的玄奥深奇,有的只是平淡质朴,娓娓道来,如话家常。他以极度个人化的细小琐屑的题材,使"日常生活审美化",让人感觉不到所谓的"宏大叙事";以平实委婉而又有弹性的语言,加上平淡、含蓄节制的叙述,让人感受到曾经的古典主义的名士派散文的魅力,从而折射出中国当代散文的空洞、浮夸、虚假、病态等弥漫散文园地的不良之风,让自然的真与美、让日常生活、让恬淡与雍容回归散文,让散文走出"千人一面,千部一腔",树起了旗帜和典范。同时,汪曾祺的散文不注重观念的灌输,而在纯粹折射现实的基础上发人深思。如《吃食和文学》中的《苦瓜是瓜吗》,其中谈到苦瓜的历史,人对苦瓜的喜恶,北京人由不接受苦瓜到接受,最后谈到文学创作问题:"不要对自己没有看惯的作品轻易地否定、排斥";"一个作品算是现实主义的也可以,算是现代主义的也可以，只要它真是一个作品。作品就是作品。正如苦瓜，说它是瓜也行，说它是葫芦也行，只要它是可吃的。"读汪曾祺先生的散文，读者不难发现他博学多识，情趣广泛，爱好书画文物，热衷医道养生，对戏剧与民间文艺也有深入钻研。他一生所经历的轰轰烈烈的大事可谓多矣，例如启蒙救亡、夺取政权、反右斗争、"文革"中的现代京剧、改革开放等。他深深地感觉到现代社会生活的喧嚣和紧张，"纯粹文人"的追求，必然导致在生活与创作中形成了与众不同的向往宁静、闲适、恬淡的心理定势，从而追求心灵的愉悦、净化和升华。

庄周先生认为汪曾祺的散文不仅体现了"纯粹文人"的执着追求，而且植根于中国传统文化的沃土中："汪曾祺的散文，与他的小说在风格上没有太大的差别。他的散文是笔记风格，他的小说也被称为新派笔记小说。他承认不喜欢唐人传奇，喜欢宋人笔记。……作为一个末代江南才子，他的散文浸透了古典中国的文化精髓，包括绝妙的机智和散淡的性情。"（《汪曾祺"跑警报"》）汪曾祺先生自己在《蒲桥集·自序》中也曾幽默地说："散文的天地本来很广阔，因为强调抒情，反而把散文的范围弄得狭窄了。过度抒情，不知节制，容易流于伤感主义。我觉得伤感主义是散文（也是一切文学）的大敌。挺大的人，说些小姑娘似的话，何必呢。我是希望把散文写得平淡一点，自然一点，'家常'一点的，但有时恐怕也不免'为赋新诗强说愁'，感情不那么真实。""昆明的雨季是明亮的、丰满的，使人动情的。城春草木深，孟夏草木长。昆明的雨季，是浓绿的。草木的枝叶里的水分都到了饱和状态，显示出过分的、近于夸张的旺盛。"汪曾祺先生想念昆明的雨完全是内心一种"士大夫"情结的释放，故时隔四十几年之后，他写下了看似如此平常、实则意味深厚的文字。十分细腻的文笔，让读者的内心也开始柔软起来。寥寥数笔勾画出昆明的雨季形象，也在我们心底勾勒着不一样的昆明风情图。文中，作者没有长篇大论地描写昆明的雨景，而是通过写昆明雨季中的菌子，仙人掌，杨梅，缅桂花，来烘托昆明雨季的频繁而不连续，丰满却颇具柔情。随和质朴的语言，生动、有趣、逗人的典故引用，挖掘了文章的意境，行云流水的文字结构，不拘一格，看似平淡，却充满着诗情画意。在文人及文化的圈子里被誉为"抒情的人道主义者，中国最后一个纯粹的文人，中国最后一个士大夫"的汪曾祺先生，他深谙"绚烂之极归于平淡"的东方古训，加上个人身世浮沉的沧桑之感，促使他不去追求反映时代精神的最强音，而是以含蓄、空灵、淡远的风格，去努力建构其心目中的和谐美与文化美。

汪曾祺先生曾经说过："风俗是一个民族集体创作的抒情诗，他反映了一个地方人民对生活的挚爱，对活着所感到的欢愉"。在汪曾祺先生的散文中，对浓厚的昆明地方风情、人民生活图景也有独特的描写。比如昆明铺松毛、贴唐诗、劈甘蔗这一些有趣的年俗都进入了他的作品中，这样的作家，在日常生活的细微处表达着民族传统，探寻着往昔文化。21世纪，一个城市浮华的背后，隐蔽着多少文化习俗褪色淡化的心酸。当这些传统在昆明人的生活中已经荡然无存时，或许只有汪曾祺的文字，能带着我们去追忆似水的流年，去拜谒那些被现代人忘却的古老文明、习俗。行走于昆明的街头，汪先生写过的昆明本土文化有的已销声匿迹，留下的是城市化的影子和现代化的苍白。无可否认，汪曾祺先生的散文在向我们诉说他的昆明情结时，也呈现着原汁原味的昆明风情。感谢汪曾祺先生，感谢他的文字，能让我们情迷昆明雨，倾听昆明的雨声，感受这座城市久违的人文气息。

他晚年写的《昆明的雨》提到这样一件事："我有一天在积雨少住的早晨和德熙从联大新校舍到莲花池去。看了池里的满池清水，看了着比丘尼装的陈圆圆的石像（传说陈圆圆随吴三桂到云南后出家，暮年投莲花池而死），雨又下起来了。莲花池边有一条小街，有一个小酒店，我们走进去，要了一碟猪头肉，半市斤酒（装在上了绿釉的土瓷杯里），坐

昆明的雨

了下来。雨下大了。酒店有几只鸡，都把脑袋反插在翅膀下面，一只脚着地，一动也不动地在檐下站着。酒店院子里有一架大木香花。昆明木香花很多。有的小河沿岸都是木香。但是这样大的木香却不多见。一棵木香，爬在架上，把院子遮得严严的。密匝匝的细碎的绿叶，数不清的半开的白花和饱涨的花骨朵，都被雨水淋得湿透了。我们走不了，就这样一直坐到午后。四十年后，我还忘不了那天的情味，写了一首诗：

> 莲花池外少行人，
>
> 野店苔痕一寸深。
>
> 浊酒一杯天过午，
>
> 木香花湿雨沉沉。"

"用心地体验、有心地记忆"，这是汪曾祺先生感悟生活的不二法门。1939 年，汪曾祺考入西南联大中文系，在昆明，一呆就是七年。入乡随俗，客居他乡。生长于江浙的汪曾祺很快融入了云南异样的生活，读书做学问的间隙，偶尔也会进进馆子，泡泡茶馆，喝喝小酒，谈谈国事家事天下事。而汪曾祺先生在这些日常南国生活中，却以独特视角，体察细微，酝酿着他对这座城市的情有独钟，抒写着他在这座城市里挥洒过的青春风华。

一个人行走得太快，灵魂容易跟不上。现代的生活节奏，身边的许多凡人小事，还没有来得及审查就被抛到了记忆的背后。汪曾祺的散文却从最琐碎最平常的事儿入笔，昆明的雨，昆明的花，昆明的果品都纳入他创作的取材领域，留下了细致入微的昆明。尤其让人难忘的是"昆明的雨"。

古哲人曾经有句名言：天才与疯狂的区别不过是一线之隔，稍偏一方

一颗明星的陨落

——哭徐迟

◇ 冯亦代

即是天才,而向另一方的倾斜,就成为疯狂。这句话是徐迟经常对我说的。他心仪的诗人戴望舒就因为讨厌气喘病妨碍了工作,便在自己身上注射过量的麻黄素而谢世的。想不到隔了四十多年后,他的诗友徐迟也会因老年躁动症而离别这个他既歌颂而又生厌的尘世。

中国作家协会第五次全国代表大会 1996 年 12 月 14 日在北京梅地亚中心举行,我接到通知后就在会前几天打长途给徐迟,希望那时他的气喘病已经痊愈,能够到北方来享受一些北国的冬日,同时见见亲人和老友,消除他在武汉的落寞心情。但是电话铃响了又响也没有人接,我想肯定他还在医院里没

本文选自邓伟志主编《永远的徐迟》(上海远东出版社 2009 年版)。选入时有改动)。冯亦代(1913—2005),原名贻德。笔名楼风、冯之安等。中国作家协会会员。著有文集《书人书事》《潮起潮落》《龙套集》《水滴石穿》《听风楼书话》《西书拾锦》《归隐书林》《撷英集》《冯亦代散文选集》《冯亦代文集》(五卷)等。散文

《永远不忘"闸北大火"》获"彩虹翻译奖荣誉奖"、"抗战文学征文奖"。

有回家,便颓然挂上了电话。我心里有个很大的希冀,如果我能说服他来北京开会,那么我们可以过几天连床共话的生活,这样也可以使他散散心,同时说服他住在北京,免得他在武汉挨冻。我因为老伴黄宗英还在上海治病,家里没有人可以陪我去住在宾馆里,便事先请求袁鹰在开会时生活上给我照顾,他说他义不容辞,于是我们便决定13日下午四时半后去梅地亚中心报到。我有多年没有失眠了,但12日夜里我睡得很不踏实,不时感到有人进我的卧室而惊醒,一直到天泛鱼肚色,我才小寐了一会儿,但不久天光大亮,家里的老阿姨也起来了。起身后一翻日历是13日星期五,心里想怪不得我昨夜睡不安身,原来今天是"黑色星期五",会有什么倒霉的事吗?

下午等到我车抵梅地亚中心,袁鹰早已在候我了,一见我便把我拉到人稀的屋角,轻声在我耳边说徐迟坠楼死了,你有什么消息?因为他不相信。我听了大吃一惊,说我才第一次听到,我也不能相信,我们打电话去问徐迟的三阿姊徐和吧。好容易轮到我拿到卧室钥匙,便和袁鹰上了楼进了卧室拿起电话找三阿姊。电话是伍老的秘书接的,说已得知这个不幸的消息,但没有对徐和讲,怕她受不了,明天武汉文联要派人来,预备一块谈,这样老人可以减轻一些打击。我便下楼去找武汉来开会的人。

我们遇到了骆文同志,谈起徐迟,他说也觉得突然,刚才他夫人来长途电话他才知道,这消息使他难受,因为不久前他还同徐迟通了电话……一直到14日开会后,我才把得到的各种说法编织成一个令人心碎的故事:他原来住在医院的六楼,也许是梦游病使他这样,打开了铝合金窗要吸些新鲜空气而不慎掉了下去。但这样的故事,连我自己也不能相信,我想也说服不了别人。

14日我应该打电话去找徐和,但是我考虑到也许他们正在谈话,也许三阿姊不能接受这个消息,也许……也许……我决定这天不去打搅他们,……15日午后,我便转到京西宾馆开会了。我的心很乱,因为两宵没有安睡而头脑昏沉,血压上升,而且感冒了,咳嗽不止,便告假回家去找医生服药。我写信给徐迟的好友张继凤,也设法请人打电话给正在美国探亲的钱能欣。当然我也把编织成的故事告诉宗英和含之,她们听到消息都呆住了。到将近深夜时含之来了电话,告诉我徐迟秘书作家徐鲁所谈徐迟弃世的经过。

徐迟自北京回武汉后经常抱怨他睡眠不好,差不多每晚都做噩梦,有时白天也有幻觉,有关医务人员会同研究他的病的结果,断定是老年躁动症,会有幻觉也会有幻觉中的行动。出事的晚上,他把陪夜的特别护士打发走了之后,医院的值班护士每隔15分钟去病室里看望一次。大概在午夜的一次他还好好睡在那儿,隔15分钟再去,已不见徐迟,最后看到了洞开的铝合金窗,可能徐迟梦里走过此处开了窗,户外的冷风一吹,他醒来了,发现身在窗外,便掰住了窗框,把窗框掰得也变了形(后来丁聪说徐迟的手劲是很大的,)最后终于……(上面的叙述,也许还有我的想象,)这便是徐迟的最后挣扎和结果。我听到她在啜泣,放下电话我也禁不住老泪纵横。这一夜我总想着徐迟乐乎乎的一生,一直到天大亮,也不能入睡。

今年春节前徐迟曾来北京,住在三阿姊家里,我曾多次去看他。第一次去时,他在念一本英文书,是讲宇宙的,他随手递给我,说是本好书值得读,但我翻了几页,看不懂,便放下了。只是听他在说20世纪末快要到了,人类又将逢到一次劫难,甚至会因之而毁灭等等。我当时听了一呆,回来对宗英讲徐迟看电脑联网中了邪。以后再去时,他又谈到劫难的事,还说信息时代将完全改变人类的生活,而如果发生战争(说到此时,他又强调了一句),即使没有战争,人类也会毁灭。战争也不会像过去的两次世界大战一样了,因为这已是信息时代。我禁不住说我们都是相信唯物论的,你怎么又倒回去相信唯心主义了。他说这是电脑联网告诉他的,并笑着说你不懂电脑,对你说是白搭云云。关于电脑联网,我曾经在长途电话中问过徐律,她说她父亲的电脑,并未加入联网,但是当我批评不应相信联网中的荒唐消息时,徐迟并未回话驳斥或提到他并未加入联网。同时含之亦多次听徐迟说他的电脑是联网的。我怀疑他说这些话时,是在幻觉之中。又一次我和宗英去看他,他和我们谈生物工程,宗英那时在研究土地的沙化问题,他们谈得很起劲,我和比我们后到的李辉只能在一旁静听,插不上嘴。那天我把含之带给我们的面包、奶油蛋糕等分了一半给他,他十分高兴,说:"有好几年没有开过洋荤了,谢谢你们!"

今年7月下旬,忽然得到徐迟好友钱能欣打来的电话,说最近徐迟的来信情绪十分消沉,要我写信劝劝他。我听完电话不免陷入沉思。徐迟给我的信,总是谈到他生活的愉快,从来没有透露什么低沉的调子,为什么钱能欣又要如此说呢?可能徐迟和钱能欣谈到他和那位"女士"的婚姻破裂,而他是从来没有和我谈过他第二次婚后生活以及分手经过的,只有这次来京才谈到他同这位"女士"已经分手,并说这位"女士"隐瞒了许多婚前的事实。我推想可能这件事成了他的隐痛,所以在我和宗英面前有意不提,于是我们商量了一番,决定把事情说穿,从而施以劝解。他的回信很快就来了,是寄到北戴河全国政协休养所的,写信日期是1996年7月20日,信里写道:

亦代:

亦信两页,一开头就说到Internet上头来了,你们一天而(到)晚勤于写作,可惜盘桓在旧有的世界里,于光芒万丈的宇宙未来,勿搭界,还写意而且自满,乃谓我杞人忧天,而听从能欣电话,谓我悲观厉害,还想当然是"由于那位MS造成的",非也,非也。我的悲观毫无根据,但人人都是一条曲线,万物均是一条曲线,不可能没有上弧,下弧。你只能下弧,而不看上弧,岂能看到乐观?我在湖北,武昌,过的不错,暂时不会出门,每日集中精神,读书写字,其乐也融融,你不用愁的。想寄一篇(另邮寄到)《文字第四章》给你们看看,一看便知端的,不过请勿拿出去给人家看见,千万千万!寄的当然是打印之后,未改定之稿,不能见人的。(他后来没有寄我,我电话中曾问过他,他说还在改——亦注)……

这以后我们还通了几封信,但没有再谈到这个"消沉"的问题,不过我和宗英都劝他北来过冬,在武汉他一个人离群索居,真是太寂寞了。特别有次他谈到患了电脑病,一坐在电脑旁边,两只手就要动,就要打字,就要一直打下去,甚至不知道打的是什么。他说以后只能不用电脑了,由他口述,录音,由徐鲁打成文字;然后他在稿上改动,定稿。我们都为他能离开电脑而高兴。

我们在8月20日从北戴河回到北京,宗英就病了,好容易捱到10月23日才飞上海。我是参加母校沪江大学90周年大庆的,宗英则回沪就医,因为她的医疗关系无法转到北京来。我一直住到11月19日才乘火车回京,在沪的日子也和徐迟通过信,但没有发现他有悲观厌世的迹象。这次在作家协会的理事会上遇到李乔(徐迟和我都是很佩服他的),才知九、十月间徐迟曾经到过昆明,是到昆明附近某处去观察两颗星撞击的情况,徐迟一向对天上的星星情有独钟,可那天能见度极低,终于没有看到,就回武汉去了。他和李乔一直通信,以后徐迟进了医院,因为写字不方便,才断绝鱼雁往来。徐迟进医院是含之告诉我的,作协要开会前,我想徐迟应该可以出院了,便打长途想动员他到北京来,两次电话都没人接,我想可能他还在医院里。可是万万没有想到竟传来了我完全不能接受的消息。这个消息就重在"不幸去世"这四个字上。我知道确讯的晚上就打电话给女儿冯陶,要她查看13日下午邮递员有无送来徐迟的信件,我希冀或许他在信里会透露他对自己了结残生的一点消息;但是没有,一直到现在还是没有,因此我排除他自愿了此残生的猜测,而且在心头留下了他给我的苦涩。

早在我大学快要毕业的最后一二年内(大约在30年代的中期),就经常在《现代》和《妇人画报》等文学刊物上看到一个署名徐迟的作品,他写的诗如早晨清新的空气,扑面而来,不由得使人读了心醉。我还看到他写的美国诗人维琪·林德赛的评介文章,写得颇为深入,论点明确,令我折服。后来从同学处得知徐迟还在北平某大学读书,使我吃了一惊。我想他还在大学读书,年龄大概和自己差不多,居然有这样水平,堪称是个天才。自己虽然读了一些美国文学的书刊,除了知道一个厄普顿·辛克莱,却连这位作家身世都不清楚,实在惭愧。可惜他在北平,要是在上海,我一定要写信给他,道我想和他做文友的赤忱。

我在 1938 年春天由原来供职的中国保险公司派去香港工作,初到时人地两疏,住在中国银行设在半山的职员宿舍里,除了有时和同室的袁水拍谈谈之外,就过着默默无闻的孤寂生活。那时袁水拍已经用望诸的笔名,翻译一些小文章在《星报》投稿了。后来路遇沪江的同学陈宪锜,才认识了一批上海南下的文化人。有一天由他介绍认识了徐迟,那时他在《星报》任电讯翻译,大概每天除一小时的工作便可逍遥自在,我很羡慕他。他邀我到皇后大道一家咖啡店里小坐。那天徐迟意气风发和我大谈美国的海明威,他已翻译了海明威的长篇小说《永别了,武器》,交给一个编一折八扣书的朋友出版,我并没有看到过并认为交到这样的出版地方,实在是对海明威的不敬,他听了有些吃惊,便转而谈海明威的文风,他似乎已下了一番功夫,一套一套的独白,听得我目瞪口呆,因为他的论点,有些都是我从未想到过的。从此徐迟这个人就永远铭记在我心里,开始了我们至今已有半个多世纪的友情。

后来我由校友凌宪扬的介绍进了信托局购料处工作,徐迟则到了他舅父主持的陶记公司管政府发行的库券。陶记公司是国民党政府财政部的化名。信托局和陶记公司都在汇丰银行大楼办公,有一天职工下班,我在大楼后门遇到了徐迟,我请他去喝咖啡,他一力邀我到他新近迁居的波斯富街去看看他们初生的婴儿徐律。他的家很简单,少数的几件必要的家具,但地上却满堆着书刊和唱片。他一进门还来不及给我介绍他的夫人陈松，就在地上的唱机搁上一张唱片，告诉我这是一张柴科夫斯基的乐曲，以后又换上一张柴氏的《厨房里的大熊》并手舞足蹈起来。这还是我首次听到的现代严肃音乐，我听了一遍又一遍，记得了几句曲调，闲时就在嘴边哼哼，有时还平息我胸头的波涛。这几年人老了，那首乐曲的韵律才在我的记忆里逐渐淡出。认识徐迟像是开启了文艺殿堂的大门，使我大开眼界，逐渐懂得了美与丑的区别。另外，在《星报》当电讯翻译也使我对翻译发生了兴趣。我是接替徐迟到《星报》去搞电讯翻译的，我认为这是种天意把我和徐迟联在一起。

　　这也是我第一次见到陈松，当时香港外来文化人都公认戴望舒的夫人穆丽娟是美人，依我看来陈松比她更为漂亮，因为陈松带着一种江南女儿特有的风韵，真如一朵刚出水的芙蓉。而她的女儿徐律则继承了父母的优点，娇美得也像一朵花。那时我还没有结婚，但我实在太喜欢徐律了，我说给我做干女儿吧，我喜欢她，徐迟陈松立时同意，陈松还把她抱着的女儿推向我的胸前；我从来没有抱过婴儿，那副笨手笨脚的样儿引起了他们夫妇二人的大笑，但我还是抱住了徐律。她看见生人没有哭，相反还是笑着投入我的怀抱。陈松说她喜欢你，你俩有缘，你抱去吧！我对她说你真舍得？这就是我初次也是至今半个多世纪未能忘怀的印象。但是时至今日，我又哪儿去重温这宁馨的一刻呢？

　　除了打开话盒子谈文学、诗和音乐，徐迟是十分木讷的,他有些内向,也许他的中耳炎妨碍了他听别人的话语,但是我发现他是个有韧性的人,一旦他要做一件事,他会不顾一切非把它完成不可。回想他写《地质之光》和《哥德巴赫猜想》时,他硬是啃了一摞一摞关于地质学和数论的书籍,最后硬是啃了下来,他自嘲说赛过打了一场淮海战役。在这一点上宗英同他有相似之处。宗英为了要了解西藏,在她第三次进藏以前,屋子里堆满了有关西藏的书,一边读一边写读书笔记。我就不及他俩之能下苦功夫,没有写笔记的习惯,也许害怕文字招祸的心理使然,一切凭记忆,如今记忆一日不如一日,有时连手头常见的字,也写不周全,只能靠《现代汉语词典》过日子,然而悔之晚矣,因此我对徐迟的博闻强记更是十分钦佩。

也许他就是民间传说五百年才出现一个的人才,然而他之不幸去世,是令友人和读者们所痛心而且不能接受的。当然他也有缺点,那就是凭冲动做事;下决断迅速是一个人的美德,但过于迅速就不妙了,往往会走弯路。古人说欲速则不达,徐迟之迅于作决定,而不事先多作考虑,那种易于冲动的劲儿,也许就是他老年躁动症可能发生的病因所系,可是他自己是否发觉,显然没有,甚至连给他看病的大夫也没有发觉,因为他进医院是为求治他的气喘病,根本没有提及他的噩梦,朋友们则知道得更少了,连久病成医的黄宗英也认为徐迟只是思想奔逸的习惯而已。想不到这个最近时起困扰而又被他忽视的病因,竟夺走了他的生命。

今年初我们见面时,也谈到我们的来日无多,而要完成的工作却纷至沓来,有难以招架的感觉,他这种心情特别浓重,我就只能劝他不要心焦,能做多少做多少,就凭我们的良知,不必强求,地球上少了我们一个人,地球照样转动,他插嘴问我"那么你的工作又有何人作继"? 我回答说:"不能想得那么多了。"他说"能吗"? 我说"只能如此。"他显然不满意这样的回答,轻轻地笑了一下,但笑得极不自然,我们就换了话题。

当年在香港,乔冠华同徐迟长谈了几次后说,徐迟有些怪,似乎没有生活在这个世界里,我们应当把他拉回到现实生括里来。老乔认为这个工作应当由袁水拍做,因为他们都是诗人,但事实说明袁水拍也嫌急躁,不够耐心,到头来这个工作还是由郁风来完成的。杨刚也试图把徐迟拉回到现实中来,但朋友们认为杨刚有一部分思想也是很不现实的,徐迟在《江南小镇》里曾经谈到这些事情的经过。

我被反右扩大化后,做了"右派",情绪低落,在70年代后半期,是他一步步地把我引出了泥潭,重又回到缪斯殿堂的大门前。他关心我的写作生涯,他知道我一向不稀罕头上的乌纱帽,却梦想坐下来写作。我在1976年退休之后,有一次他来到北京,光顾我的听风楼,说"拿出来看看",我马上意会到他要讨什么,便拉开书桌的抽屉,拿出了刚写不久的三篇读书笔记,他一面看一面点头,然后说:"成! 就这样写下去,不要偷懒。"我们坐下来喝茶时,他说:"在重庆时,你一直支持我专业写作,而且使我没有什么可以担心的,现在你要搞写作了,我一定要帮助你圆了这个美梦。"还对安娜说:"你一定同意吧!"我在他的鼓励下,学着海明威的样儿:每天清晨,无论写得出写不出,总要写满一张三百字的稿纸(以后改为写日记),就这样开始了我真正的写作生涯。当然鼓励我写作的还有袁鹰和姜德明,他们不断来约稿,终于把我一些回忆重庆剧坛的文章,收入他们编辑出版的《八方集》,这还是我建国后第一次的散文结集,而且坚定了我写散文的信心。

每次徐迟来北京,他就只找我和袁水拍,那时还有"文革"的遗风,朋友们不敢往来,更不能畅所欲言,他一向总认为他的朋友中第一是袁水拍,第二就算冯亦代了。不过他最后还是同袁水拍断了交,因为他认为受了袁水拍的侮辱。徐迟喜欢看戏,那时袁水拍已贵为文化部副部长,戏票的供应是近水楼台。有一次徐迟向袁水拍要戏票,袁送了他一张后场倒数第三排的;徐迟是聋子,当然这个位子并不适合他。到要启幕前的几分钟,走道里来了群前呼后拥的看客,直奔前四排而去,徐迟仔细一看却是袁副部长全家老少,还有女佣和司机。从此他没有再去找过袁水拍这位当时的"红人"了。30年代末我们在香港被友人们称为"三剑客",如今只剩下两人了。我早发觉袁水拍戴上乌纱帽后有些不认人,所以我从来不去找他。但这张无情的戏票却使徐迟伤透了心,徐迟对待朋友一向是豁达大度的,但这次却无法保持他的"宽容"了。

如今徐迟也离开了人世,丢下了许多未完成的工作,特别是他写的《江南小镇》后半部,这是无人可以替代的,那真是令人感到遗憾,因为从这本书里我仍可以看到一个中国知识分子从新民主主义社会走到有中国特色的社会主义世界的轨迹。他不满这续集的创作,即使已经发表了一部分,他几次口头和信里要我和宗英提出直率的意见。他在北京时,有次我去看他和他读到这些已发表的续作,我说似乎缺少了他当年的激情,而缺少了对事物的激情,也就不可能有徐迟了。他拍了拍我的肩头说:"你真说到点子上了!我写续集越写越觉得累……"我说我心里也在矛盾,一方面希望你马上写完,可以先睹为快,一方面又觉得你写好了应该先放一放,然后再想一想再落笔修改。他笑着说:"我感到时间不多了,而要做的事情又那么多。"于是我们相对无言者久之。为了打破这个沉重的空气,我说有一次遇到一位多年不见的救国会的老友,我一面拉着他的手,一面感叹又少了一次见面的机会。但是老友一本正经地说,应该讲又多见了一次面。多少之间变化是辩证的,不过多见面表示乐观,而少了一次见面不免有些凄然之感,太低调了。徐迟说,那我以后也要说"多见了一次面",对,这可以鼓舞人。可叹他没有给我们多见一面的机会,而是再也不能见面,成为永诀了,悲哉痛哉!

但是,我还是不能解释徐迟给我们留下来的问题:他为什么会死? 当然不可能是他杀,不过,在我的心里,也可以说是他杀,他是为电脑联网所杀的。这当然是我的看法,而他患的老年躁动症,也可以说是直接原因。他在北京时曾经对我们说他还有美尼尔症,似乎肺也不好,小腿也发生了问题,行路困难。我们要他多下楼走动,他说环境的卫生不好,他怕下楼等等,我们就劝他不要回武汉了,但是他说要赶先把《江南小镇》杀青。终于武汉来了人接他回去了。

徐迟的冲动还有个显明的例子,那便是一九四一年他在重庆由叶浅予介绍参加了山东戏剧学校的工作,校长王泊生是有名的国民党党棍子,当时貌作开明,不过想多招几个青年到学校而已。徐迟在第一次校务会议同王泊生的意见相左,从争论到发生冲突,徐迟马上卷起铺盖离开学校,浅予等人的劝说也未起作用,朋友们都说他太冲动,只有我听了是站在他一边的。

他当时醉心于做一个职业作家,我从认识他后就成为"徐迟迷",有次他和我作了一次推心置腹的谈话,我鼓励他做职业作家,因为我自己也有这样的想望,我答应他如果生活上发生问题,就完全由我负责,一直到他去墨西哥大使馆当中文秘书,有了固定的收入才中止了这样的"义举"。刚得到他弃世的不幸消息后,我一直把自己锁在对他的忆念之中。我感谢他把我们的往来写在他的《江南小镇》里,使我们的友情用文字传了下来。这几天我又把这部大书读了一遍，一切如在眼前，而他却离开了我们。

我特别要提起他每次在我精神危机图谋出路时，都及时为我指出了迷津。我至今还记得我戴上"右派"帽子后，他对我的一次谈话，说塞翁失马焉知非福，从此我可以不必再做跑龙套了，可以坐下来写、译些东西，回到文学的圣殿。后来他要到武汉去了，我在西四路上遇到了他，他紧紧握住我的手说，不要对自己抱悲观，应该振作起来，冲向你的目标。

他如今先我离开这个尘世了，朋友们为他叹息，流泪，想到他对中国文学事业的贡献，特别是开创了报告文学的道路，为中国文学体裁中增加了一个新的品种，真是功不可没，将来投身缪斯殿堂的文学新人，也会永远记住他。他懂的东西太多了，人文科学与自然科学都有涉猎，夏衍老人在世时常常提到他，说中国文人，除了那几位原先学理工和医学转到文学的人外，徐迟可说是最先一个涉猎自然科学的人，我们应该像他那样扩大读书的范围，要读些自然科学的书刊以扩大自己的眼界。几年来我试着照他的话做，但只要同徐迟一谈，就觉得自己是差得远了。我以"徐迟迷"自命，可我永远做不了一个像徐迟那样的人。

徐迟不幸去世的消息传到中国作家协会第五次代表大会的会场，大家听了有如头顶的轰雷。他没有一个字的遗言留给我们，因此对于他的死因便有了各种猜测，甚至有人认为他可能因与那位"女士"

分手,感情上受到打击而厌世的。如果这样看,那就小看了徐迟。我过去也有这样的想法,但自从收到他的回信后,我也笑自己竟以世俗的眼光来看天才有如德国诗人歌德的徐迟。须知在徐迟的心胸里,他那不幸的婚事不过是一般人无法看见的光子而已。他的心胸大到无可限量,要不然他又怎能写出《自然、地球、人类》(见《人民文学》1996年11月号)那样使我们生存在宇宙之中而又不知宇宙为何物的人得到教育的文章呢? 他每日所考虑的不是一己的得失,而是自然、地球和人类的前途。有这样心胸的人,绝不会因一己感情的失落觉得活不下去的。

我思忖,他的思绪也许最近受了些电脑联网信息通道的影响,因为这一信息通道可以收到乱七八糟的信息,特别是一个世纪到了末尾的几年,那些怀疑世界将到末日的各种迷信又成了泛起的沉渣。上一世纪末期,人类曾受到所谓人类及地球行将毁灭流传的袭击,但愚蠢的信息并未得逞,人类和地球平平安安地走入20世纪。如今又到20世纪末期,无知或别有企图的人又老调重弹了。各种教派在《圣经》里寻找到片言只语又煽起了这"末日"的阴风,即使你不信耶稣基督,但你不得不信古代哲人的所谓预言,因为这些预言在人的头脑里变为思想,使世人起了信仰或怀疑。我想徐迟可能多少受了些影响,甚至是在无意识中受到的影响,又从无意识变为有意识,便盘踞在他的思想里。谎话说了几千遍便成了真话,迷信就是这样蛊惑人的。我只愿如他给我信里所说的他没有受到影响，但，他的行动又不得不使我相信他已经受到影响。于是在生活里，他会有连夜的噩梦，白天又会有各种幻觉。他不幸弃世的那天晚上，可能他从噩梦中醒来而又进入幻觉之中，可能他就此在幻觉中走向长窗，可能他在幻觉中打开了窗户而跨了出去，但是冷峭的寒风使他本能地拉住窗槛，本能地出了大力气，但他再无法跨回窗里了，他离别了这个他爱了八十二年的尘世。我知道这是我一厢情愿的幻想，但不作如是想，便不能解释徐迟的"不幸"。这个想法在我脑里盘桓了多日，我自问要不是这样想我又能怎样想呢？一个一向热爱生活，对人世一直保持乐乎乎的态度，怎么可能扼杀自己的生命呢？

　　但愿如此！他曾同我和宗英以及其他的挚友谈到他老来的孤寂生活，这问题原来是可以解决的。他一直说今年一定要写完《江南小镇》一书，他急着回武汉也是为了要写完他的这本回忆录，此外他计划要写作和翻译的还有几本古典名著。我们见面时，他谈到时间的不够，甚至有次说笑话说发明时间的人为什么要定只有 24 小时，而不是 48 小时一天？否则他可以做多少的工作。徐迟是个木讷寡言的人，他决不会与人谈他对之没有兴趣的话题，即使旁人谈得起劲，他也充耳不闻，推托他耳朵不好。他喜欢沉思，沉思这个宇宙，沉思这个人类前途，像他翻译《华尔登湖》的作者梭罗一样。但如果谈他有兴趣的话题，如诗，如文学，如音乐，那他可谈到深夜，因

哭徐迟

为他是个极为热情的人。

文章誊抄到上面时,楼下送来了徐迟老友张继凤的信,信里说:

> 来信收到。徐迟走了,走得这样惨,伤心之极。……据去武汉参加追悼会的杨炳莹(徐迟外甥——亦注)回来说,这次事情非常突然的,本来他已准备出院了,并已约好洪洋陪同一起去海南岛。后来因为医生要他再做一次24小时监测才留下来的,哪知竟出了这样的纰漏。最近一个时期,徐迟的悲观失望乃至厌世情绪早有流露。今年9月间他曾给钱能欣一封信,信里说李颢(是一位外科医生,徐迟的好友之一,曾以他的高超手术,在重庆时救过乔冠华的重病,李患癌症在9月间去世。——亦注)的死,对他来说起了不好的作用。他寻思,他也该走了。后来能欣把这信转给我,现复印附上,这是他最后给我们的书简了。现在想来如果早些时候,劝他到北京或上海来住,和老朋友们经常在一起谈谈,恐怕也不会发生这样的事了。
>
> 张继凤上
> 1996年12月25日

徐迟给钱能欣的信:

沈沫:

> 李颢走了……医生是好医生,又是好人。

他的死对我来说,起了不好的作用。我寻思,我也该走了,恐怕不是夸张,更非自暴自弃。从去年九月底以来,马上就一年了。我的身体一直不好,现在好了一点,已不能工作。要活下来就得放弃电脑打字。现在右肩胛部酸痛异常,得了电脑病。要活,就得放弃电脑,既写不成文章,要我这个人活着干什么?偏偏脑子特别好使,思路敏捷之至,这不要了我的命。动不动就上机子,故命不长了。

……朋辈半数以上都成了隔世之人,还不如早日到他们那里去归队。但活着到底不错,所以还活着,但如离婚那样的事,也真不愉快。我可没有亏待她,她就是无理取闹,装模作样的人,合不来,别有用心,一言难尽,我现在孑然一身,也实在寂寞万分,将来可能倒下去,谁也不知,无人照料,然后突然发现,早已僵了。这当然是瞎想。现在儿子徐健,待我非常之好……纸短意长,不多写了,你的信太短,又四平八稳,我还有点语不惊人死不休,主席曾当面说我非要"语不惊人死不休",但现在也怕"出格"了。就写到这里。

螳螂

1996.9.10

读完这两封信,我的心里如打翻了五味瓶,辨不出什么滋味。我在安娜去世以后,尝过寂静落寞一个人生活的苦辛。即以我每日的晨课而言,每每写文章为一个写不出的字所难倒，不得不到词典里去找，有时甚至在英语字典找写不出的汉字，眼前就无人可问。何况是徐迟的敏捷头脑，他又何处去找对话的人！我深自悔恨没有替徐迟考虑到这个层次，我只想到北京有他的亲人和老友，但他们无论如何不能代替一位知心知意的老年伴侣。我一向自以为了解徐迟，事实上则并没有切身为他着想，然而如今悔之已晚了。

我发觉老年人常爱谈生死问题，我就爱谈，有次徐迟看着我的耳朵坠，笑着说我可以长寿，我说我不愿意活得太长而成为小辈的负担，如果我可以活到百岁，那我一定在99岁的时候设法无疾而终，这样才能皆大欢喜。徐迟还说这就不能由你了。徐迟不幸弃世后，有些朋友会有种种猜测，但是他生前的安排，说明他毫无离世之意。他做了件新丝绵袄，预备到北京开作家五次代表大会穿的。他准备了许多药品，也是到北京时用的，后来医院里还要检查他的身体，便托其他到北京开会的人向会上的朋友们问好。接着他就安排去海南岛的旅行。就在他出事的那天晚上，他还为他的电动剃刀充电，预备第二天早上用。他挚爱的小女儿徐音，在法国学完了音乐，要回国来，他天天在等待。

想到这里，我的脑子顿时变成一片空白了，但转瞬眼前又看到徐迟和我都坐在老乔家中大院里纳凉的身影。突然老乔问我的年龄，我说属牛都快80了。老乔说他也属牛和我同年，加上苗子和徐迟，我们可以四个人共庆80大寿。然而这个提议终于成了我们的梦想，隔不了几年，老乔首先说了"人生自古谁无死，留取丹心照汗青"带着遗恨离开了人世；然后苗子郁风夫妇远适南半球到澳大利亚作寓公，这几年才每临春节回来住上一两个月，如今徐迟又不别而行，而且走得匆促，留下一个"徐迟之谜"尚待猜想。每想到此，真是欲哭无泪，不知应该祝贺他离开这个不尽如人意的尘世呢，还是应该流着眼泪挽留他？不过半个多月来，我经常看着天亮，因为我连一句送徐迟远行的告别辞也来不及向他说，我的心流着血。

1996年12月28日四稿于七重天

简评

　　冯亦代先生是我国著名的翻译家、编辑家、学者，也是一位有成就的随笔、散文作家。他还在念大学二年级的时候，结识英文剧社成员郑安娜，后喜结连理。他曾回忆说："和一个英文天才结婚，不搞翻译才怪。"1938年，冯亦代25岁在香港偶识浙江同乡、著名诗人戴望舒。戴望舒说："你的散文还可以，译文也可以，你该把海明威那篇小说（指《第五纵队》）译完。不过，你成不了诗人，你的散文倒有些诗意。"从此冯亦代确定了自己从事翻译事业的文学发展方向。特别是他撰写的大量介绍西方书籍的文章，犹如穿越东西两个半球的一股清新的风，轻拂着中国读书人的心田，人们忘不了这位传播知识、传播友谊的忠厚长者。尤其是有关文化圈子的回忆性文章及书评，在这些朴实无华的文字里，读者读到的或许是比文字更为重要的做人的道理。《哭徐迟》就是这样一篇经典散文。

　　1996 年末，著名报告文学作家、诗人徐迟突然弃世的消息震惊了中国文化界。关注的焦点：究竟是梦游还是有意识的自杀？如果是自杀，为何自杀？徐迟没有留下任何遗言，引起外界对诗人之死的种种猜测。

　　与徐迟先生有着 50 年金石之交的著名作家冯亦代先生是有话要说的。在事隔多年之后，终于可以平静地、详细地分析、叙述挚友之死了。冯亦代先生在《一颗明星的陨落——哭徐迟》里平静地说：1996 年12 月，中国作协第五次全国代表大会在北京梅地亚中心举行。袁鹰一见我便拉我到屋角，轻声告诉我徐迟坠楼而死的消息。我听了大吃一惊。将近深夜时，章含之来了电话，告诉我徐迟秘书徐鲁所谈徐迟弃世的经过：徐迟自北京回武汉后经常抱怨他睡眠不好，差不多每晚都要做恶梦，有时白天也有幻觉。他的病经有关的医务人员会诊后，断定是老年躁动症，会有幻觉也会有幻觉中的行动。出事的晚上，徐迟把陪夜的特别护士打发走了之后，医院的值班护士每隔 15 分钟去病室里看望一次。大概午夜的一次，他先前还好好睡在那儿，护士 15 分钟再去，就不见了徐迟，后来看到了洞开的铝合金窗以及已经被掰得变了形的窗框。据分析，可能是徐迟梦里走过那儿开了窗，然后爬出了窗外，等户外的冷风一吹，他醒来了，发现自己身在窗外，便掰住了窗框，最后把窗框掰得也变了形，但最终还是……后来据丁聪说，徐迟手的力量是很大的。

　　各方面都缺少一个权威的说法。徐迟的死众说纷纭。

　　一生痴迷文学的著名诗人徐迟，1958 年被下放到农村劳动，临走的时候，郭小川说："这次下放劳动，不要求你写作，而是要求你不写作。"徐迟回答："要求作家不写作，怎么行啊？"果然，徐迟没有把这话搁心里，"我是乘着下乡的东风而大写特写，跟郭小川游戏一番的"。他曾在自传里这样写道："我在那里参加的是果园的劳动。虽说不要写诗,我还是写我的诗,那是没有办法的,怎么能不写呢?",于是,逆境中的徐迟留下了这样的文字:"在风沙的季节中,忽然黎明晶耀:淡蓝色的冰河里,裂开深蓝色一条。大雁飞回来了,旋转蓝色的翅膀。空中宁静无尘雾,一片春光。天地河山小村,被笼照上朝阳,初春无比爱娇,露出喜悦一笑。初春明媚阳光,投射在果林里,密密的干枝影,纷纷跳下沙地。"真正的诗人之胸襟可见一斑,即使是在逆境中。

诗人不在了。有人说:我宁愿将徐迟的最后一跃,看作他的诗情在生命中最后一次灿烂的迸发和对个体尊严最后一次执着的追寻。如此评价一个诗人,是不无道理的。正如金克木先生在纪念徐迟的悼文中所说:中国的诗人有属于水的,如屈原和李白;也有属于天空的,便是徐志摩和徐迟。也许,纵身跃向天空,是徐迟追求自由的一生最好的注脚,他用自己的生命,为自传《江南小镇》(说明:《江南小镇》是徐迟自传。全书近六十万字,仅仅是徐迟的回忆录的前半部分,即 1914 至 1949 年间的经历。整个回忆录全部写完,总字数将会超过一百万字。涉及的历史,正好是 20 世纪的进程;它所写到的人物牵涉各界,仅开国以前,就写到了有名有姓的四百多人了,可见规模之宏大。徐迟逝世后留下两个未完成的文学工程之一。另一个是《荷马史诗》的诗体翻译。)做了最为精彩也最令人感叹的结尾。

徐迟的突然离世,有人震惊,有人不解,更多的人在思考"徐迟跳楼之谜"。作家陆扬在《徐迟之死》中,从哲学的高度对徐迟的不幸作了冷静的思考,令人信服。他说:"柏拉图《斐多篇》中,苏格拉底与西弥尔有大段讨论死亡的对话。西弥尔问苏格拉底,哲学家怕不怕死。苏格拉底回答说,老百姓怕死,但是哲学家不怕。因为人的灵魂是自由的,可自由的灵魂被羁缚在不自由的肉体之中,被七情六欲遮蔽了它的本真面貌,所以,当死亡来临的时候,哲学家看到的是灵魂的解脱和重归自由,这一刻其实是他毕生向往不得的,又何惧之有呢?苏格拉底留下那句让人肃然起敬的名言:'哲学是死亡的实践'。"在文学走出象牙塔,走下圣坛的日子里,固守文学清灯的徐迟一类的大师们却在为无力出版那可怜的文集终日发愁,和"投机分子"的大红大紫与"文学贵族"的惨淡经营而如鱼得水形成了鲜明的对比。一些心性孱弱的文人,可能会精神支柱轰然倒下,心理天平倒向了一边。这种伤感怀旧的消极情绪,一旦与心理缺陷的人格"遭遇",就会表现出孤独、沮丧、抵制变化、逃避现实、忧心忡忡、怨天尤人、自暴自弃之类的灰色的生活态度,因而常常对一切都失去信心,终日沉湎在自己构思的理想主义王国里,将自己与现实隔绝和对立起来,显得是那样的弱不禁风,不堪一击。作为热情澎湃的诗人徐迟,一直以来,有着孤直高傲的自尊心。可以想见,年老而体衰之时,病卧于床榻之上,再不能拿起写作一生的笔,去继续自己的诗歌之梦,且日常起居都要别人照料,这对于性情孤傲的诗人,心境该是何等苍凉?更何况家庭生活中的琐事、麻烦事,却真正是欲说还休!

　　徐迟先生19岁时,在上海《现代》杂志发表诗作,22岁出版轰动文坛的诗集《二十岁人》,就戴上了诗人的桂冠;1981年1月在《人民文学》发表闻名全国的《歌德巴赫猜想》,之后,报告文学创作佳作迭出的他,有"报告文学之父"之美誉。然而,在经历爱妻陈松癌症去世,第二次婚姻破裂等一连串打击后,热情、执着和乐于助人的徐迟开始变得孤僻、沉默,除了与三四个人谈天外,简直就是足不出户、闭门独思,并且与家人的距离也越来越远,甚至连单位给他配备的电脑也不能使用了。后来干脆实行四不政策——不读报、不看电视、不下楼、不会客。情绪忧虑时,就自怨自艾低首叹息,甚至惶惶不可终日;他对朋友有时也谈他的寂寞和孤独,甚至说想到过自杀。他的症状已完全符合抑郁症的诊断标准,但是,周围没有一个人意识到这一点,包括他的亲人。远离现实的人生苦旅越来越苦,人们只是关注他的物质需求,却忽视了精神需求,孤独,精力衰竭,终于悄无声息地独自走向了灵魂的天国。英国心理学家霍普森认为,任何影响生活稳定的转变(包括社会体制的变革、年龄的增长、恋爱婚姻等)都会给人们的心理造成不同程度的刺激,人体就会产生相应的应激反应,并随着事件的次数、强度增加而反应增强,而过量或过重的应激反应则会导致应激性疾病如溃疡病、高血压等多种心身疾病和不良情绪反应,甚至引发精神崩溃。要想顺利地渡过心理上的"不知所措"阶段,就需要社会、身边的人及时提供精神支持,满足心理过渡时期被尊重、被理解、被同情的需要。诗人徐迟的种种表现正好吻合,缺乏的也正是这些精神的需求。

徐迟的离去还有一个更深层次的原因。徐迟去世后,他莫逆一生的朋友冯亦代先生在《哭徐迟》中,把徐迟与美国著名作家梭罗相提并论:"他喜欢沉思,沉思这个宇宙,沉思这个人类的前途,像他翻译《瓦尔登湖》的作者梭罗一样。但如果谈他有兴趣的话题,如诗,如文学,如音乐,那他可以谈到深夜,因为他是个极为热情的人。"几十年前徐迟翻译的美国著名作家梭罗的《瓦尔登湖》对他的影响是比较明显的。徐迟说过"这本《瓦尔登湖》是本静静的书,极静极静的书,并不是热热闹闹的书。它是一本寂寞的书,一本孤独的书。它只是一本一个人的书。如果你的心没有安静下来,恐怕你很难进入到这本书里去。"徐迟对梭罗的敬重和景仰不是一般的,他评价梭罗:"他的一生是如此之简单而馥郁,又如此之孤独而芬芳。也可以说,他的一生十分不简单,也毫不孤独。他的读者将会发现,他的精神生活十分丰富,而且是精美绝伦,世所罕见。和他交往的人不多,而神交的人可就多得多了。"在徐迟看来,梭罗不仅仅是一个作家,更是一个思想家。他说梭罗:"……之要孤独,是因为他要思想。他爱思想。"还说梭罗"向往于那些更高的原则和卓越的人","向往于哲学家和哲学"。"他是有目的地探索人生,批判人生,振奋人生,阐述人生的更高规律。"对于《瓦尔登湖》,徐迟说:"不须多说什么",可他还是情不自禁地表达了他对这部书的喜爱。他用十分慷慨的赞美,表达了自己要用一生时间,来咀嚼这部名著的彻悟。徐迟游览过神往已久的瓦尔登湖。他视野里的瓦尔登湖,"真个清澈见底,卵石溶溶,鳞闪闪",正如当年梭罗描写的那样:"它是大地的眼睛,望着它的人可以测出他自己的天性的深浅。"徐迟在此摄影留念,还大发感慨:"如此风景,实在令人流连忘返。如能结庐在此,岂不快乐?"那一次离开瓦尔登湖,徐迟又来到康科德城。在一个叫"长眠之穴"的公墓里凭吊梭罗。站在梭罗墓前的徐迟,"不禁浮起了一个愉快的思想":在梭罗身后,122年6个月28天之后,有一位《瓦尔登湖》中译本译者来凭吊他,这位生前热爱中国文化(梭罗在他书中引用了不少孔孟的话)的作家,若英灵有知,一定会大快于心的。徐迟说:"这《瓦尔登湖》的书是自成一格,独一无二的书。读者并不太多。但凡读了这本书的人都比较喜欢这本书,他的思想卓尔不群,散文写得实在优美。他写的这部20万字的散文集,主要对他自己的内心,作了一次惊心动魄的自我探险"。在美国之旅的安默斯特城,徐迟还读到一本叫《蓝色的公路》(或译作《忧郁的公路》)的书,作者叫威廉,他原本是在一所学校教英文,但有一天,,学校突然解雇了他,妻子因此跟她的"朋友"跑了。他走投无路,只得开始了他的"孤独"之旅。他从密苏里州的哥伦比亚出发,由东而南,由南而西,由西而北。由北而东,如是转了一圈,行程一万三千多英里,专走小公路,寻访小市镇小村子和小街,记一些绝对意想不到的小人物的生活,写成了这本400多页的书。徐迟说这位孤身深入下层人民中的黑人作家威廉,又使他"想起了瓦尔登湖边森林中沉思了两年多的孤独的梭罗"。梭罗就好像徐迟的影子一样,一遇光照,他的形迹就浮现出来了。

　　徐迟先生独特的人生向世人展示了,"孤独",加上诗人的"热情",徐迟就是在这种矛盾的心情冲突和煎熬中告别人世的。《哭徐迟》中作者说了一段真诚的话:"读完了这两封信,我的心里如打翻了五味瓶,辨不出什么滋味。我在安娜去世以后,尝过寂静落寞一个人生活的苦辛。即以我每日的晨课而言,每每写文章为一个写不出的字所难倒,不得不到词典里去找,有时甚至在英语字典找写不出的汉字,眼前就无人可问。何况是徐迟的敏捷头脑,他又何处去找对话的人!我深自悔恨没有替徐迟考虑到这个层次,我只想到北京有他的亲人和老友,但他们无论如何不能代替一位知心知意的老年伴侣。我一向自以为了解徐迟,事实上则并没有切身为他着想,然而如今悔之已晚了。"这是作者冯亦代先生的心声,流露了他真诚的忏悔。其实,伤感是必然的,50年的金石之交;至于忏悔,不过是兄弟般的情谊,在陷于悲痛之中难以自拔的伤感的另一种表现。

后　记

　　散文，在中国文学史上是与诗、词鼎足而三的重要文体，有着崇高的地位。唐宋以来的古代散文已经被人们奉为经典自不待言，近代以来特别是自"五四"以来的近百年时间里，优秀的散文作品无论在内容构成或是思想情致方面，都可与古代经典比肩。近年来，写作散文的作家越来越多，喜爱阅读散文的读者也越来越多，应运而生的散文集也林林总总地呈现于读者面前。我总觉得散文的选本和阅读方式还存在一些不足之处，特别是对近百年来的散文作品没能很好地梳理和总结，尤其对年轻人来说，缺少必要的指导。于是，我产生了一个较为大胆的想法：梳理一下近百年来的散文精品，对作品及其作者做一些简单的介绍和分析，为读者更好地阅读现当代经典散文提供一个可供选择的读本，也希望通过这样的撷选和推广，能使一部分作品在历史长河的淘漉中留存下来，成为后来人的经典。而这，也是选文和出版的主要动机。

　　在撷选本丛书的作品时，我着眼于选择那些叙述内容真实、表现手法质朴、能真实地记录作者现实生活的思想和感情轨迹之作。所选散文的作者中，著名学者、知名教授、有成就有社会影响的作家占相当的比重，他们的散文，或含蕴深厚，意境优美深邃；或摇曳多姿，情思高蹈浩瀚，无论芸芸众生，峥嵘岁月，抑或江河湖海，大地山川，或灵动飘逸，或凝练深刻，或趣味灵动，或高雅蕴藉……本丛书所选入的散文大多无愧于这样的评价。因此，一册在手，与经典同行，就能与作者进行思想交流，就能以丰富的知识启迪智慧，以睿智的思想陶冶情操，从而在读者的心灵里打开一个情趣盎然而又诗意充沛的境界。在生活节奏日益加快、人们性情渐趋浮躁的今天，我们非常需要这样的阅读。

读书给社会和个人带来的影响都是不可估量的。"一个人的精神发育史，应该是一个人的阅读史。"同样的道理，一个民族的精神境界，在很大程度上取决于全民族的阅读水平；一个国家谁在看书，看什么样的书，决定了这个国家的未来。国际阅读学会曾在一份报告中指出：阅读能力的高低，直接影响到一个国家和民族的未来。具体说来，阅读经典，可以强化文化认同，凝聚国家民心，振奋民族精神；可以提高公民素质，淳化社会风气，建构核心价值观。阅读经典，是接受教育、发展智力、获得知识信息的最根本途径，是人类社会特有的文化传播活动。

基于上面的认识，我编写了《现当代经典散文品读》。本丛书的编纂和作品的入选，是编者这个特定的人在特定的时期对特定作品的看法和眼光，代表着个人的审美体验，不要求读者一定要认同编者的看法，更不能代表作者的原意。因此，对本丛书编写过程中产生的一些想法做一个简略的归纳，供读者朋友参阅。

一、鉴于丛书的容量，首先面临一个不容回避的问题，即是如何在浩瀚的散文中遴选出既恰当又是读者喜闻乐见的作品来？毫无疑问，作为旨在拓宽阅读领域和提升阅读效果的散文读本，唯一的标准，那就是作品本身。真正意义上的阅读，是读者和写作者的心灵对话，一如心仪的挚友，在山间道旁的谈文论道，读者需要的恰恰是不拘任何形式的"随意性"。我们尊重阅读是"很个人"的提法，更何况强调开卷有益的阅读本身,更无须过于条理化、理论化,阅读者的追求也并非一种文学样式的全部、一种文学流派的前世今生、一个作家创作上的成败得失。

二、丛书的编撰体例,每篇散文都附有"作者简介"和"简评"两个部分的内容。了解作者的相关资料,是阅读前的必要准备;简评部分的文字则尽可能地拓宽阅读的视野,是阅读的引申、提炼,两者结合起来,从而建构起一个有机统一且有益于阅读的抓手。比如,读梁思成先生的散文《千篇一律与千变万化——音乐、绘画、建筑之间的通感》,一般读者可能对作者笔下的建筑领域里一些专业问题不是十分了解,"作者简介"和"简评"则对梁思成先生作为古典建筑领域里的顶级专家和教育家所从事的工作大体上予以介绍,为阅读做了必要的铺垫。文本虽是梁思成先生写中国古典建筑的散文,但作者拳拳赤子之心在字里行间很自然地得以升华,也就很容易引起阅读过程中的强烈共鸣,作者笔下的中国建筑艺术给读者带来的心灵上的冲击是难以忘怀的。

三、丛书共分10册:(1)华丽的思维;(2)悠远的回响;(3)精彩的远方;(4)文化的清泉;(5)诗意的栖居;(6)理性的精神;(7)心灵的顾盼;(8)且观且珍惜;(9)现实浇灌理想;(10)岁月摇曳诗情。每个分册写在前面的一段文字,是编者阅读经典的心灵感悟和情感抒发,不能简单地等同于对入选散文的解读,更不能先入为主地影响读者的阅读。

四、选入的散文,内容上可能涉及一些至今尚无定论的思想学术、科学文化等方面的内容,有的尚在研究、探讨之中;有的虽有了比较统一的看法,但也不一定就是最终的结论;有的观点虽然在现实中影响比较广泛,但也不可避免地存在一定的分歧,等等。编者力争在简评文字中尽可能地向读者介绍有代表性、较为流行的观点。即便如此,也未必就可以视为最权威的看法,倒是衷心希望读者阅读时,在认真分析、品味的基础上有自己的比较、鉴别，尽可能地接近比较科学的解读。有兴趣的时候，读者不妨就文中反映出的某些问题，进行深入的研究性阅读，带着这种"问题意识"，一定会使阅读欣赏的效果得以增强，阅读欣赏的水平得以提高。比如，读瑞士华裔作家许靖华先生的散文《达尔文的错误》。文中传达了一些不同于传统观点的信息而了解对"进化论"提出挑战的代表作品，无疑对阅读是有帮助的。

　　五、丛书所选入的近三百篇散文中，绝大部分篇目，由于作者观察生活的特殊视角和独到的眼光，加之作者渊博的知识和雅致的文笔，将读者在现实生活中熟悉的或不熟悉的、遇到的或未曾遇到的人和事，叙述得饶有情致，有巨大的吸引力。但是，世易时移，不要说20世纪早期的作家，即使是与我们同时代的作者，文中所持的看法也并不见得百分之百地为今天的读者所接受。见仁见智，读者在品读之后有不同于作者的看法是很自然的事。比如，读李欧梵先生的《美丽的"中国城"——唐人街随笔》，不可避免地会对作者的观点产生不同看法。再比如，读毕飞宇先生的散文《人类的动物园》。从根本上说，工业文明的社会发展，为满足自己的需要，人类修建了动物园，但是，动物园的出现不是简单地把动物关起来了事，还折射出种种社会问题、人与自然的关系问题等。

　　六、每一个作家都生活在特定的社会环境中，每一个作家的作品和现实生活都有着千丝万缕的联系，我们能够从每一个作家的作品中读出他们现实的生活记录，感受他们跳动的思想脉搏，尤其是那些在现当代文学史上有一定地位、影响的作家，我们通过他们的作品，不仅能够读出作者其人，还能够从他们充满生命力的文字中，去瞻仰他们在文学史上留给后人的那渐行渐远的背影。比如，读季羡林先生的《赋得永久的悔》。我们看到的是作者用大量的篇幅，回忆了孩提时代吃的东西。为什么一想起母亲就讲起吃的东西呢？原因很简单，民以食为天，穷人家一直过着吃不饱的日子，因此对吃过的东西特别是好吃的东西，留下的记忆当然最难忘。再比如，读五四时期著名女作家石评梅的散文《墓畔哀歌》。面对这个在人生的凄风苦雨中痴守残梦的柔弱女子，谁能说清楚她那样泣血坟茔、奉献了全部的青春年华，且沉浸在对死者的哀悼之中难以自拔是一种幸福，抑或是一种不幸？今天的读者聆听到作者"墓畔哀歌"的时候，自然会联想到民国时期的"才女"形象以及她那逼人的才华。

七、文学源于生活，反过来文学又是对现实生活的阐述和暗示。

所以，阅读一个作家的作品，不能脱离其特定的生活环境。通过阅读，读者可以从不同的侧面感知不同时代作者笔下的现实生活，从而达到了解社会、体悟人生、历练品格、升华灵魂的阅读效果。比如，我们读钟敬文《西湖的雪景——献给许多不能与我共欣赏的朋友》、胡适《九年的家乡教育》、蒙田《与书本交往》、杰克·伦敦《热爱生命》、叶广芩《离家的时候》、宗璞《哭小弟》、刘小枫《苦难的记忆——为奥斯维辛集中营解放四十五周年而作》，等等。只要我们潜下心来，一定会有多方面的感知和启迪。

每一本书的问世都有一定的机缘。本丛书之编撰要追溯到20年前，当时，编者在一所高中教语文，由于教学的需要，为学生奉献了校本教材《诗文鉴赏》。之后，随工作辗转，当年的校本教材也屡次修订增补，才有了今天的《现当代经典散文品读》。其间，安徽师范大学出版社曾为作者提供诸多帮助；时任社长的汪鹏生先生，从策划到出版，均做了大量的工作。北京大学哲学系教授朱良志先生拨冗赐序，为本书增色添彩。在此，一并向上述帮助过我的人致以最真挚的谢忱！

徐宏杰

于淮南八公山下　2018年5月